翻牆覓良人 1

風文創 1185

琉文心 著

目錄

序文

琉文心

《翻牆覓良人》是我至今為止，寫得最順暢、最痛快的一本書，也是讓我覺得重生是一件很有意義的一本書。

內容涉及了親情、友情、愛情，不光講述了沈文戈與王玄瑰的愛情故事，也展現了戰爭的慘烈和出使的艱辛，希望你們喜歡。

對於沈文戈的兄姊……嗯，只要你們看，肯定會愛上他們的，信我，所以我提前寫在此處。

最開始我設計的大綱版本是兄姊被抓，除了六兒，三兄、四兄、五兄皆戰死，以體現戰爭的殘酷，但想到如此文戈重生回來的意義何在？難道只是為了遇見王玄瑰嗎？這對其他人也不公平。於是便有了第二個版本，只三兄戰死，讓其餘人歸，三嫂養育兩個孩子到長大成婚，而後追隨三兄而去。可是寫著寫著，當我發現三兄和三嫂感情太真，也太珍貴，我又動搖了，一直糾結、糾結……

事實上，你們如今看到的版本已經是第三版了。在此，容我先賣個關子，請大家移步正文，看看到底是個什麼發展？

那麼，就讓我們共同翻閱本書，一探究竟吧！

第一章

沈文戈死前看到的最後場景是一片顯得枯槁的灰撲撲床幔，人之將死，五感削弱，竊語卻依舊入耳，她便知齊姨娘又鬧自盡了。

沒能在生命最後時刻瞧見那個在她床榻前苦苦哀求她多活些時日的夫君，讓她忍不住嗤笑了一聲。到最後，他還不是選了齊映雨？

這一聲「嗤笑」驚醒了沈文戈，將她從夢裡拽了出來。

「少夫人，可是又魘著了？」在屋裡伺候的婢女倍檸起身用火摺子點亮油燈，暈黃的光亮照在沈文戈滿是汗珠的臉上，驚得倍檸趕緊拿汗巾為她擦拭。

這是她沈文戈重生回到七年前的第三天。

不是黃粱一夢，而是切切實實回到了嫁給尚滕塵的第三年。

她少時被母親看管得緊，自見他縱馬飛街一幕，她那一顆嚮往自由的心便墜在他身上。不顧家人阻攔，執意嫁他，甚至瞞著父兄，跟著他偷偷上了戰場，於雪地裡救他一命，而後落下病根，日日離不開湯藥，一雙腿更是每逢變天便疼痛難忍。

當時不知這病根猶如萬蟻啃食，會折磨人到在床榻上翻滾，恨不得將腿斷了，還抱著沾沾自喜的心情，幻想他會於冬日將自己抱在懷中，悉心揉腿，感恩自己相救，百般寵愛。

懷著這樣的期待，出嫁那日更是嬌羞不已，然而自己費了小半年才做好的鴛鴦戲水圖案的團扇自手中落下後，卻沒有瞧見滿臉喜色、恍若看見天仙般驚嘆不已的他，只瞧見了陰沈著一張臉、百般不願的他。她手足無措，一顆心急速下墜。

兩人來不及同房，戰事突起，他奉命出征，她追在他身後，向他承諾，自己一定會為他顧好家裡，然後看著他沒有回頭的紅色背影漸行漸遠。至今，他一走三年。

三年來，她侍候公婆，做好孝順媳婦，盼著他歸來。

然後……然後日夜思念的人，便帶回了齊映雨，一個橫亙在她和他之間的女人。

三年前的雪夜，自己悉心照顧他，只可惜他那時傷到眼皮，雙眼裹布，見不到她，又因自己是偷跑出去的，怕被兄長責罰，見人被救了回來，沒有性命之憂後，她就急忙趕回家了，哪想到會被齊映雨鑽了空子。

這個農家小娘，在雪地裡好奇闖入屋，卻偏生讓他傷好後第一眼瞧見了，自此恩情轉移，而齊映雨竟也恬不知恥地認了。

三年後，他在戰場上又見到了齊映雨，見她孤苦伶仃、可憐至極，遂帶回了尚府照料。沈文戈當下還不知齊映雨占了自己的恩情，只當是後來尚滕塵又遇見了危險被齊映雨所救，因此雖不願，卻也捏著鼻子認了她住下來。

後來知道詳情後，那股子噁心勁差點沒將沈文戈溺死！她找齊映雨質問，告訴尚滕塵真相，可惜，尚滕塵可能心也瞎了，他只當沈文戈是東施效顰，還說「妳便是再學映雨，也不是她！她心善得緊，妳少欺負她，連恩情都想占」。明明救人的是她沈文戈啊！何其可笑。

若她得不到尚滕塵的愛意也就罷了，偏偏齊映雨利用她的恩情，籠絡住了尚滕塵。每每看見兩人恩愛，她都恨不得自戳雙目，胸口沈得無法喘息，嫉妒得幾乎發狂，那本應是她該得到的！

她陷入煎熬中不得解脫，對他的愛意漸漸轉變為不甘、執念，最後迷失了自己。她就是不懂，為什麼？

「少夫人，姑爺馬上就要回來了，見到您給他縫的軟甲，定會欣喜的！」倍檸故意逗她開心，卻只見沈文戈汗涔涔地冷笑一聲。

一旁跟著醒來的千兒去衣櫃中拿出了一條紅綠相間的齊胸襦裙，說道：「少夫人之前吩咐的裙子今兒個已經做出來了，我拿熏香熏了，到時穿上定能讓姑爺眼睛一亮！」

沈文戈的目光落在衣裳上，繡著金線的衣裙異常華美，便是披帛上都有朵朵鮮花盛開。鮮衣怒馬的少年郎曾為了長安名妓一擲千金，自此之後，她的服飾便學起了她人，連風格都變了。可後來看著尚滕塵疼愛齊映雨的模樣，她就明白了，若是喜愛，不論什麼衣裳他都愛；若是不喜，管她穿的是什麼天仙華衣，他也不屑一顧。

而她從不是一個喜歡豔麗顏色的人，遂對身邊兩個大丫鬟道：「換一身吧，我記得出嫁時，二姊送過我一條月白色的衣裙，找出來。至於軟甲，將它收好，我要帶回去送給大兄。」又喚道：「倍檸。」

倍檸被一連串的吩咐弄得愣了神，聞言應道：「少夫人？」
「明兒妳拿我的嫁妝，去找家裡經常去的崇仁坊中的鐵鋪，給家中幾位兄姊都訂製一身貼身軟甲，要求質量上好，錢不是問題，盡快做出來送到西北。」
「是，少夫人。」
沈文戈乏了，由倍檸服侍躺下，疲憊地閉著眼，在倍檸給她蓋被子之際說道：「另外，明天一早去梳理我的嫁妝單子，將所有東西歸攏裝箱。」
倍檸一驚！
沈文戈繼續道：「再傳我嫁妝鋪子的掌櫃過來，就說我要看帳。還有……」她頓了頓，偏過頭去，不想讓眼中突然湧起的熱淚衝出來，讓倍檸瞧見。「我從家中帶來的人，妳都親自去瞧上一遍，若有生活困難的，直接從我嫁妝裡拿錢補貼。」
「少夫人？」
「去吧，我睡了。」
倍檸便吹了油燈。
室內陷入一片黑暗，沈文戈這才敢讓自己落下淚來。熱淚滾燙，可落在枕套上卻變成了徹骨的涼，讓她不禁攏住了被子，將自己蜷縮成一小團……
嫁妝看著最好梳理，實則也是最麻煩的，有被她折騰出來佈置在屋裡的擺件，有已經被她用了的梳妝檯，全部打包起來後，她這屋裡幾乎會空上一半。就連腳下踩的皮子，都是她幾個兄長打給她的。

沈文戈一邊算著帳本上的帳，一邊頭也不抬地對幾個為難的小婢女道：「全部裝起來。」

有名小婢女期期艾艾地道：「少夫人，這算盤也是嫁妝……」

看著手裡的小金算盤，她愛惜地摸了摸。這也是她二姊送她的，可不是為了讓她算帳的，而是讓她受了委屈時砸人用的，或是手裡沒錢時融了好回家的。

她沈默片刻後，將算盤遞了出去。「收起來吧。」

屋裡的東西一件件變少，倍檸掀開門簾進來，便看見沈文戈坐在沒有人氣的屋裡，開著窗戶，呆呆地望著院裡她親手種下的那株海棠。

夕陽從金雲中掙扎而出，淺淺的光映在她身上，襯得肌膚猶如晶瑩剔透的暖玉一般，淺紫色上襦貼在身上，被激起的紫芒呈灰色，顯得溫暖不到她，悲涼無比。

沈文戈被驚動，只淡淡道：「把那株海棠拔了吧。」

她親手為了尚滕塵種的海棠，她親眼看著拔，一如她與尚滕塵這樁失敗的婚姻。

幾日後，婢女千兒毛毛躁躁從屋外飛奔而至，激動道：「少夫人，姑爺到城門了！夫人她們在外面，正催妳快去府門口呢！」

寒風蕭瑟，沈文戈半點不急。尚滕塵自西北戰場歸，回來的緊要事是進宮述職，撐死了也只能和府上人說幾句話罷了，為這點功夫在外凍上一個時辰，把自己凍病這種事，她是萬不會再做了。

吩咐倍檸去小廚房給她端午膳，她就穩穩坐在屋內，吃完飯，肚裡有食，渾身暖洋洋之後，算好時間，方才披上披風。

寬大的披風帽子將她清爽的頭飾遮了起來，她最後環顧了一眼自己生活了多年的房間，沒了曾經置辦過的東西，整間屋子都透著衰敗的氣息。

她讓倍檸將撿來的小黑貓雪團抱好了，問道：「沈家陪嫁可都通知到了？」

倍檸心裡一抖，回道：「通知了。」

「嗯，走吧。」

府門口的熱鬧從外往裡推進，作為右領軍衛將軍唯一的嫡子，尚滕塵自是會受到府上所有人的寵愛，更不用說，從戰場歷練歸來後，他便可以被父親安排進金吾衛，因而隨著他的走動，熱鬧便向著她的方向而來。

兩相對視，她停下腳步。

名滿長安城的少年郎，縱使風塵僕僕也不掩風姿，可他臉上那歸家的粲然笑意在看見她時，立刻就沒了，宛如快速衰敗的花兒一般，眼中唯剩反感與壓抑不住的躁意。

看看，這就是她愛了多年的夫君，他厭惡她到連看都不想看她。

感嘆恍惚之際，一抹綠色裙角在尚滕塵身後露出，一個怯生生的小娘子，低著頭縮在尚滕塵身後，身上還披著尚滕塵的披風，像是被周圍場景嚇壞了，伸出手拽住了他的衣袖，動作極為依賴。

彷彿是為了迎合現下的天氣，隨著她的動作，空氣驟然凝結成冰。

沈文戈低下頭，輕笑了一聲，而後抬起頭直視他道：「夫君，回來了。」

「嗯。」尚滕塵敷衍了一聲，將身後藏起來的人安撫地帶了出來，吩咐道：「這是齊娘子，對我有大恩，妳且收拾出來一間屋子給她住。」

目光落在尚滕塵似乎怕齊映雨摔倒而攙扶在她手臂的手上，沈文戈眼裡無悲無喜。曾經那樣摯愛過的人，也會因著時間的流逝和長久的相處而失望，直至漸漸喪失感覺，心裡再無波瀾。

寒風吹拂起她披風一角，又被其上綴滿的珍珠壓了下去，帽子卻隨風落在她的肩上，露出她那張冰如寒月的臉，跟以往總是笑著、隨時附和著截然不同的臉。

齊映雨悄悄看了一眼，只一眼，便自慚形穢地低下頭去，不禁害怕地更加用力攥住尚滕塵的衣袖。

沈文戈自然沒有錯過她的小動作，一如以往，齊姨娘一貫柔弱，最會的就是嬌嬌弱弱地含淚相望。沈文戈嘴角噙著笑，看向尚滕塵已經皺起眉頭的臉。

他吩咐得坦然，只為自己報恩，卻從不想，一個孤女，要以什麼名義，才能在他們院中住下？他也不想，她嫁予他後，盼了三年才盼回他，他就帶著一個女人回府，她會如何傷心？這是如何落她面子的事情？她得看上去多可憐啊！

也許，他想過，只是他想的人裡，從沒有她。

沈文戈道：「齊娘子住在府上恐怕多有不便，不如我作主，讓人住莊子上可好？」

齊映雨聞言，咬住嘴唇，眼裡迅速蓄滿了淚。

尚滕塵低頭一看，便心疼道：「齊娘子在長安沒有相熟人家，且莊子上條件不如府裡，妳趕緊收拾出一間屋子便是。」

沒聽見沈文戈回答，感到奇怪的尚滕塵瞥了她一眼。印象中總是穿得紅紅綠綠、花團錦簇的女子，今日一身月白色衣裳，臉上沒有了亂七八糟的妝容，更顯清麗美貌，端的是出塵高潔。可那又怎樣？剛進宮回來，還沒來得及休息的尚滕塵不耐地提高聲音問：「妳聽見沒有？」

沈文戈輕聲道：「聽見了，但將齊娘子安排進我們院中恐怕不合適，不如讓母親安排？」

從來不會反駁自己的人，突然一反常態，接連拒絕，尚滕塵當即嗤笑一聲，只當這是她另一種吸引他的手段，拉著齊映雨就往前走。「這是我尚府，我說什麼便是什麼！讓妳安排妳就安排，哪那麼多廢話？我告訴妳，齊娘子三年前救過我的命，妳當得對她如對我般！」

兩人走近，沈文戈聽見「三年前」這幾個字眼，快速瞥了一眼從來不會在兒子面前充當壞人的婆母，只見婆母眉頭緊蹙，卻不曾開口說一句話，當下心中悲涼。原來，婆母是知道的。也是，若不是自己瞎說，吵嚷著當年救他時和他有了肌膚之親，只怕父兄也不會同意她嫁進尚府。

如此，更顯得自己如跳梁小丑一般，可憐、可悲、可嘆。

擦肩而過之際，沈文戈道：「只怕不行。」輕輕側目，她對臉上已經有了明顯怒火的尚滕塵道：「我不同意她進府，亦不認她的恩情，你若執意如此，你我二人還是和離吧，自此天高海闊，你愛帶誰進府，便帶誰進府。」

「妳說什麼？」尚滕塵不敢置信地停下腳步，怒極喝道：「沈文戈！」

院中空曠，以婆母王氏為首的女眷不願摻和進兩人之事，甚至更想看兩人鬧翻，而所有奴僕又全低著頭，大氣都不敢喘一下，因而這一聲「沈文戈」便在院中傳蕩了幾個來回。

一聲聲「沈文戈」逐漸消退，可擊在沈文戈心頭的力道卻是一下比一下更重。

她蜷起披風裡的手指，慘淡地笑了一下。陶梁人為顯親密，都愛叫字或小名，除了生氣，一般都不直呼其名的。但在尚滕塵這裡，她從未聽過諸如「七娘」、「娉娉」的親昵話，有的只有「妳」和「沈文戈」。

看著因為生氣而將齊映雨攬疼的尚滕塵，她突然道：「夫君可知我小名為何？」

尚滕塵愣怔一瞬，而後湧起的是更為高漲的怒火，問道：「沈文戈，妳什麼意思？」

沈文戈就那麼瞧著他。「成婚三年，你連結髮妻子的小名都不知道，你能喚她一聲齊娘子，卻只會連名帶姓叫我。」

「齊娘子」三字，讓尚滕塵懂了沈文戈的「計謀」。說什麼小名不小名的，實則不還是不願意他往家裡帶人？自認為看明白了沈文戈的手段，尚滕塵端起一張臉，以往他這樣冷冷看著沈文戈的時候，她就會害怕的道歉。「沈文戈，妳別鬧了！齊娘子救我一命，如此大的恩情，怎麼回報都不為過！」

沈文戈挑起眉，似笑非笑地睨著齊映雨。「什麼恩情？怎麼救的？三年前何時何地？」

本就是陰差陽錯被奉為恩人的齊映雨，瑟縮在尚滕塵身後，害怕得小臉慘白。若放任沈文戈問下去，她定會露出馬腳，可她又不願失去尚滕塵這個靠山，因而淚水撲簌而下，哭嚷道：「塵郎，便如夫人所言，把我放莊子裡吧，你別和夫人吵！」

「塵郎……」沈文戈咀嚼著這幾個字，臉上神情也徹底冷了下來，看著尚滕塵側身安慰，只覺無趣。在尚滕塵向她發火之前，她先故意咬字道：「『塵郎』，你我好聚好散，別鬧得太難堪。」

這一聲「塵郎」讓尚滕塵無端起了一身雞皮疙瘩，便是齊映雨再嚶嚶喚著「塵郎」，他都提不起勁來。

知道沈文戈故意戲謔他，又撞進她冷冰冰的眸子裡，他舌尖抵住緊咬的牙齒，只覺身為夫君卻使喚不動妻子，面上極為無光，是以鬆開牙齒後低喝道：「沈文戈，妳就是這麼當我妻子的？不過是給齊娘子一口口糧的事！」

沈文戈難以置信地望向他，被他這一句話激得眼裡泛起淚花。家中無他可靠，他可知在他去戰場的日子裡，她過得有多難熬？

她吐出一口氣，側過臉不想讓他瞧見眼底呼之欲出的淚水，想起自己以前如何待他的，更覺一顆真心碎得補都補不起來。

是不是往日太過癡纏，讓他自覺高她一等，就可以任意訓斥她？

也罷也罷，執念生、執念滅。

自嘲般地笑了一聲，壓住眼中灼熱，沈文戈回過頭看著尚滕塵。「你去西北三年，從未給家裡送回過一分銀錢，怎麼，你要用我的嫁妝養齊娘子嗎？」

尚滕塵被她這一聲反問，問得差點說不出話來。成婚前，他肆意妄為，用的自然是從母親那兒取的錢；成婚後去了西北，時不時還能收到母親給送來的銀錢補助，因此從未想過家中還有位妻子需要他養……不，不對，差點被她繞過去了！家中尚有母親能貼補，她就是故意這麼說的！

尚滕塵沈下臉道：「對待恩人，千金萬金都不夠謝的，只是讓妳安頓齊娘子，妳就百般推託不願！我告訴妳，不管妳願不願意，齊娘子進門進定了！」

沈文戈閉了閉眼。養一個人不費勁？對待齊娘子，他恨不得綾羅綢緞、錦衣玉食地供起來，他只知道伸手從帳房支錢、管他母親要錢，從不知道偌大的尚府每日需要多少開銷？他父親每月打點同僚又是多麼恐怖的一個數字！

他以為他從西北回來，靠著戰功就能進金吾衛？作夢！還不是他父親用銀子活動的結果！就他那點子戰功，夠幹什麼用？

他倒是睜眼看看，他們尚府如今銀錢有多緊張！婆母王氏更是每日為了銀錢算計，甚至打上她嫁妝的主意，從未給過她一分錢，就是為了讓她自己養自己！

什麼都不知道，就只會指責她！好啊，既然想金屋藏嬌，那就讓他好好養個夠！

她神情一點點冷了下去，久久注視著從前她愛得恨不能將心掏出來給的男人，一字一句道：「如此，和離吧！」倏地轉身，迎風而走，披風被吹拂起，風聲傳出她的話語。「嫁妝我便帶走了！你放心，你尚府一針一毫我都沒有多拿。你盡快寫好放妻書予我，屆時去府衙辦了和離！」

他氣得想上前一步拽住她，身後齊映雨卻小小哀嚎一聲，卻是平地崴腳了，他便眼裡只有齊映雨了。

尚滕塵心疼地問：「可還好？妳莫怕。」

眼見沈文戈就要走出這個院子，一直未出聲的婆母王氏終於開口了，罵道：「胡鬧！滕塵好不容易從戰場平安歸來，沈文戈妳這是鬧哪齣？給我停下！不過帶回一個女子而已，也值得妳生氣回娘家？」

將和離改成她生氣回娘家，還真是她的好婆母做得出來的事情！沈文戈腳下步子不停。院中女眷得到王氏的說法，紛紛七嘴八舌地出聲勸道——

「少夫人何必跟小娘子生氣？」

「恩情大過天，既然小娘子救了滕塵一命，我看不如就收進院子裡吧？」

「正是！」

這一聲聲、一句句恩情聽在沈文戈耳裡，實在太過刺耳。在院門被王氏合攏，阻了她前進的步伐後，她終於停了下來，緩緩轉過身去。

視線從滿臉焦急看著齊映雨的尚滕塵身上，落到了柳葉眉、吊梢眼、臉皮無肉，盡顯刻薄相的掌家人王氏身上。

為顯莊重，王氏刻意穿著猩紅上襦和黑色的高胸襦裙，金色披帛繞臂，又為了撐衣裳插了滿頭金飾，越發累贅。曾經的美貌，早已化作了衰敗的皮囊。

王氏總結道：「不過是帶回一名女子，不可善妒！」

沈文戈笑了，她先是對那些幫腔的女眷道：「若是妳們的夫君從外面領回一名小娘子，妳們可能滿心歡悅地接受？」

女眷們紛紛掩嘴避過視線不答，生怕此時說一句「能」，屆時真被夫君拿捏住，往院子裡進了人。

而後沈文戈又對王氏道：「好，妳說我是妒婦，也可，正好犯了七出之罪，便讓尚滕塵休了我也成！」

「沈文戈，妳別太過分！妳怎麼跟母親說話的！」尚滕塵怒目看向沈文戈。

「少夫人……」倍檸都快氣哭了，扶著沈文戈的手都在顫。「姑爺，您怎麼能……」

「好了。」縱使對他已無愛，可再次見到他無條件站在母親身邊的樣子，她依舊心口難受，眼睛酸澀。也是，她沈文戈就是個外人，是她將婚姻想得太美好了。

她靜靜站在門口，彷彿和這院裡的每一個尚家人切割開來。

水霧不受控制地慢慢浮上眼，她努力睜眼，不讓它們落下。

「我與尚滕塵成婚三載，新婚當夜他拋下妻子去了戰場，我可有一句怨言？沒有！三年來，我為他操持家務，內，幫著母親管理尚府；外，他在軍營吃的每一頓飯、穿的每一件衣，均出自我的安排！我自認這三年來，兢兢業業，做到了一個好妻子、好兒媳。可他尚滕塵是怎麼對我的？三年後的第一次見面，他就送我一個貌美的小娘子！尚滕塵這是將我三年來的付出碾壓為塵，這是將我鎮遠侯府的臉放在地上踩！我沈文戈不才，身為沈家最沒出息的孩子，這點傲骨還是有的！和離！」她狠狠瞪著尚滕塵，終是將自己一直以來的怨言一一道出。本就是他尚滕塵對不起她，憑甚讓她不要善妒？憑甚所有人都說她胡鬧？她胡鬧在哪兒了？「我沈家人何在？」

倍檸哽著聲音道：「奴婢在！」

沈文戈又高聲說：「我沈家人何在？」

被沈文戈當嫁妝帶來的二十名沈家人，紛紛從尚府各處出現，喊道：「在！」

「很好。」沈文戈看著這一張張陌生又熟悉的臉，說道：「七娘這便帶你們回家！」她最後看了一眼院中被她聲聲質問，問到不敢跟她對視的眾人，接著猛地轉身道：「他們不讓我們出府，給七娘砸了這扇門！」

尚滕塵的怒喝和大門猛地摔在地上的聲音瞬間融為一體。

她從沈家帶來陪嫁的人，個個都是軍中好手，若非受了傷不能再上戰場，何苦跟著她沈文戈吃苦？

沈家人齊喝。「七娘子請！」

淚珠隨風滾落，沈文戈抬腳。

尚滕塵在她身後喊道：「好，和離！沈文戈，但凡妳走出這個門一步，妳就再也別回來！」

腳重重跨過門檻，落地，沈文戈頭也不回地往外走出。

倍檸在她身邊一擦眼淚，對沈家人道：「都跟著娘子幹什麼？去搬了娘子的嫁妝，我們回府！」

寒風刺骨，本不是披風能阻，踏出尚府，沈文戈卻覺得渾身吸進肺中的每一口氣都那樣鮮美，澄藍的天空怎麼看都看不膩。

吹在身上的風是冷，連眼角都被風吹得通紅一片，宛如淚灑後的嫣紅。可她，她要與尚滕塵和離了啊！她要和離了！

和離了好，和離了她就能回家，絕不會像上一世那般，在病榻上收到兄姊戰死的消息後，被害怕遭受連累的尚府關在院中，連送都沒能回去送兄姊一程。
她輕輕吸著鼻子，回頭對抬著自己嫁妝的沈家人道：「我們回家。」
沒人料到她會突然和離歸家，馬車都是尚府的，沈文戈自然不想坐，倍檸欲給她租輛馬車回府，沈文戈阻了。她向四周張望，街邊景象朦朧又不真切，真怕這是一場夢啊！
她輕輕道：「我們走回去。」讓這座長安城的人都知曉，她沈文戈要與尚滕塵和離了！
鎮遠侯府位於長安崇仁坊內，裡面居住的全是達官貴族，房價之高連尚府都未能在其中有房子。
她家的房子還是陛下親自賜下的，只可惜父兄常年在西北作戰，這房子都沒住過幾年，反而是她從西北回來後，和侯府的一群女眷一直住在那兒。
踏入崇仁坊的地界，明顯周圍青磚綠瓦規整起來，就連建築都是古樸大氣的，朱紅大門更是一扇接一扇。此時的大門也是有講究的，那是身分和階級的象徵，普通官員、豪門世家是不准用朱紅大門的，要天子恩賜，方可漆上朱紅色，尚府便沒有那朱紅大門。
腳下踏著連一根雜草也瞧不見的青石路，迎面恰有一輛馬車駛來，白銅的外觀配了四匹棗紅大馬，因馬兒健碩，她便多看了兩眼。
如此出眾的馬兒不在戰場當作戰馬，反而給人拉車，實在可惜。
瞧那馬車形制，非天潢貴胄不可坐，更不用說馬車前後四位帶刀護衛，更有八名婢女及小宦官隨行，簡直刻上了「貴氣」二字，想來坐的不是公主就是郡主。

她帶著嫁妝隊伍靠邊站，兩邊相隔一輛馬車之距。崇仁坊為了方便這裡的貴冑們駕馬車，特意擴寬了街道。

想起嫁給尚滕塵時，街道未擴，迎親隊伍還和別人衝撞了，一點都不吉利，可能自那時起，就注定了她和尚滕塵這樁婚姻的不圓滿。

兩相交會之際，因出神了的緣故，腳前青石凸起一塊沒注意，遭絆之後步子不穩，她就直接摔在了地上。

旁邊的千兒立即大呼小叫。「少夫人！沒事吧？」

跟在她身後抬著嫁妝的沈家人聽見後，也紛紛放下嫁妝箱子，探頭往她那裡看去。

「娘子！」

「哎呀，手都流血了！」

「快拿塊乾淨的汗巾出來，給娘子纏手！娘子可還能站起來？」

摔的時候還沒什麼，可當身體接觸地面的那一瞬間，聽見旁邊逐漸圍過來人們擔憂的聲音後，沈文戈心中的委屈便成千上百倍地湧了起來。

「娘子……別哭，娘子。」汗巾給她纏手了，倍檸便用自己衣袖最裡面的軟布幫沈文戈擦淚。

纖細冰涼的手指握住倍檸的手，淚水撲簌而下，泣不成聲。

馬兒的嘶鳴響在身側不遠處，卻是白銅馬車被扔下嫁妝、擋了道的沈家人逼停了下來。

馬車外的婢女及小宦官們瞧見車簾被一黑色皮鞭挑起，頓時臉就全嚇白了。

「本王還是第一次遇上訛詐的。」車上之人饒有趣味地說了一句，目光所及只能瞧見被層層圍住、跌落在地的月白色披風。「且去瞧瞧，被馬車隔空撞到的人傷勢如何？要討多少錢？」

車簾晃動，被攙扶而起的沈文戈只瞧見骨節分明、握鞭的手一晃而過，原是個男子。待聽到對方的小宦官前來問話，她愣怔一瞬後破涕為笑，豆大的淚珠從笑彎了的眼角滑過。

小宦官神色倉皇，像是怕極了馬車上的人，沈文戈覺得荒唐之餘，便只能讓倍檸扶著她到馬車邊致歉。

剛一走近，一股清雅甘甜的熏香味便透過時不時被風吹起的車簾撲面而來，卻是可以凝神靜氣、讓人心情舒暢的沉香。前世她躺於病榻之上，夜不能寐時，便會點這香促進睡眠，因而一聞便聞出來了。難道車裡之人也飽受難眠之苦嗎？

想著，她開口道：「郎君見笑，只因我突然摔了，家裡人著急擔憂才會堵了這道，是我們的不是，並非要訛詐，現在就將道給郎君讓開。」

馬車內閉目假寐之人臉上那原本期待愉悅的神色倏而不見，眸子突然睜開，皮鞭被他握緊，剛要挑起車簾，便聽見外面由遠及近、聲嘶力竭的喊聲——

「王爺！王爺，救命啊！他們在鴻臚寺裡打起來了！」一青衣官員在離馬車兩公尺遠的位置倏地站直，一邊用衣袖抹汗，一邊原地著急跺腳。「王爺……」

沈文戈見狀，趕緊帶著倍檸退後，又指揮著沈家人站回原位，將路給讓了出來。

馬車中人明顯對有人打起來了頗感興趣，皮鞭從車簾落回手心，道了句。「去鴻臚寺。」

白銅馬車重新行駛，待對方徹底遠離時，沈文戈倏而回頭。她想起來了，這個時候負責鴻臚寺的王爺只有一個，那便是宣王！

他是當今陛下最年幼的弟弟，只因婆母王氏與其生母家有些許血脈關聯，尚滕塵一家便百般要貼上去，恬不知恥地和人家沾親帶故，叫人家一聲小舅舅的宣王。

她輕笑一聲，宣王豈是他們想攀親戚便能攀得上的？她等著看他們倒貼不上去時，那氣惱萬分的表情。

嫁妝隊伍消失在街尾的那一刻，寒風吹起白銅馬車的車簾，車裡之人餘光瞥見紅彤彤的嫁妝，慵懶地道：「繼續說。」

青衣官員快速將事情道出，卻是今日鴻臚寺收了個新案件，高硫國來朝使臣強占了街邊賣餛飩的貌美娘子，逼得那娘子跳了井，人家夫家不幹，直接鬧到了鴻臚寺。

且此事不是第一次發生，那高硫國使臣明顯喜愛少婦，僅這幾日工夫，他們鴻臚寺就收到了五戶人家的狀告。

他們鴻臚寺也氣憤，可關鍵……關鍵是鴻臚寺不負責這類案件啊！

鴻臚寺只負責迎接使臣，管理核定來朝使臣貢品，再弄出一堆禮品回禮過去。這種案子，難道不該由長安府衙管理嗎？長安府衙竟然不接？一碰到他國之事就往鴻臚寺這邊推，呸！

如此一來，這事到底處不處罰高硫國使臣，成了眾臣爭吵的重點。不少年輕氣盛的官員一聽要將此事踢還給長安府衙，當即怒到拔劍，要和那提議者決戰。

眼看事情要控制不住，著實沒有了法子，只能來請宣王了。

青衣官員擦擦額頭上滲出的汗珠，只期望這回宣王……別那麼瘋。

白銅馬車穿過圍著鴻臚寺、趕都趕不走、義憤填膺的百姓們，穩穩停在鴻臚寺門口，當即所有人都噤聲了。

只見後面跟隨的小宦官捧來踩腳凳安放在馬車邊，另有婢女鋪上絲綢墊布，待準備完成，小宦官方才掀開車簾。

從內走出一穿著紅色琵琶暗紋交領長袍的男子，鹿皮靴踩在腳凳上一步步踏了下來，他微揚著頭，一頭黑髮被銀質鑲紅寶石髮冠束起，雙眼漫不經心地睨著在面前等候的眾臣。

戴著白玉扳指的手輕輕蹭了蹭位於鴉羽般睫毛下的小黑痣，另一隻手上握著通體漆黑的皮鞭，不耐煩地敲著腿。

眾臣齊聲道：「見過宣王。」

王玄瑰懶懶地應了一聲，帶著在他身後如列隊一般的官員、小宦官們進了鴻臚寺。在鴻臚寺外圍著的百姓們這才回過神來，嚇得做鳥獸狀散了開來。

皮鞭敲在綠沈漆案上，發出沈悶的咚咚聲。「不是說打起來了？誰贏了？」

差點打起來的兩個官員臉皮訕訕。

年輕氣盛的官員猛地站起身，看到王玄瑰手裡的皮鞭，氣焰頓時又下了去，弱弱地道：「那使臣著實過分，我陶梁泱泱大國，怎可被其欺凌至此！且其實在、實在……他竟敢揚言，便是沈家七娘他也睡得！那七娘就算與夫君和離了，也是我們長安貴女，此言此舉，與他放話說要睡我們自家姊妹有何差別？」

王玄瑰吃茶的手一頓。「誰？」

「沈、沈家七娘。七娘前腳從尚府搬了出來，那噁心人的玩意兒後腳在街頭瞧見，就色迷迷地回來說——啊！」嚇得叫出聲。

原來是宣王手中杯盞重重落在漆案上，眾官員不禁渾身一抖！

王玄瑰道：「高硫使臣人呢？帶過來，我記得我做人皮燈籠的材料還多得是。另外告訴高硫國，下次再派人來，換個漂亮懂事的。」

屋外嗚噭的風聲，猶如眾臣之心，終於想起這位宣王在戰場的城牆上掛了一排人皮風箏的壯舉，當即一個個嚇得臉色鐵青。

鴻臚寺大門外，百姓們探頭察看，又紛紛捂著嘴乾嘔。

「這是那個高硫使臣？嘔……」

「是、是吧？嘔……」

冷風吹得人皮燈籠鮮血凝固，形如上了色的人皮畫，正彎腰磕頭跪在門口……

沈文戈站在懸掛著「鎮遠侯府」匾額的朱紅大門前，上面的字筆鋒遒勁有力，彷彿金戈鐵馬撲面而來，每一個字都出自她父親之手。

父親是沈文戈這輩子最崇拜、最敬仰的人，他能立於屍山血海前而面不改色，他能殺敵萬千後舉杯豪飲，他亦能化為慈父抱著她在晚上看月亮，說「我們嫎嫎就是為父心上的明月」。

小時的她體弱，三天兩頭就有個頭疼腦熱，家裡人怕她活不長，所以拘著她不讓她出府，只有父親會偷偷帶著她去街上玩耍，晚上再悄悄帶她回來，母親也只好睜一隻眼、閉一隻眼，叮囑父親再帶她出去時，要給她穿暖和了。

灼熱滴滴而下，沈文戈抬頭望著那四個字，好似父親還陪在她身邊一樣。

三年前，燕息國大舉入侵，父親率兵阻攔，這一仗打了整整一年，父親身上大傷小傷不斷，鐵甲戰袍染血，最終暗箭難防。那一箭雖刺在肋骨上，但因箭頭有毒，毒入心肺。

將士們悲戚萬分，拿著刀劍上了戰場，非但沒有如射出毒箭的燕息國太子所想的那般軍心潰散，反而氣勢如虹地將他們徹底趕了出去。然而，父親卻是要不行了。

那時，她與尚滕塵剛成婚一年，父親命尚滕塵至榻前說話，讓尚滕塵發誓，要照顧她一輩子，又親筆書信一封，勸慰她生死有命，父親只想看到娉娉的笑顏。

至此，她沈文戈再無父親。

她死死咬住自己的下唇，一雙眼眸就像是無法控制的湖泊，淚水簌簌而下，模糊了面前的「鎮遠侯府」四個字。

父親去世後，大兄身為世子本應請封，可他只恨自己沒能救下父親，又言自己不如父親萬分，需得立了戰功再請封，若不然，這世間再無人記得鎮遠侯。

而後除了體弱的她，父親的五子一女盡數上了戰場，只留她在尚府，悲痛著父親的離世，恨自己體弱，又慶幸自己找到了能託付一生的郎君……

尚滕塵，你何止負了我？你也負了父親對你的提拔信任，負了他一片拳拳愛女之心！

怎能……怎能在後頭兄姊出事時將她圈在尚府，不讓她歸家呢？她是沈家女啊！

每每想到此處，她都心如刀絞，彷彿置身於黑暗的深海鹹水中，喘不過氣，看不到光亮，悔意猶如螞蟻啃食骨髓，恨不得替兄姊死的人是她！是她才對！

兄長們驚豔絕才，二姊戰功顯赫，憑甚死的不是她這個只知道耽於情愛，肩不能扛、手不能挑的沈家七娘，而是他們？

燕息國、燕息國！他們再次圍攻，城池淪陷，兄姊們奮死拚戰，不忍城中百姓受苦，因而開了城門讓他們逃離，卻被內應發現，傳遞出消息，燕息國乘機攻入。

那是一場打得天都在流淚的戰事，城中上至將領、下至婦孺，盡數被屠殺殆盡！雨水沖不淨血泊，城內斷垣殘壁，處處是屍首，血腥味濃郁沖天，禿鷲徘徊不散，萬千英魂飄蕩於城中，不甘不願！

此戰敗，朝中要給百姓說法，他們鎮遠侯府首當其衝，無數人攻擊她的兄姊，指責就是因為他們開了城門，才導致慘禍發生。

沒有人去調查那個不知道跑到哪裡去的賣國賊，他們只知道政黨之爭，勢要將鎮遠侯府打壓至泥濘中。

一夕之間，鎮遠侯府從鎮守邊疆的白虎吉獸，變成了人人喊打的過街老鼠。

她的兄姊們，連屍首都沒能運回來！

而後她的嫂子們，和離的和離，走的走。

她的家遭變賣，母親病重，衰敗了。

她沈文戈怎能不瘋？怎能不殤？尚府不是她的家，她沈文戈沒家了啊！

「吱呀」一聲，朱紅大門開啟，盤旋的寒風呼嘯穿過，她接過千兒遞過來的汗巾，仔細將臉上淚水拭去。

父親，您的嫂嫂回來了，這次一定會替您護住兒女，保住鎮遠侯府的！

淚水洗過，她的眸中水光瀲灩，她掛上客氣又疏離的笑容。「見過世子夫人。」

來者在瞧見沈文戈身後的一抬抬嫁妝時，步子微頓。她狐裘加身，年芳二十五，瓜子臉、杏仁眼、桃花妝，櫻桃小口紅唇點，貌如人間富貴花。

雖說秋風蕭瑟，卻也未到披裘季節，因而這用整片皮毛製成的狐裘是用來彰顯身分的，便是她臉頰上沒有被遮掩掉的小斑，都雀躍著自己的高貴。

她微揚著下巴，眼神就向下了，這是上位者對下位者說話的習慣。「七娘？妳怎麼回府了？這是？」

沈文戈用微紅的眼睛凝視著她，這便是大兄娶的盤州蘇氏嫡女蘇清月。作為大兄的妻子，在大兄亡故後，她第一時間就自請和離。

她枉顧自己世子夫人的身分，端著法不責眾、隱藏在人群中不起眼的想法，攛掇其餘嫂嫂與她一起和離。此舉雖無情無義，可偏偏那時鎮遠侯府被萬人指摘，母親也不忍她們年紀輕輕守寡，便一封封放妻書給了出去。

可哪裡想得到，蘇清月不只要和離，她還想要鎮遠侯府的錢！掌過家的她逼得母親給她錢銀，否則她便要藉著她父親的權勢，來查她做過手腳的帳目——鎮遠侯府的商鋪所上繳的稅收，不少都被她扣留了。

侯府不只要養育下一代，還要給陣亡的將士私掏撫恤費，那些撫恤費發到每個人手裡雖不多，可匯聚在一起，也不是一筆小數目，但母親寧願餓著肚子，也要給了。

如此，侯府便衰落得更加厲害了，而蘇清月卻轉身帶著訛來的錢二嫁了，無縫銜接得那叫一個好！

沈文戈嘲諷地笑了一下，方才道：「如世子夫人所見，我要與尚滕塵和離，眼下沒有落腳處，只能回娘家了。」

聽慣了小姊妹說著含沙射影之話的蘇清月，被沈文戈這番直白的話語噎得差點沒接住話，是安慰也不合適，不安慰也不合適，但總歸不能將人攔在門外，便只能道：「七娘快進來！外祖母病重，母親回江南侍疾了，家中如今就我們幾個嫂嫂，妳回來正好陪我們解解悶。」

沈文戈踏上臺階。「如此，麻煩世子夫人了。」

此時，蘇清月也察覺到不對之處了，沈文戈未出嫁前可都是嫂嫂長、嫂嫂短的。不過她在沈文戈那紅腫的眼和背後的嫁妝上看了一會兒，便猜測這是受了刺激，因而有了改變，因此沒再管。她是世子夫人，也合該被這麼稱呼。當下帶著人進了府，一副主子的派頭。

跟在她身後的沈文戈神情複雜，拎著裙襬走了進去，這是她的家。

抬著嫁妝的沈家人紛紛跟上腳步，和在門口看門、見他們回來時激動不已的鐘叔互相點頭。大家一句話都沒說，可那點子疏離在看見鎮遠侯府上的人歡迎他們時，便散了。

嫁妝沈重，大家進了院後，倍檸因察覺了沈文戈和蘇清月之間氣氛不對，便讓他們先行卸下。

「咚」、「咚」、「咚」，一抬抬嫁妝整齊擺放了三行，將前院擠得滿滿當當的。

蘇清月被聲音吸引，回頭一看，瞧見塵土飛揚，當下臉色一變，嫌棄的神情溢於言表。她抬起袖子遮住口鼻，彷彿沈文戈帶回的沈家人是什麼髒東西，說道：「別放在這兒，都沒法子過人了。」

從尚府跟著沈文戈回來的沈家人紛紛看向沈文戈，她端著清清淺淺的笑道：「你們不用等我，先將這些嫁妝放回我的院子，整理一番。」

「哎，好的娘子！」漢子們蹲下又起身，目不斜視地抬著嫁妝，當著蘇清月的面就往後院走去。

蘇清月及其婢女便趕忙相讓，生怕會沾上塵土。

沈文戈問道：「世子夫人不會怪我自作主張吧？」

蘇清月憋著氣，說話有些甕聲甕氣。「七娘說的哪裡話？妳那院子久沒住人，我這就派人幫妳收拾，妳且先上我那兒小坐一會兒，我們姑嫂兩人也說些體己話。」

跟在蘇清月身邊的婢女行了個禮，一副要跟著去收拾的模樣，卻徑直從側門而出，打聽沈文戈到底為何歸家去了。

待蘇清月的婢女回來，沈文戈已經和蘇清月吃了一壺茶了。

整套的越窯青瓷茶具在蘇清月手裡玩出了花樣，對於此種顯擺行為，已經不是小女孩的沈文戈生不出任何嫉妒羨慕的心理。

有美分茶，賞心悅目，且不用自己動手，何樂而不為？

當作沒看見兩人藉著收拾茶具，避過她去了屏風後交談，將最後一口茶湯飲進，放下茶杯時，蘇清月終於說到她要和離一事了，言語間盡是勸誡。

「事我都聽說了，確是妹夫做的不對。不過七娘，這自古男子三妻四妾，也實為正常，妳使小性回家，短時間還好，時間長了，讓那小娘子鳩占鵲巢，豈不是夫妻離心？且再說了，那和離二嫁，於妳名聲有礙，日後妳可怎麼辦？」

看著好像在為自己著想的蘇清月，沈文戈含笑道：「世子夫人說得是，如我兄長一般只有世子夫人一人的男子終究是少數。所遇非人，七娘不想回頭了，這婚是離定了。」

仔細觀察自己提起大兄時，蘇清月的神情，那不置可否的樣兒，令沈文戈嘆了口氣。有些人表面上是高門貴女，幹的事卻是連自己心中嫌棄得緊、在戰場上拚殺的將士都不如。

沈文戈坐不下去了，便提出要回自己的院子。

蘇清月這位世子夫人顧忌面子，自然要親自送往的。

「世子夫人、七娘子！」

「世子夫人、七娘子，您真回來了？」

「見過世子夫人。七娘子，廚房張娘子問您晚間吃什麼？口味可還跟往常一樣？」

「世子夫人、七娘子，您院子裡的花花草草我們都給照顧著呢，您去看了就知道，那菊花開得可豔了！」

一路上，沈家老奴紛紛同沈文戈打招呼，雀躍之情僅從「七娘子」三個字上便顯現出來了，沈文戈一一含笑點頭。

「福伯、張嬸。你是小福子？你都這麼大了？」

「多謝你們替我收拾院落，一會兒我可得好好看看！」

「晚上啊，晚上給我做些好消化的食物可好？」

一邊走一邊答著，沈文戈臉上真心的笑容越發多了起來。與沈文戈相反的，是在她身邊臉色越發難看的蘇清月。

兩人離落月院越近，蘇清月的神色越發不耐，直到聽見院裡傳出的爭吵之聲。

一向沈穩的倍檸也不知是被氣得如何狠了，聲音都揚了起來。

「千兒！娘子的嫁妝妳讓她們又收拾回去是何意？這嫁妝難道還能在院子裡攤著不成？」

千兒也氣鼓鼓地道：「少夫人就是和姑爺吵個架罷了，還真能和離不成？這嫁妝今兒放入屋裡，明日又得裝箱，費什麼事啊？」

倍檸氣得發狠。「妳！妳何時能作得了娘子的主了？娘子說和離就是和離！還有，把妳的稱呼改改，這裡是鎮遠侯府，妳叫誰少夫人呢？」

「反正沒叫妳！妳願意收拾就收拾，看最後累的是誰！少夫人那麼喜歡姑爺，還能真生氣啊？」

「倒是讓世子夫人看笑話了。」沈文戈聲音不大不小，卻讓院裡爭吵的兩人齊齊靜了下來，一個個委屈地喚她。

蘇清月將目光落在千兒身上，眸光深了一瞬，方才裝作什麼都沒聽見、什麼都沒看到的模樣，對沈文戈道：「瞧我這記性，還有一事差點忘記與妳說了。」她似是難以啟齒，一副不知該不該說，最後還是下定決心，為了沈文戈好，還是要說的模樣，輕聲道：「妳這院子隔壁住了人家，妳可知是誰？」

沈文戈適時遞上「疑問」的眼神。

蘇清月聲音輕如蚊蚋地道：「是那個據說會烹侍女、飲人血的宣王！若是夜晚妳聽見古怪動靜，可千萬不要出聲，我多怕他會……唉，瞧我，多嘴！妳快收拾吧！」

「好，世子夫人慢走。」待人走後，沈文戈臉上的笑容隱去。

話語最忌諱說一半、留一半，蘇清月這是故意的，想引她對宣王害怕，夜晚睡不好覺，自然要吵嚷著搬離，屆時，正好可以勸她回尚府。

宣王啊……也難怪今日歸家會在路上碰見，她卻是忘記了，宣王府就在鎮遠侯府旁邊。

許是在院門口站的時間長了，千兒告起狀來。「少夫人，您看倍檸，她……」

隨著千兒說話的聲音，沈文戈看向她，視線落在她一身衣裙上。

那是一身桃紅柳綠的衣裙，非時下娘子們愛穿的齊胸襦裙，反而是帶著束腰、上襦下裙的衣裳，使得纖腰盈盈不堪一握，勾勒出姣好的身姿。墜在胸脯上的銀瓔珞更能吸引郎君們的目光，且不說另有一紅色披帛掛在胳膊上，妖妖嬈嬈的，像極了沈文戈曾經為了尚滕塵慣愛的豔麗打扮，只不過沒她露骨。

再觀一旁被千兒氣著了的倍檸，只是簡簡單單的綠色衣裳罷了，就連自己都是清清淡淡的月牙白，千兒這衣裳穿給誰看的，便不言而喻了。

曾經與她一起長大，一起翻牆而出尋那街邊尚滕塵，一起為郎君風姿折服的千兒，心裡也是歡喜尚滕塵的。

畢竟是當年跪在地上，哭求自己讓尚滕塵納了她，她一定會為了自己，與齊姨娘爭寵的千姨娘。

無論事情過去多久，只要想起幼時一起長大的情誼還敵不過一個男人，她都覺得好荒唐、好荒唐，自己也荒唐。

她理都未理千兒，進了院子，逕自同倍檸道：「嫁妝裡的東西能拿出來用的就擺上，不能用的收拾出一間屋子當庫房放裡面。另外，布料、藥材單獨擺放，我有他用。」

倍檸平了氣。「是，娘子。屋裡都打掃乾淨了，娘子先進屋歇著。」

見沈文戈要將嫁妝全部拿出來，千兒生怕沈文戈真要和離，追了上前。「少夫人……」

沈文戈不想理她，走的步子大了些，裙襬盪開，露出裡面的襯褲。「倍檸說得對，喚我娘子！」

千兒被她一訓，癟嘴道：「少……娘子，姑爺定是被那小娘子迷惑了，我看——」

沈文戈倏地轉過身，厲聲道：「妳看什麼？妳是要躍到我頭上當主子不成？」

落月院裡，不管是原本帶去尚府陪嫁的婢女，還是今兒主動過來幫忙收拾的婢女，全都停了手中活計，看了過去。

千兒被嚇得止住了步子，眼裡迅速漫上淚來。「娘、娘子？」

瞧見她眼裡的不服氣，沈文戈氣道：「妳還委屈了？」

千兒低頭道：「不、不敢。」

沈文戈冷笑，是她從前對千兒太過優待了，才讓千兒忘了自己的身分。「妳委屈也沒用，現在退下去幫忙收拾嫁妝，但凡缺一件、壞一件，我唯妳是問！」說完，披風在空中轉了個圈，帶起絲絲寒風。

倍檸狠狠瞪了一眼千兒，急忙跟上沈文戈。

第二章

「娘子別氣。」倍檸安撫道。

回到以前的閨房，都還來不及生起什麼慶幸、回顧的心思，反倒先被千兒氣個倒仰。沈文戈坐在榻上，手撐在額上，確實氣得狠了。

有的時候她不想去想，甚至覺得只要千兒心還在自己這裡，前世種種她便不追究了，畢竟有些事還沒發生。

與她從小長大的千兒和倍檸，在她心裡的位置是與其他人不一樣的，但她終是高估了自己在別人心中的地位。

她就比不上一個男人嗎？也是，她有何資格這般說？她不也是一葉障目？與其說是氣千兒，倒不如說是氣那個從前與千兒別無二致的自己。

「喵嗚……」

垂在膝上的手被小嫩牙輕輕咬著，她低頭一瞧，是團子樣的黑貓球在跟她的手指玩耍。閉目深深吸了口氣，有些抖的手摸了摸貓兒軟軟的毛，引得牠的小爪子又覆了上來。

見她情緒好些了，倍檸才過來將茶水放在紅木長几案上，說道：「娘子，且嚐嚐這泡了紅棗的茶。呀，看來雪團也喜歡得緊呢！」

沈文戈一瞧，可不是？不過巴掌大的小黑貓，正盡力撐著身子，想通過她的腿，往几案上爬呢！

她倒了杯棗水放在身旁，雪團湊上去有滋有味地喝起來，她則對倍檸道：「妳盯好千兒，不要讓她碰我的銀錢，再挑挑看有誰能替她的位置。」

「娘子？」

沈文戈搖頭。「不必說，更不必求情。且去拿一卷紙來。」

倍檸抿抿唇，從箱子裡翻出上好的宣紙來，給她磨好墨。

沈文戈提筆寫道——

敬告母親，兒欲與尚滕塵和離，已歸家，望母速歸，兒恐其壓放妻書不還。

恭恭敬敬寫完這段話，她恍惚了一瞬。如今的她剛嫁給尚滕塵三年，還處於新婚燕爾、尚有期盼的天真期，這樣寫，不知母親該擔憂成什麼樣？便又用玩笑一般的語氣，在後面寫上自己如何痛罵尚家人，撒嬌讓母親回來給她作主，順便告了蘇清月一狀，言及自己歸家，連幾個嫂嫂的面都沒見著，蘇氏好大的規矩，庶出的嫂嫂們好像多上不得檯面一般。

暗戳戳在母親那裡給蘇清月上完眼藥後，她將信封好交給倍檸。「盡快派人送去母親那兒，說我要和離了，讓她趕緊歸家。」

倍檸應是，快步走了出去。

沈文戈逗弄著撓雪團的下巴，想著前世母親遠在江南侍疾，待收到戰事消息再往回趕，已來不及了。鎮遠侯府沒有能作主的人，唯一能當家的世子夫人還存了二心，一心想走，可不就如風雨中漂泊的小船，沒個可以停靠的地方？

這回，她用自己和離的消息，將母親誘回來，甭管回來之後母親是要打她，還是要罰她，起碼有母親在，鎮遠侯府就有主心骨了。

將雪團舉起來，親親牠黑漆漆的額頭，在雪團劇烈掙扎後，將牠放在懷中摸著。

母親回來，她便不用操心鎮遠侯府，如今只剩她遠在西北的兄姊們了。

除了提醒他們，燕息國會大舉進攻，城中恐有奸細外，她還能做什麼？

為他們打軟甲，讓他們更添一重保障，可那些城中百姓呢？他們何其無辜？還有慘死的將士，他們難道就該死？

重生回來的這段日子，她日日都在思考當年那場戰事究竟是怎麼發生的？城中百姓為何不在大戰開始前就撤走？出了什麼變故要拖到封城了才讓兄長們偷偷開城門？

還有文武百官，又為何要置鎮遠侯府於死地？

那樣的群情激憤，有沒有一種可能，是有人迷了他們的眼，讓他們誤以為真的是鎮遠侯府的原因，才導致戰禍發生？

「喵……」

「對，一切都是我瞎想，不管怎樣，若能避免戰事最好，倘燕息國非要來戰，那便戰，有了準備，還能再讓他們屠城了？」

沈文戈收起心中繁雜的思緒，開始一封封地寫起信來，給大兄、二姊的，給三兄、四兄、五兄、六兄的，每個人都寫，每封信上都提及燕息國動向與奸細一事，讓他們早做準備。

又給已經是將軍的大兄和有勇有謀的二姊的信中加了不少東西——詢問了城中糧草可夠？若是被圍城，糧草能支撐幾日？要是轉移百姓，可能將其轉移到山中洞中？戰馬、軍備可充足？她的問詢具體，已經在模擬燕息國大舉來犯的情形了，相信一貫敏銳的兄姊，定能明白自己的意思。

就算他們不信，只要他們跟著信中所言，在腦中過一遍，做了準備，燕息國即便來犯，都有抵抗之力。

不過，她相信她的兄姊不是蠢笨之人。

最後又告訴他們，她已經準備與尚滕塵和離，讓他們不必再看在她的面子上對尚滕塵優待，他那點子軍功，該是多少就是多少。

這樣的信，她一模一樣地抄了兩份，生怕途中掉了一封。而她會一封封地親自交託出去，找尋父親舊部，重金請他們跑一趟。

老兵們知曉驛站情況，又是舊人之女所託，他們會以最快的速度趕往西北。

除了他們外，她還打算派家中奴僕藉著運送物資的名義一道送去。

如此，確保信件一定會送至兄姊手中。

僅做到這般還不夠，她還要攜禮去拜訪父親友人、朝中官員，維持好和他們的關係，假如再出現上一世的事情，能得一人為鎮遠侯府說上一句話都是極好的。

這也是為什麼她非要與尚滕塵和離的另一重要原因，只有和離了，她才是自由身，才可以四處走動拜訪，甚至可以將人們的目光都吸引到她和離一事上，絕不會想到她此舉的深層涵義。

將接下來的事情捋出頭緒後，她將紙悉數收起，安靜地坐在原處。即使早有準備，真到了要與尚滕塵和離這日，依舊覺得兵荒馬亂、心痛難耐，如一團亂麻般揪著。

透過窗稜向外看去，不少現在該換班休息的婢女、小廝全來了她的院子，有些人她甚至叫不出名字，一個個悶頭幹活，將她的小院收拾得重新散發出鮮活。

她悄悄將窗戶支起，趴在窗框上，繁雜的心漸漸靜了下來。

一滴水珠裹挾著原本乾涸在手上的血痂垂進湯池，泡在水中的男子睜開雙目，眼角下小痣便從死物有了活氣，他道：「好吵。」

一個高約八尺、蜂腰猿臂卻面無鬚髮的男子跪在王玄瑰身旁伺候著，聞言道：「七娘歸家，許是正在整理，所以聲響大了些。」

湯池霧氣繚繞，王玄瑰任由面無表情的蔡奴為他清理身上血漬。「沈文戈究竟為何要和離？當年要嫁的不也是她？」

蔡奴嘆道：「感情一事最是令人琢磨不透，許是……受委屈了吧。」

王玄瑰不解，仰倒在池壁上，舒展臂膀，只道：「麻煩。」

湯池霧氣乘風而起，穿過宣王府，在接近鎮遠侯府角門時輕薄散開。

角門處，千兒正塞給看門人銅板，偷偷溜了出去。

螳螂捕蟬，黃雀在後，又有看門人將銅板上交至蘇清月的貼身婢女處，再被人告訴了倍檸。

繁華似錦、鎏金鍍銀的長安城，才子佳人，歌舞昇平，而近日最引人津津樂道之事，莫過於鎮遠侯府七娘沈文戈要與右領軍嫡長子尚滕塵和離一事。

昔日十里紅妝，今日殘紅歸家。

無數小娘子感同身受，憤罵枉顧妻子付出、從戰場歸來竟帶回一女子的尚滕塵，支持沈文戈和離。

亦有經歷過沈文戈當年如何追逐踏馬長安少年郎的人，與尚滕塵一樣，不信她能輕易捨棄感情，定是等著尚滕塵上門接她。

任傳言越演越烈，沈文戈和離的心不曾動搖。

滾燙的熱水裡被按下一雙冰涼的腳，沈文戈倒吸一口涼氣，被燙得身子都弓了一下，瞬間冒出一層汗來。

倍檸心疼地將熱水往她的腿上撩。「娘子忍著些。」

冒著涼意的腿骨在熱水的澆淋下，終於有了些許溫熱，待水溫下降時，倍檸趕緊擦乾，將其塞進溫暖的被子裡。

沈文戈閉著雙眼，憋著的一口長氣緩緩吐出，這才鬆開緊緊抓著床單的兩隻手。

秋雨悄至，那在寒冷冬日時為了救尚滕塵而上戰場被凍壞了的腿，又開始疼了起來，倘若不拿熱水浸泡，只會疼到難以忍受。

倍檸打濕汗巾給沈文戈擦著臉上疼出的汗珠，又拿著滾熱的鹽袋給她敷腿，心疼道：「娘子有什麼事，交代給奴婢去辦就是，何苦自己天天往府外跑？瞧這腿涼的。」

沈文戈輕輕擺手，並不是不信任倍檸，而是涉及兄姊，她只有親力親為方能放下一、二分的心。她已尋到曾在父親手下的退伍老兵，將信件妥善地交給了他們送往西北，如今只等鐵匠打完軟甲，她便能再派家裡人將物資連同信件送至西北。

想到軟甲，她便問了鐵匠打造的情況。

原先只找了一個鐵匠幫忙打造，奈何她催得急，件數又多，鐵匠便將活兒分了出去。這些沈文戈都不管，只要品質不降低，誰打都是一樣的。如今最後一件軟甲也快打完了，屆時跟官府報備一聲，付上後續錢銀即可。

滿意地點點頭，見倍檸眉間擰緊，顯然有事要稟，便沒什麼力氣地問道：「怎麼了？」

倍檸擰著手裡汗巾，紅著眼睛，失望地道：「娘子讓我看著千兒，我光顧著銀錢、首飾了，讓她拿走了娘子的軟甲，對不起，娘子……」
幽幽嘆口氣，沈文戈睜開眼睛看著自己的床幔，心裡既有「果然如此」的感嘆，又有再次被背叛的酸澀，便道：「與妳何干呢？」
背主之奴是何下場，不必多說。倍檸掉了淚，拿手背重重抹了，沒有求情，只是啞聲問：「娘子，要我叫人把她抓來問問嗎？」
沈文戈搖頭，閉目道：「不必了，我能猜到她將軟甲給誰。接下來幾日我便不出府了，妳通知下去，從明日開始，讓商鋪掌櫃的來見我。」沈吟片刻後，她又道：「再讓他們帶些上好的棉帛來，若有莊子上的人來送吃食，就留下，給幾位嫂嫂都送些。」
「是，娘子。」

沈文戈出嫁之時，父母給了她長安城五個鋪面，另有城外良田百頃，等她嫁到尚府後，王氏刁難，又塞給她三個賠錢鋪面，事後好一番言語折辱，說她是鎮遠侯府出身的，怎麼鋪子在她手裡一個銅板都賺不到？那時的自己，沒有夫君撐腰，連反駁都不敢，只能拚著勁兒地利用自己的嫁妝鋪子盤活三個賠錢鋪子，最終也就讓她的鋪子跟尚府的鋪子纏在了一起。
她走的時候，可是將那三個鋪子的帳都算妥了才走的，如今叫陪嫁鋪子的掌櫃們過來，是存了斷幫之心的。
商鋪掌櫃們被叫來也是心中惴惴，早就聽聞七娘子在查帳，因一直未落到他們頭上，可是過了一段難捱的日子，現下可算是心落了地。

一家專門售賣女子首飾的掌櫃，此時笑呵呵地拱手道：「娘子可收到了纏枝金釵？昨日姑爺去小店挑了許久呢！」

在旁邊添茶的千兒聞言，插嘴道：「娘子，您瞧，姑爺心裡還是有您的。」

沈文戈冷淡地瞥了一眼千兒。少時嫌金沈重，她從不戴金子打造的首飾，長大後習慣定下了，她的梳妝盒裡便幾乎沒有金飾。

尚滕塵前世從未送過她金銀首飾，這金釵是送誰的自然不言而喻。

挑出首飾帳本，詳細看了昨日進帳，發現掌櫃的並未因是尚滕塵而給減免，方才滿意了，而後對著五位大掌櫃道：「你們應該都聽說了，我與尚滕塵欲要和離，如此，你們鋪子但凡跟尚府有關的生意悉數全停了。」

幾位掌櫃早就不滿低價幫扶尚府鋪子，聞言自是滿口答應下來。

待他們出了府，那賣首飾的掌櫃倏地抽了自己的嘴巴一下。「讓你多嘴！」

「你確實多嘴，若那金釵不是給娘子的，豈不顯得你挑事？」

「這……娘子是真要和離嗎？」

「必然是了。」

「那我鋪子裡那偷奸耍滑的小子豈不是可以辭退了？」

「是尚府的人吧？晦氣！辭了辭了！」

平康坊尚府內，王氏蹙眉，對已定下要去金吾衛執勤務的兒子道：「入了金吾衛只怕出入不易，在此之前，先去將沈氏接回府。」

尚滕塵冷笑連連。「她沈文戈放下豪言要和離，現下整個長安城都知道我們這點破事，怎能不如她意？我是萬不會去接她的！她要和離便和離！」丟人！

王氏臉一黑，將手中茶盞重重敲在桌上。

從來對他百依百順的母親突一發火，饒是尚滕塵也犯怵，他低聲道：「母親，兒子若去接她，顏面何存？」

「你也知沒面子？可知長安城的人都說你什麼？說你負心薄倖、毫無血性！你父親好不容易讓你在金吾衛掛上差，你名聲一差，日後還如何升遷？」

尚滕塵辯解道：「兒子報恩還報錯了不成？分明是沈氏自己嫉妒，耍小性。再說了，待我入職，立下功勞，自會升遷，這點子風月名聲算得了什麼？」

王氏心口一窒，恨道：「天真！那金吾衛裡大半都是從西北戰場歸來的人，但凡去過西北的，誰不記沈家提攜之恩？誰不崇拜昔日的鎮遠侯？你與沈氏和離，相當於斷你一臂可知？」見尚滕塵被說得不言語，知他就是面子過不去，王氏又緩和下來道：「滕塵，你可知沈氏這幾日在做什麼？她去拜訪了不少她父親的舊部！哪怕她說一句你的不是，你的前程都是未知數了！」

「沈文戈倒不是這種人。」尚滕塵辯白了一句。記憶中的小娘子總是充滿了不知道從哪兒冒出來的善心，眼巴巴地瞪圓眼睛等自己誇獎。她被教育得很好，又怎會背地裡說人壞話？

沈文戈可能不會說人不是，但也非單純之人，否則豈會幹出帶著嫁妝走回鎮遠侯府一事？又怎能擺得平鋪子裡那些人老成精的掌櫃？

曾經被她管過的鋪子，今日全找了來，說沈文戈斷了他們的貨源、辭了家裡夥計，跟她好一番哭訴。若不將人接回來，那三個鋪子只怕做不下去了！

王氏打住了所思所想，藉著尚滕塵的話往下遞梯子。「換心而處，你連封書信都沒有給沈氏寫，就將那齊娘子帶了回來，她怎能不氣？你就去服個軟，接她回來又如何？難道還真想和離，被大家看笑話？」她伸手從嬤嬤手中接過一物，放在几案上，打開包裹的布料，露出裡面鐵光閃閃的軟甲。「你瞧，這是沈氏親自去鐵鋪給你量身打造縫製的軟甲，只等你歸家時送你，你再看你都幹了什麼混帳事？」

尚滕塵瞥了一眼几案上嶄新的軟甲，心裡莫名鬆了口氣。他就知道，她沈文戈是欲擒故縱。

王氏拿著軟甲往他身上比量，笑道：「真是合適，日後去金吾衛當差，內裡就穿上這件，省得被不長眼的宵小衝突了。」而後為了讓尚滕塵去接人，她又道：「待你接沈氏歸家了，母親就作主，讓你納了齊娘子。為防沈氏不樂意，再抬了她身邊的婢女，左右是她的人，省得她妒。」

聽到納齊映雨為妾，尚滕塵有些許心疼，卻也知兩人身分之差，這已經是母親最大的讓步了，又聽要抬沈文戈身邊的婢女，隱隱覺得有哪裡不對，卻也沒當回事。長安城的郎君們，誰身邊沒幾朵解語花？便可有可無地點了頭，算是同意了，而後辭別王氏，腳步輕快地往自己院子而去。

路上，遇見來尋他的齊映雨，他主動攙扶住她。「妳身子不好，何必出來接我？」

齊映雨面色焦急，仔仔細細看了一遍尚滕塵，見他身上無傷，方才放心的模樣，眼中帶淚道：「我怎能不來？因為映雨，恐塵郎被夫人責罰。」

尚滕塵用袖子小心給齊映雨擦淚，帶著人往回走。「沒事。」

她抓住尚滕塵的袖子，低頭道：「怎可能沒事呢？我看塵郎還是如少夫人所言，把我安置在莊子裡吧？總不能因為我，害得你們二人和離。」淚花朵朵開在臉上。

尚滕塵拍著她的背安慰道：「妳且放心在我這兒住下，我說過，妳對我的救命之恩，我一定會報的。妳願意跟我，我一定會給妳一個名分。母親已經同意妳進門一事了，只是得委屈妳了，不能明媒正娶。」

還來不及欣喜一笑，又聽他道——

「只是妳得先搬離那間屋子，若沈文戈回來見妳住她那兒，又該鬧騰了。走，我們去挑一間妳喜歡的住下。」

齊映雨斂眉順目地道了句好，把頭靠在尚滕塵的肩膀上。「塵郎，有你在，映雨便萬事足了。」

「說什麼呢？若沒有妳昔日救我，我焉能有命在？」

「塵郎，你何時接少夫人回府？」

「妳且收拾好，我明日便去接她。」

白蹄黑身的突厥馬長長嘶鳴一聲，而後停在鎮遠侯府門前，韁繩拴在了門口的石獅子上，上頭的郎君已經大步流星進了府。

跟在馬匹身後打算看熱鬧的人們熱烈討論著——

「尚郎君這是要接沈七娘回府啊？」

「兩手空空來接人？」

「我們且瞧著！」

府門外有人好奇，府門內自然也有人心癢。

鎮遠侯府幾個男丁悉數全在戰場，如今只有他們的夫人們在家中。

因除了和沈文戈同母的大兄和二姊外，其餘郎君皆是庶出，所以他們的夫人們在府上便同透明人一般，不輕易出院子。

可此時聽見這尚滕塵來接人了，幾位庶出的嫂嫂們，心思也都活了起來。

院裡老嬤嬤勸道：「四夫人，可不能去啊！」

「有何去不得的？」四夫人陳琪雪冷哼。「自從母親去了江南後，大嫂什麼作派妳沒瞧見？也就七娘回來，我們的日子才好過了些，若不是七娘前陣子給的布，純兒連身像樣的衣裳都沒有！」

嬤嬤急道：「我的四夫人，小聲些！妳去了又如何？總不能因為惦記著七娘的好，拉著人家不歸家啊！可不能跟著胡鬧。」

四夫人陳琪雪為人可不像名字般溫溫柔柔，白了嬤嬤一眼道：「我又不傻！但總要站在七娘身後幫她出個聲，也讓她記個情啊！好了好了，我拉著三嫂和五弟妹一起去！」

眼見勸不動，老嬤嬤跟在四夫人身後快步走，還沒到三夫人院子處，就瞧見人已經穿戴整齊出來了。

以前總是蒼白著一張臉，彷彿風一吹就會倒的三夫人，不知是不是因為沈文戈回來的關係，蘇清月哪怕為了面上過得去，也讓廚房給她單獨備食，因而面色紅潤了些。

三夫人步子慢，齊胸襦裙下高聳的肚子看得人心驚膽戰的，此時被婢女攙扶著，見四夫人火急火燎的樣子，慢慢說道：「四弟妹無須等我，五弟妹性子軟，妳且先去問她去不去？」

四夫人梗梗脖子，還是咳嗽兩下，過去攙扶起她另一隻胳膊，嘴上低聲說道：「妳這胳膊也太細了，得再多吃些，不然生產的時候，且有妳受的！」

三夫人言晨昕詫異地看了一眼彆扭的四夫人，沒說其他話，兩人一起去尋五夫人。

五夫人衣裳都換好了，但在屋內走來走去，不知到底該不該去前廳瞧上一眼？見兩位嫂嫂都過來了，趕忙拎著裙襬，如同個小尾巴般跟在了後面。

四夫人瞧她那副樣子，火氣又上來了，到底顧忌身邊有個孕婦，沒說什麼，轉而氣憤不平地道：「若四郎敢外出打仗之際給我帶回個小娘子，哼！」

「四嫂待如何？」

「我就劃花那小娘皮的臉，讓妳四兒日日夜夜和那小娘皮待在一塊兒，以後永遠別進我院子！」

三夫人言晨昕開口道：「好了，我們快去前院吧，落在七娘後面就不好了。」

沈文戈在自己小院裡用了飯，正打算將掌櫃們交給她的帳盤了，便見千兒風風火火地跑了進來，上氣不接下氣地喘著。「娘子，姑爺來接您回家了！世子夫人叫我喊您過去呢！」說著，她徑直跑向衣櫃，掏出早已做好，本打算給尚滕塵接風那天準備的衣裙，說道：「娘子，快把衣裳換了，千兒給您挽個墜馬髻。」

沈文戈漱了口，並不理千兒。

一旁伺候的倍檸忍不住黑臉道：「把衣裳放下。沒瞧見娘子剛用完膳嗎？還不快過來收拾！」

千兒委委屈屈地將衣裳放回去，小聲嘟囔著，她又不是幹這種端盤子粗活的小丫鬟，但看沈文戈並未訓斥倍檸，只能含著淚花收拾几案。

等她從廚房歸來時，沈文戈已領著倍檸去了前院，她跺跺腳，小跑著跟了上去。

沈文戈依舊是素雅的一身，只簡單穿了身淺紫色的齊胸襦裙，外搭了件同色系的斗篷，烏黑的長髮被一根白玉簪子固定，一雙冰稜稜的眼睛看過來時，尚滕塵的身子都不禁又站直了幾分。

上次相見時，她就不是大紅大紫的穿著，如今再看她穿淺色衣裳，饒是尚滕塵也不禁多看了兩眼。

蘇清月瞧著二人神態，拿把團扇遮住臉上的鄙夷，而後拉著沈文戈進來，低聲道：「妹夫今日親自上門接妳，妳可不能再耍小性了。」又對尚滕塵道：「人我可給你找來了，這到底能不能接走，可就看你的了。」

尚滕塵對著蘇清月拱手。「多謝世子夫人。」轉頭朝沈文戈道：「氣也生得差不多了，也該與我歸家了。」

沈文戈卻越過他的肩背，詫異地看向跪坐在几案後的三位嫂子，尤其在懷有身孕的三夫人言晨昕身上轉了轉，蹙眉看她挺著大肚子還規規矩矩跪坐著。她們怎麼來了？來看她笑話的？

尚騰塵沒看見沈文戈痛哭流涕的樣子，亦沒看見她眼中的歡喜，這般無視惹惱了他，他腳步一挪，整個人如同一堵牆般站在沈文戈面前，封鎖了她的視線，雙手抱胸道：「我人也如妳意來接妳了，沈文戈，妳再鬧下去，就不識好歹了！」

被罵說不識好歹，沈文戈這才挑挑眉，無語地抿唇看了過去，看見了他那囂張不可一世，篤定她會跟他回家的樣子。

是過往那個全心全意愛他，將他排在人生第一位，春夏秋冬、悲傷喜悅都會想到他的沈文戈寵壞了他，讓他自信到一句道歉、一件賠禮都沒有，就敢上門，幻想著能把她領回家。

還未等她說話，四夫人陳琪雪已經氣得站了起來，先開了口。「妹夫，容我多句嘴，你連自己帶回來的小娘子都沒交代清楚，怎麼就怨上七娘不識好歹了？我還沒見過這樣的，把夫人氣回娘家後，連句軟話都不說，就要帶人回家，哪有這麼美的事？何況我們七娘也是嬌養的人兒，當著我們的面都敢這麼說，可見背後沒少給七娘氣受！」

四夫人氣呼呼說完後，五夫人踟躕片刻，也點了點頭，示意她也這麼想。

一旁的三夫人言晨昕，為四夫人說的話定了音。「確實是沒有這般的，妹夫不能因為鎮遠侯府家中沒有長輩在，就胡作非為，需知我們幾個嫂子還在呢！」

尚滕塵被訓斥得黑了臉。

蘇清月雙眼厲色看了過去，警告道：「人家小倆口的事，妳們少摻和。」

言晨昕扶著肚子點頭，拉了四夫人陳琪雪一把，說道：「世子夫人說得是，妹夫就算再有不是，也不是我們幾個做嫂嫂的該言語的，合該讓他父母管教才是。」

她這話一出，陳琪雪「噗哧」一聲笑了出來，拱手作揖道：「我多嘴、我多嘴！」

便是五夫人都忍不住拿汗巾掩面，顯然偷著樂去了。

蘇清月聞言，冷冰冰的眸光先是射向幾位夫人，而後才安慰尚滕塵。「妹夫莫怪，她們——」

「他有什麼好怪罪的？幾位嫂嫂說的都是我想說的話。」沈文戈打斷了蘇清月的話，正視臉色異常難看的尚滕塵，道：「我瞧你兩手空空而來，還以為你是給我送放妻書來的，原來不是啊？」她歪了下頭，頭上的白玉簪子清透精美。「那倒也是怪，你想接我歸家，卻連件哄我的禮物都沒帶給我？你昨日買的纏枝金釵呢？」

「妳如何得知的？」尚滕塵雙目炯炯地盯著沈文戈，恍然大悟道：「沈文戈，妳又妒了不是？一支金釵妳也要比？別在我面前拿喬，否則我現在就走！」

「非也，」沈文戈微微抬起下巴點了一下，好笑道：「你竟不知，你買金釵的鋪子是我的嗎？」

「什、什麼？」

她嗤笑一聲。「去我的鋪子，給你的紅顏知己買金釵，尚滕塵，你好得很啊！」

尚滕塵對這冷嘲熱諷如何能不怒，當下揚聲道：「妳今日故意折騰我，想看我笑話是不是？剛給我送了軟甲，這就又擺上架子了？我告訴妳，沈文戈，妳就是再妒，齊氏我也會讓她進府的！屆時，妳別妄想抬妳身邊婢女！」

「什麼軟甲？」沈文戈故作不知，回頭問向倍檸。「那軟甲，我不是讓妳送給我大兄嗎？妳沒送？」

倍檸看了眼渾身冒冷汗的千兒，回道：「娘子，那軟甲弄丟了。」

沈文戈對尚騰塵道：「你聽見了，我沒送你軟甲，更不可能抬我身邊婢女去給你當姨娘，讓你左擁右抱。」

聽著主僕兩人一唱一和，尚滕塵只覺得一張臉皮被反覆摩擦。「沈文戈，妳夠了！」

「我還沒夠！」沈文戈平靜地看著他。「那軟甲你不配穿，我甚至很後悔為你打造了它，如今只要想到你可能穿過它，我都恨不得融了它，再重新給大兄打一件新的。尚滕塵你聽好了，我不再是你呼之即來、揮之即去的人，你我夫妻二人情已斷，請你不要再自欺欺人了。我今日這話只說一遍，你我和離之事，沒有轉圜餘地，還請你儘早將和離書給我，早日去官府辦了手續兩清！」小娘子字字如珠落玉盤般乾脆。明月光暈輕輕掃過她的臉頰，讓人看清了寒月桂樹下的冰冷。「尚騰塵，我是真的要與你和離。沒有癡戀、沒有設計，我沈文戈，不要你了。」

尚滕塵禁不住退了一步，覺得有什麼控制不住的事情要發生了，他欲張口說話，可見著沈文戈那雙從前只會黏在他身上，如今裡面卻什麼都沒有的眼，瞬間失聲了。

他眉峰緊緊貼合在一處，半晌，才不可思議般喃喃自語道：「妳真要與我和離？」

沈文戈道：「是！」

想說一句「怎麼可能」，他一隻手扶額，胸膛起伏不定，看向沈文戈的目光充滿懷疑，不敢相信，卻又不得不相信。

眼見兩人真要往和離方向發展，蘇清月趕忙上前勸說。「妹夫、七娘，你們兩個人都冷靜一下，夫妻間哪有隔夜仇？」

沈文戈扭頭直言。「我們夫妻倆的事，不勞世子夫人操心。」卻是將蘇清月之前呵斥三位夫人的話，原封不動堵了回去。

尚滕塵愣愣地看向沈文戈，只得她一句——

「慢走不送，記得將放妻書和軟甲送來侯府。」

他虛虛握了下拳，憤而甩袖而走，又在踏出門檻之際，側頭道：「沈文戈，妳別悔！」

沈文戈擲地有聲道：「我不悔！」

烏雲蹄欲騰風起，駕馬疾馳的背影充滿落寞，尚滕塵狠喝一聲。「駕！」

尚滕塵一走，沈文戈的眼神尚未落在千兒身上，心虛的千兒已經腿一軟，「咚」地跪了下來。

沈文戈聲音裡帶著失望。「我且問妳，那軟甲是怎麼跑到尚滕塵手裡的？說實話！」

豆大的汗珠從千兒臉上滑過，她急切地看向倍檸，倍檸卻轉頭不理，她咬咬牙，「咚、咚、咚」地向沈文戈磕了三個頭。「娘子！娘子，千兒錯了！千兒只是想讓娘子和姑爺和好啊！不都說寧拆一座廟，不拆一樁婚嗎？千兒是好意啊！」
鑲嵌著珍珠串的紫色花朵繡花鞋停在千兒面前，千兒順著往上看去，撲過去抱住沈文戈的腿，撒嬌哭道：「娘子，我真是為您好，您要是和離了，日後怎麼辦啊？」
沈文戈伸手，心思全然不在此處，輕一下、重一下地撫著她的髮。
千兒眼裡爆發出僥倖逃脫的喜悅。「娘子，千兒錯了，饒過千兒這次吧！」
低頭看向確實嬌媚，有自信成為姨娘的臉龐，在她希冀的目光中道：「各位嫂嫂稍等。」
互相攙扶著的三位夫人停下欲要回去的步子，隱隱看向蘇清月。
蘇清月揚著下巴。「妳這家務事，我可不敢多嘴。」
沈文戈先是向三位嫂嫂點頭，表示自己領了她們剛剛相幫的情，又對蘇清月道：「煩勞世子夫人留步，千兒雖是我一人的婢女，卻也是母親為我選的，既然母親不在，要處置她，還需世子夫人過目。」
哭嚎的千兒倏地一頓，不敢置信地說：「娘子？」
沈文戈拍拍她的頭，讓她不要說話，又對三位嫂嫂道：「還得請嫂嫂們多辛苦一陣，我速戰速決，很快處理完。」
四夫人是最先鬆開三夫人手臂的，眼眸彎了彎，瞥了一眼慣愛作威作福的蘇清月，笑道：「七娘慢慢來也沒有關係，嫂嫂不辛苦。」

五夫人看看沈文戈，又看看蘇清月，也小聲道：「我沒什麼事的。」

沈文戈帶著深意的目光落在三夫人言晨昕身上，只見她又恢復了往日不怎麼言語的狀態，也向自己點了點頭，示意不會走。

既然人都齊了，沈文戈拍頭的手停下，青蔥玉指下移，擦乾了千兒臉上的淚水，問道：「妳可是用軟甲換了個姨娘身分？」

千兒身子一抖，臉卻在沈文戈手指裡不敢動。「娘、娘子？」

「尚滕塵說同意我抬個身邊婢女，我想來想去，倍樽我已經看好了人家，唯獨剩妳，幾次三番推卻我給妳看的婚事，卻原來是心思大了，想和我做姊妹？」沈文戈輕笑一聲。「我倒是不知，沒有我的同意，妳也能做姨娘？做妾就那麼好嗎？比我贖妳良身，當別人的正頭妻子還好？」

世代身處賤籍的千兒瞪大了雙眼，不由真心實意地落下淚來。「娘子，千兒真的知錯了！」

「晚了……」沈文戈啞聲道：「背主之奴是何下場，妳在打著為我好的幌子做出這些事情時，就該想到。」

千兒哭道：「娘子！千兒從小就陪著您啊！」

沈文戈看向沈家的嬤嬤，嬤嬤們快步走過來，一左一右拉住千兒的手臂，生生把她從沈文戈身上拉了下去。

沈文戈平靜地看著千兒。「正因為妳是我的貼身婢女，妳的一言一行象徵著我的意思，妳行錯差池，毀的亦是我鎮遠侯府，如此，府上不能再留妳了。」但她知道太多事，亦不能發賣了。

「娘子！」

沈文戈沒讓自己不忍心，偏過頭去，說道：「家奴沈千兒背主偷竊在先，罰三棍，全家離府，派往莊子。」

千兒劇烈掙扎。「娘子，不關其他人的事！唔唔……」

嬤嬤們抽出千兒腰間汗巾堵了她的嘴，直接將人拉了下去。

沈文戈又道：「讓沈家所有人觀罰。」

牛毛細雨轉瞬變大，院子裡卻無一人敢吱聲，大家站在廊下，沈默地看著千兒受了三棍，看著千兒的父母狠狠抽了千兒兩個巴掌，跪在雨中，恨不得自己沒有生過這個女兒。

沈千兒之父以頭磕地。「奴對不住七娘，沒管教好女兒，望七娘日後身子康健。」他起身，先是扒拉下恨不得生吞了千兒的兒子和兒媳婦，而後帶著一家子，如喪家之犬般落寞地被看押著離開府邸，去往專門看管犯事奴僕的莊子。只怕這一生，再無回來的機會了。

哭嚎聲漸行漸遠，沈文戈看向每一個沈家人，視線又不經意般扭頭掃過三位嫂嫂，最後落在蘇清月臉上，意有所指道：「這便是背主的下場，我沈家人膽敢再出現，府衙伺候！」

所有奴僕齊聲高喝。「是，七娘！」

沈文戈滿意地點頭，臉上又是疏遠且客氣的笑容，問蘇清月。「世子夫人覺得如何？」

蘇清月今日特意穿了身拖尾長裙，如今沾了雨水，臉色已經是非常難看了，再聽沈文戈之語，不耐煩道：「七娘的奴婢，隨妳自己處置。」

倍檸接收到沈文戈的眼神，高聲喊道：「大家都散了吧，該幹什麼幹什麼去！」

世子夫人還未發話，所有人就呼啦啦散開了，果然是一群不懂規矩的！蘇清月握緊了手裡團扇，皮笑肉不笑地跟沈文戈打了聲招呼，轉身就走，裙襬拖在地上，又髒又沈。

沈文戈看向蘇清月的背影眼神冷漠。這時，一道怯弱的聲音入耳——

「七娘，那……我們也走了？」

她回過頭，看向本不該出現在這裡幫她的三位嫂嫂，作揖道：「還未謝過三位嫂嫂今日特意過來幫我撐腰。」

率先說話要走的五夫人受驚般躲到了三夫人和四夫人身後。

四夫人清了清嗓子，咳了下，用手肘捅了捅三夫人，這麼正經八百的道謝，她整不來。

三夫人言晨昕只好出言道：「七娘不必謝，都是一家人，哪有讓妳單獨面對的道理？不然等妳幾位兄長回來，可要心疼了。」

沈文戈直起身，記住了每一個嫂嫂的模樣。若她們是這般脾氣秉性，會主動過來幫她，那前世又為何決絕地要和離？

四嫂和五嫂幾乎是慘烈的以死相逼，方才拿到放妻書，唯剩三嫂一人，拖著病軀留在府上，撫育幼兒。

且觀她們對蘇清月的害怕，這其中是否有蘇清月的手筆？或許不是蘇清月挑唆，而是她威脅？畢竟她身為世子夫人，定是不能最先張口，惹得一身騷。

恍惚間回過神，看見三嫂言晨昕蒼白無血色的唇，她轉頭看向倍檸。

倍檸拿過小奴婢帶來的三件斗篷，分給三位夫人。

「都是乾淨的斗篷，還望嫂嫂們不要嫌棄。天冷路滑，嫂嫂們回去慢些。」

三人道：「七娘也快些回去。」

披著暖烘烘的斗篷，頭上撐著傘，三位夫人一前一後回了院子。

四夫人陳琪雪摸著斗篷，羨慕道：「這斗篷質地真好！嬤嬤妳看，繡花針腳多密！還好我今天去了，不然七娘哪能這麼照顧？」

同一時間，五夫人乖巧收好斗篷，讓奴婢洗乾淨了，回頭送回去。

三夫人則被奴婢責怪著雨天還出去。

「夫人，您看看好不容易養回來的血色，出去一趟，又沒了！」

三夫人言晨昕擦著頭髮上的水珠道：「哪有那麼脆弱？再說，若不是七娘暗地裡送來的藥材，妳家夫人我，連那點子血色都沒有。」

小婢女撇嘴。「嫁了人後，七娘子倒是轉性了，不是之前那個和世子夫人扛扛一氣，看不起夫人的人了。」

「是沆瀣一氣。」

「夫人！」小婢女跺腳。「夫人快把藥趁熱喝了，正好逼逼寒氣。夫人，您說七娘子是真要和離啊？」

三夫人將藥一飲而盡，漱了口道：「應是的。」

小婢女開心起來。「這麼大的事，夫人不可能不管吧？只要夫人回來，我們日子就好過了！那世子夫人——」

「慎言！」

「啪！」犀牛陶枕被摔下地，一牆之隔的宣王府風聲鶴唳，沒有一個人敢大聲喘氣。

床榻之上，補覺不成的王玄瑰驟然睜開遍布血絲的眼，從牙縫裡惡狠狠地擠出幾個字。

「鎮遠侯府，為何又這麼吵！」

聽見聲音進來的蔡奴，先命跪在地上的小廝將碎片收拾乾淨，後投了塊熱汗巾，走至床榻邊，給那鋪了滿床墨髮之人遮住眼，手指按著太陽穴，給他緩解因睡眠不夠引起的頭疼，方才回道：「奴剛才去瞧了熱鬧，今日尚郎君空手來接七娘，又獨自一人騎馬回了府，緊接著七娘便處置了自己的貼身奴婢，所以吵鬧了些。」

王玄瑰一把扯下汗巾，推開他坐了起來，墨髮滑至敞開的肩頭，有幾縷順著縫隙鑽了進去，他咬牙切齒道：「又是沈文戈！她怎麼還沒和離完？」

蔡奴道：「阿郎為難奴了，奴也不懂女人心。」

「要你何用？」他難受地拿手撫額，額上青筋蹦出，煩躁地道：「她怎麼那麼麻煩？當年好不容易把她嫁進尚府，如今她又要和離，和離還那麼磨嘰，是不是我又得幫她把婚離了？」

蔡奴笑道：「阿郎有心，倒也未嘗不可。」

王玄瑰斜睨著他，冷哼一聲，抬起手抵著下巴，大拇指在喉結上滑動，半晌才道：「罷了，我要沐浴，出了一身薄汗，黏死了。」

「好，阿郎不願穿外衣，披件大氅？」

已經下地走到門口的王玄瑰隨意擺手。

蔡奴便將大氅給他穿上，兩人一同往浴池而去。

陶梁國的人都有泡湯池的習慣，長安城大大小小湯池無數，有露天溫泉活水的，有假山流水靠意境取勝的，也有室內挖掘的大型湯池。

宣王府的湯池，便是在室內修建了一個。為了方便排水，湯池建在王府一角，一牆之隔，恰是鎮遠侯府。

整間屋子都被打通做了湯池，王玄瑰一進門，便有熱氣撲面而來，室內白煙裊裊。因他有泡澡的習慣，是以宣王府的湯池總是奢侈的溫著水，何時過去，都能泡上。

五顏六色的瑪瑙石鋪滿整個湯池，相同顏色的石塊組成了鳥獸蟲魚，泡在水中，隨著水波盪漾，彷彿有魚兒躍出水面。

出水口呈蓮花狀，白玉為底，水柱為芯，可謂奢侈。

蔡奴將澡豆等物放置在王玄瑰手臂旁，便安靜退下。王玄瑰睏倦泡澡時，不喜別人服侍。

水溫逐漸升高，整個人暖洋洋的，王玄瑰便靠在池壁上，昏昏欲睡，不消片刻，水面變得平靜下來，他歪頭睡著了。

一室靜謐，唯剩水流輕緩而下的聲音。

湯池外，一穿著白色短襦小袖，繫高腰石榴裙，棕色披帛繞肩而過，滿頭黑髮一絲不苟梳成高髻的女子款步而來。

因見到在門口等候的蔡奴而揚起的嘴角，堆疊起了眼角細密的皺紋，暴露了她年近四十的年紀。

她小聲問：「阿郎睡了幾刻鐘了？」

蔡奴向她拱手，動作隨意，極是相熟，兩人俱是多年來照顧在王玄瑰身側之人。「已有一個時辰。」

安沛兒抬頭看了眼隱有些暗色的天，站在了蔡奴身旁，示意跟在她身後的小婢女將托盤放下，那托盤裡有一小暖爐，此時正燃燒著溫著上面的湯壺。

香味撲鼻，蔡奴問道：「這是給阿郎做的什麼好吃的？」

「為阿郎做了乳釀魚，且放心，你的在廚房溫著呢！」安沛兒笑著回了一句，又道：「今日阿郎睡的時間長，可叫人通風了？」

蔡奴頷首。「水溫也控制著呢！」

屋內水聲響起，王玄瑰打了個哈欠，拇指揉過眼下小痣，帶走眼角水漬，人便跟著清醒了過來。

他從湯池中站起，黑髮垂落遮住背脊上一閃而過的陳年舊疤，隨意穿好衣裳，坐在美人榻上消熱。

聞聲而進的蔡奴為他擦乾濕髮，安沛兒則將奶白色的魚湯盛起遞給他。

喝了暖胃魚湯，王玄瑰整個人更為鬆弛慵懶，拄著手斜靠在美人榻上。

瞧他心情上好，蔡奴道：「阿郎，今日奴收到消息，有御史因高硫使臣一事彈劾阿郎了，不過鴻臚寺這次站在阿郎這邊，將人給堵了回去，說百姓們都拍手稱好。」

王玄瑰對自己做的事，心裡有譜，聞言道：「你確定百姓們不是捂著嘴吐？」

安沛兒說：「大約是……捂著嘴吐完，再拍手？」

王玄瑰嫌棄地看了她一眼。

安沛兒不以為意道：「阿郎可要再食一碗？」

王玄瑰擺手，對自己遭彈劾毫不在意，冷笑連連。「又沒要那高硫國使臣的命，隨他們彈劾。再彈劾，我便將那血球子扔他們府上去！」

聽見此等恐怖之言，蔡奴和安沛兒面色都沒變，甚至蔡奴還建言道：「不如將高硫使臣還給那幫高硫人？」

剝了人皮還能讓人活著，這當然是宣王府的手段，可人一旦回去，是否有命就未知了。想都沒想，王玄瑰便笑道：「善，就這麼辦！這養人的法子，你一併帶過去。」他又打了個哈欠，眼裡沁出淚來。

見他好不容易又有了睏意，蔡奴和安沛兒自然都勸他回房小睡。

三人剛走出門，驚聞一聲貓叫。

「喵嗚……」

貓叫聲彷彿就在耳邊，王玄瑰停住步子，看了看周圍，並沒發現有跑進來的野貓。

安沛兒道：「許是府外街上的貓兒在叫。」

話音剛落，頭頂大樹的樹葉嘩嘩作響，三人抬眼看去，不見貓兒，只見一雙綠油油的眸子在樹枝上左搖右晃，喵喵喵地叫個不停，定睛再瞧，卻是一隻小黑貓，和黑夜融為了一體。

小黑貓前爪試探著往前伸著，樹枝搖晃，頓時便又收回爪子，想往後退，可身後大樹枝葉繁茂，小屁股一下子撞在了另一枝樹杈上，頓時身子不穩，眼見就要掉了下去，爪子趕緊伸出，幾次三番想勾在樹枝上，卻未能阻止不斷滑落的身體！「喵嗚！」

黑色的小團子在空中調整身形，在牠要掉在地上前，王玄瑰下意識上前兩步，穩穩接住了牠。小黑貓柔軟的腳墊踩在他的雙手上，翡翠色的眸子中黑色瞳孔豎成一條直線，直直盯著他，而後軟軟地叫了一聲。

牠左嗅嗅、右聞聞，後腳蹬著他的手，拉長身子往他身上爬，柔軟的小腦殼順著敞開的大氅，頂開裡面的衣衫，毛茸茸的貓頭蹭在他胸膛上，打了個滾。「喵嗚……」

軟乎乎的貓在懷中，感受著手上和胸膛上傳來的柔軟觸感，王玄瑰僵硬在原地，動都不會動了。他壓低聲音道：「愣著幹什麼？還不快過來幫本王把貓拿開！」

都說出「本王」二字，可見是羞惱了。

安沛兒卻抬手掩唇，和蔡奴對視一眼，均見到了對方眼底流露出的欣慰神色。阿郎小時也養過一隻小貓仔的，後來……不提也罷。

她走過去欲要伸手揉揉貓兒，黑貓警覺地立起兩隻小耳朵，小身子後退，縮得更厲害，整隻貓成了顆小貓球。

柔軟的毛蹭在身上、手上，王玄瑰臉黑得更加厲害，卻依舊一動也不動，任由貓兒攀爬，找尋躲避的地方。

見不能碰牠，安沛兒住了手，仔細觀察道：「觀牠毛色光亮順滑，眼裡有神，拒人又親人，應不是外面的小野貓，想來是家裡養的跑了出來。」

話說完，三人一同想到讓小黑貓掉下來的大樹，那樹就種在兩府牆邊，而宣王府的旁邊，不正是鎮遠侯府？

安沛兒笑道：「原來你是鎮遠侯府家的小貓。」

鎮遠侯府家的小黑貓雪團可聽不懂她的話，牠往上攀爬不成，改為低頭嗅上王玄瑰的手，嗅完後大膽地伸出小粉舌舔了舔。牠將王玄瑰的手當成家了，這邊嗅完，又扒抓那邊。

王玄瑰呼吸一頓，這貓在手上，又小又無害，扔也不是，不扔也不是，關鍵他現在僵得動不了，只能壓低聲道：「你們還不快想想辦法？魚，把那魚湯端來！」

「這可不行。」安沛兒捂著嘴笑道：「湯裡放了鹽調味，貓兒喝了容易掉毛，這麼漂亮的小貓，掉毛可就不好看了。」

蔡奴接話道：「阿郎不如再抱會兒吧，還回去可就摸不到了。」

這黑得都找不到的東西漂亮？王玄瑰震驚地看向安沛兒，算是知道她和蔡奴都不打算上前幫自己了。

在小黑貓打算張口咬自己的手指時，他抬頭看向那院牆，恨聲道：「還不快給本王找把梯子來！」

「喵嗚……」

第三章

一牆之隔，沈文戈的小院也亂了起來，眾人滿院子「雪團」、「雪團」地喊個不停。

初時找尋不到雪團，沈文戈還能鎮定地翻了頁書，淺笑道「牠那般黑，眼睛一閉，躲哪兒睡覺就找不到了，妳們再翻翻」。

小雪團的躲藏能力堪稱一絕，經常找不見牠，最後不是在花瓶中，就是在衣櫃裡，最誇張的一次是在柴火堆裡將牠掏了出來。

可這次，奴婢們裡裡外外找了近一個時辰，連小魚乾都拿了出來，仍是沒找到牠。

有那年紀小的奴婢，著急得都哭了出來。

眼見夜幕黑了起來，再找不到，憑牠那一身黑毛就更難找了，沈文戈也坐不住了。

她拎著裙襬蹲下身子撥弄院子裡的菊花稈。「喵喵？雪團？」

跟著找了一圈，這裡也沒有，那裡也沒有，她站起身，目光突然落在院牆上，院牆上還攀爬著因為秋季到了而有點枯黃的藤蔓。

快步走過去，果不其然，在藤蔓上發現了細小的黑毛，將耳朵貼在院牆上，還能隱約聽見軟軟的貓叫聲。

一旁的倍檸見狀，焦急地問：「娘子，雪團可是跑到宣王府去了？這可如何是好？我們雪團不會被宣王給──」

「慎言！」沈文戈喝道，隨即蹙眉仰頭看向院牆。

若是母親在家，她能直接拜訪宣王，詢問可有見到過雪團，可如今是蘇清月當家，多一事不如少一事，她直接道：「給我搬梯子來。」

也只能是她趴牆頭去瞧上一眼了，否則奴婢們窺伺宣王府，屆時都不知道怎麼死的。

梯子很快給找了來，倍檸在下面把著，擔憂道：「娘子，小心啊！」

沈文戈雙腳踩著梯子，一步一步往上爬，好不容易快要到頂了，手剛要攀到牆頭，一隻修長的手比她還要快一步扒了上去。

在她微微瞪大的眸中，束著玉冠、妖異俊美的男子突然出現，他冷凝著臉，眼角下小痣居高臨下地睨著她。

秋風掃過，枯黃的樹葉從樹上紛紛揚揚落下，兩人一上一下四目相對，神情震驚。

沈文戈腳下一滑，牆上可攀之處已被王玄瑰占領，身子頓時後仰，梯下立即傳來一眾奴婢的尖叫聲。

千鈞一髮之際，王玄瑰將小貓放在牆頭，帶著薄繭的手伸向沈文戈，卻只堪堪碰到她的手尖，於是他便又往上躥了一層，而後一把拉住沈文戈。

她的身子猛地被拉回撞向院牆，又被他有力地定了下來，懸而又懸地停在一尺之遙。

白玉簪子摔落在地，一頭秀髮披散而下，隨秋風掃向王玄瑰，彎月悄然出現在夜幕之上，灑下星星點點的月輝。

雪團夾在兩人中間，異常歡快地「喵嗚」一聲。

秋風颳起，不知是誰身上的沉香四散。

纖細的髮絲陷進了大氅厚實的皮毛中，劇烈動作之下，本就被貓蹭開的衣衫大敞，露出裡面筋骨勻稱的半個胸膛。

沈文戈緩緩眨了下眼，視線從他凌亂的衣衫上移，直至看見他的眸，方才放心般吐出一口氣。

明月冠、千金氅，面如冠玉、盛氣凌人，可不正是她家鄰居——宣王王玄瑰！

嘴角牽動著僵硬的臉頰，給了王玄瑰一個有些不自然的笑。「見、見過宣王殿下。」

王玄瑰微低著頭，任由小貓喵喵叫著，鬆開了她柔若無骨的手，「嗯」了一聲。

溫熱退去，手上無物，她這才反應過來，剛才一直被他攥著，便更緊張了，另一隻手死死扒著牆頭，手指頭都要嵌入牆中了。

不給她繼續解釋為什麼她會趴牆頭，也不想解釋自己為什麼會和她在牆頭相遇，王玄瑰語氣不善地道：「拿走妳的貓，看好了！」

雪團睜著翡翠綠的貓眼，努力抬起鼻子嗅他。「喵嗚？」

手上沒了讓他四肢僵硬到不協調的貓，他腳尖輕飄飄點在梯子上，便下到了地面，頭也不回地往自己的院子走去。

隔著一堵牆，蔡奴和安沛兒雙雙向沈文戈作揖後，趕忙跟了上去。

人走了，羞惱才慢一步攀爬上來，沈文戈頂著一張緋紅的臉，伸出那剛被王玄瑰握住的手，戳了雪團的小腦袋一把，低喝道：「讓你亂跑！」

倍檸在下面擔心地喊：「娘子？」

沈文戈扭頭道：「無事。」而後便一手抱著貓，一手慢慢扶著梯子往下爬，待落了地，尚不解氣地又戳了戳雪團的小額頭，引來貓兒探出爪子扒弄她的手指，便又被牠可愛得沒了脾氣。「讓你淘氣！罰牠一天的零嘴，妳們都不許餵牠！」

奴婢們齊齊福身，笑著道：「是，娘子！」

和鄰居的相見，既非拜訪，亦不正式，反而以那麼詭異的方式完成。想到王玄瑰的風評，沈文戈一顆心七上八下的，昨晚便連覺都睡不安穩。

好不容易捱到今日，一顆心尚未放進肚中，便聽聞外面傳言宣王將一渾身血葫蘆的高硫使臣扔在了他們門口，嚇得那些高硫使臣個個說要回高硫，引得陛下震怒。

此事手段毒辣，但得知前因後果的長安城人們無不拍手稱好。

沈文戈卻眼皮子跳個不停，果不其然，宣王府嬤嬤安沛兒登門拜訪了。

作為陪伴照顧宣王一路從宮中長大的嬤嬤，其地位自然不低，可在蘇清月眼中，也只是個嬤嬤罷了，竟連面都沒露。如此給鎮遠侯府臉上抹黑之事，沈文戈不能坐視不理。

何況，安沛兒用的是鄰居家拜訪之藉口。據她所知，宣王自從搬了進來，就從未同左鄰右舍說過一句話，所以安沛兒是衝著誰來的，自不必說，當然是昨日爬了人家牆頭，和送貓回來的宣王打了個照面的自己。

她一動，嫂嫂們也聞訊前來給她撐場子，一時間，前廳裡妙語連珠，勢必不讓安沛兒覺得被冷待了。

自宮廷出來的安沛兒，端坐得板板正正，先是詢問了三夫人預產期，又回了四夫人如何教養子女、送了五夫人一塊蘇繡手帕，而後看向了沈文戈。

來了！沈文戈放下茶盞，花顏展笑，心裡卻將警戒拉至了最高點！

哪承想，安沛兒卻只是嘮家常一般問：「怎不見七娘子養的那隻小黑貓？」

「牠調皮，我讓人禁了牠的小魚乾，正同我鬧脾氣呢！」她扭頭對倍檸道：「去把雪團抱來給嬤嬤玩。」

「雪團？牠這名字有趣得緊！」安沛兒詫異地說，又趕緊叫住倍檸。「不必麻煩，問牠只是因為我帶了許多貓兒愛玩的玩具過來，還望七娘子不要嫌棄，都是不值錢的玩意兒。」

此言一出，沈文戈心裡就有底了——宣王府不在意雪團跑去的舉動，自然也不會找她爬牆頭的錯！於是便笑道：「哪裡會嫌棄？嬤嬤可對雪團太好了些，只怕日後牠喜嬤嬤超過我呢！」

安沛兒起身。「七娘子言笑了。老奴今日忙裡偷閒過來和幾位夫人、娘子聊天，府上還有一堆事要處理，這就回了，改日請諸位到府上一敘。」

所有聽見這話的人暗道：去宣王府……大可不必！

府門外，安沛兒恭敬地給沈文戈作揖。

沈文戈側著身子，欲要作揖回去，被安沛兒扶住手。

「七娘萬不可，否則折煞老奴了。」一見沈文戈放不開，她又開玩笑道：「娘子莫怕，我們宣王府不吃人。」緊接著，她意有所指道：「世人皆虛妄，我家阿郎身上罵名頗多，可卻也是個別人一對他好一點，就恨不得把心都掏出去的人。七娘子便送到這兒吧。」

沈文戈攏了攏身上的披風，總覺得安沛兒最後這幾句話才是今日前來的重點，可宣王如何，又與她何干？何況，安沛兒嘴裡說的那個人是宣王嗎？

她趕緊回身。「關門。」

冰冷的朱紅色大門緩緩合上，隔絕了天穹遺漏的殘光。

一場秋雨一場寒，霧濛濛、雨淋淋。

沈文戈又犯了腿疾，此次疼得要請大夫來為她扎針。喝了藥後，虛弱地躺在軟墊上。倍檸瞧她那難受的樣子，晚上肯定是睡不著了，便將助眠的沉香點上，而後忙著為她敷腿，聽聞她問軟甲，便道：「都從鐵匠那兒領了回來，只除了姑爺……尚郎君的那副。」

「他不會不給的，我要與他和離，他開心才是，我終於不纏著他了。」沈文戈自嘲地笑笑說。「且再等兩日，若再不給，便上門催促一番。正巧，趁著等軟甲這段時日，妳同嫂嫂們說一聲，就說我要往西北送衣裳，讓她們有想給兄長們準備東西的，都備上些，世子夫人那兒，告訴一聲便是，東西我來準備。」

倍檸拿手帕給沈文戈擦汗，心疼道：「娘子別說了，歇歇吧。」而後聲音中帶著些不忿，問道：「娘子，您可後悔當年去救了尚郎君，累得自己一身病？」

沈文戈露出一抹清淺的笑來，將自己埋進被窩中，閉眼呢喃道：「後悔？不悔，我又不是只救了他一個人……」漸漸沈入夢鄉的她，思緒彷彿回到了那年雪夜……

鵝毛大雪紛紛揚揚，蓋了一層又一層，凍徹心腑。燕息國小股軍隊和陶梁一隊斥候相遇，雙方交戰，熱血噴灑，連雪都蓋不住那紅。

戰場從來不是一個兒戲的地方，無數將士倒在被凍成坨的血泊中，僅餘少數斥候得以保住性命回大軍稟告。

然而這些人裡，沒有尚滕塵。沈文戈巧在半路遇見倖存的斥候們，得以先一步趕到交戰現場，皚皚白雪幾乎將將士們蓋住了，她都不太記得，自己看到眼前場景時，是怎麼連滾帶爬地從馬上下來，奔至雪地中的。

身上斗篷隨著她的跪地挖掘從半空垂落，沾染一身血，她挖了一個又一個人，哭喊著尚滕塵的名字，卻沒有人回答她。

「尚滕塵？尚滕塵你還活著嗎？」

冰天雪地中，一個人微弱的呼吸也會冒出絲絲白氣，憑藉此，擦乾臉上淚水冷靜下來的她，終於發現了一個活人。

好不容易將倒在戰士身上的屍體搬下，她卻沈默了。

那還有著微弱呼吸的士兵，手裡握著砍刀，被馬蹄踏穿的下肢已經和盔甲凍在一起。

她不認識他，可看他眉眼，依稀可見很年輕，是個還未及冠之人。

她猛力掰他的手指頭，都沒能將他手中的砍刀掰下來，她只好轉身從別的地方扒拉出一柄斷刀，將他從雪地中撬了出來，又尋了一棵大樹擋雪，將斗篷鋪上，把人安置在了上面。

接著便又奔進戰場，看見了胸膛上一左一右插著兩柄長刀的士兵，雙目瞪圓，也將自己手中的砍刀刺入敵人身體中，同歸於盡；看見了護著身後戰友，自己身中一刀倒地，而他的戰友也被刺死的士兵；看見了許許多多痛苦而死的士兵。

這一場大雪，將他們凍住了，也保留了當時戰場的凶險。

眼淚？早已經哭完了，流乾了。

到了最後，彷彿是麻木地發現了雙眼受傷而滿臉鮮血、胳膊被劃傷的尚滕塵，拖著昏迷的他放在斗篷上。

她站在曾經最為激烈的交戰場地，看著滿目瘡痍，雙腳早已經被凍得沒有了知覺。不經意間低頭，瞧見了一個身上壓著一半敵軍，整個人呈現面向天空、四肢大開的士兵，有絲絲縷縷的白氣從他的鼻腔中呼出，還有氣！

她凍得紫紅的手不顧一切地將壓在他身上的敵軍推開，欣喜地將人拖了出來。

本想留在原地，等待援軍救援，可遠處的廝殺聲讓她知道燕軍打了進來，而恐怕我軍大部隊一時半刻過不來，她在這裡，很可能會遭遇燕國士兵。

是以，想了想，她便一頭鑽進山林中，找到了獵人留下的小屋，又一趟一趟地將三個士兵搬到馬上，馱回了木屋中，最後累得一頭倒在地上喘粗氣。

外面的大雪成了遮掩她蹤跡的最佳幫手，她尋了樹枝，燒了一鍋雪水，給三個人一人餵了半碗，接著又忙乎著將他們身上的盔甲卸下。幸好他們還活著，不然鮮血將和盔甲凍在一起，扒盔甲勢必會帶下一層皮。只是，脫到那個被馬蹄洞穿的士兵時，她沈默了，他的整個下肢，她根本沒法移動。

就是手，也都和砍刀黏在了一起。

此時，哪裡還有什麼男女大防，她用熱融雪為他們擦拭裸露在外、被凍了的皮膚，其中一位眼角下有一顆小痣，她還以為是土粒，搓了半天都沒有搓下來，待那塊皮膚搓紅了才訕訕停了手，順帶也將她的手和腳搓了一會兒，而後為三人包紮。

原以為她最後救出的士兵，身上的傷應是最輕，卻沒想到，他的傷勢比尚滕塵還要重，肩膀一道刀傷穿過盔甲，差點洞穿整個肩膀，也不知那敵軍得花多大的力氣才能達到。不僅如此，胳膊、腿上也有傷，再觀之他的背，密密麻麻全是陳年舊疤，想來應是位老兵了。

抿著唇將斗篷蓋在他們身上，她將頭蜷縮進臂彎，累得睡著了。

柴火堆起的火光下，那被認為是老兵的男子，濃密睫毛撮動，緩緩睜開了眼，眼下小痣瞬間活了過來，熠熠生輝。

他沒死？王玄瑰重重吐出一口濁氣，低頭瞥了一眼身上和其餘士兵分享的斗篷，不善的目光最後落到在角落裡抱膝睡著的女子。

動了動坐麻的腿，敏銳地察覺身上的傷都被包紮了一遍，用的似乎是撕成布條的中衣？

「疼……」身旁之人喘著重重的粗氣，也跟著醒了過來。

王玄瑰理都未理，他經年被打，大傷小傷不斷，總是傷痕累累，對痛的感覺非常低，是以無法感同身受。

那小士兵年紀不大，迷迷糊糊抬起頭，急促的呼吸聲響在不大的小木屋中，他費勁張手也未能將黏住的砍刀鬆開，便只能用另一隻手動一下、緩一下地四處摸了摸，不知摸到了斗篷下的什麼，兩道淚就流了下來。

喉嚨中似乎有濃痰的呼吸聲，讓王玄瑰聽得煩躁不已，皺眉回頭，呵斥聲剛要出口，就見那嘴唇都乾裂的士兵對上他的眼，竟笑了一下。雖是苦笑，卻也讓王玄瑰閉了嘴。

「我、我要……死、死了，求、求你，聽、聽聽我的……遺言書、書……」

定定看了這個小士兵滿眼噙淚的樣子一眼，他惡聲惡氣問：「在哪兒？」

「裡衣……夾、夾層。」

王玄瑰傾過身子，順著小士兵的衣領往下摸，摸到腰腹處時，不可避免地推開了凝事的斗篷，便露出了被馬蹄踏穿、與盔甲黏合在一起、凍壞了的雙腿。

小士兵滾燙的熱淚砸在他手上，他沈默半晌，抽出了衣襟中的遺書。遺書被雪打濕，又被他身上的血水浸泡過，打都打不開，更別提看清上面的字了。

頭頂上方的喘息聲越發重了起來。

「找、找到了嗎？」

王玄瑰握住遺書沒讓對方看見，問道：「找到了。你家在哪兒？寫了什麼？」

小士兵乾到起皮的嘴咧開笑，許是最後的迴光返照，他急促地喘著氣，字卻連成了句。「請、請軍醫寫的，我死了，戰功銀錢給家裡，妹好嫁人，母親勿哭，眼不好，家在錦州川河縣白皮村……」

柴火燃燒的爆裂聲響起，他伸出手蓋在小士兵的眼上。「好，我為你送遺書，錢也會送到。」

身旁之人再沒了喘息聲，王玄瑰靠在木板上，睜眼到天亮。

蹲坐睡著的沈文戈一個激靈甦醒後，趕緊抬頭向對面看去，驚喜道：「你醒了？」她倏地站起，又腿麻地跌了回去，斗篷便順著肩膀滑落蓋在了她腿上，她嘶著氣，看向那雙波瀾不驚的眼睛，摸著斗篷說：「這是你給我蓋上的？」

這裡難道還有第三個醒著的人？王玄瑰不欲搭理她，只靜靜看她緩解了腿麻後，又帶著斗篷來到自己面前，將其蓋在他和另一個士兵身上，而後在死去的小士兵面前靜默著。

還以為她會哭出來的王玄瑰側頭看她，她可能都不知道自己滿臉血污、頭髮凌亂，除了一雙眼靈動又富有生氣，已是毫無形象可言了。

他突然問：「妳叫什麼名字？」

她驚醒回神。「沈文戈。你可知沈家軍？我是……嗯……」

王玄瑰「嗯」了一聲。「沈家七娘，軍營裡的人都知道，妳喜歡尚滕塵。那我身邊這位，便是尚滕塵？」

沈文戈抿抿唇，沒吭聲，突然覺得有那麼一點不好意思和不合時宜，便站起身說：「餓了吧？我去採些果子。也不知燕息國軍隊打到哪裡了？你們在此處好好歇著。」

雖十分懷疑她能採到什麼果子，王玄瑰還是說了句。「不要回去，恐怕有埋伏。若是我沒記錯，翻過此山有個村落，可歇腳。」

「真的？我去瞧瞧！」說著，她以極快的速度躥了出去。

王玄瑰面無表情地扔下身上的半張斗篷到尚滕塵身上，一直處在昏迷狀態的尚滕塵終於在他的連番動靜下被吵醒了。

尚滕塵啞著嗓子問：「是誰？」

沒有人回答他。

拖起身體已經僵直的小士兵，王玄瑰的背影消失在山林中。

「我回來了！萬幸碰上不知道哪種動物的巢穴，裡面有許多果子呢！還沒問過，你叫什麼名字？我真發現村落了，吃完飯我帶你過去！」沈文戈人未到，聲先至，待她踏入小破木屋時不禁愣了神，屋裡只餘尚滕塵一人。

尚滕塵掙扎起身，因雙眼不能視物，只能憑藉聽見的聲音處朝她一拜。「多謝姑娘相救，某乃長安尚家大郎尚滕塵。」

木屋中央銅盆裡的柴火堆火焰高燃，明顯被人又添了些柴火，其上一隻被收拾乾淨的野兔正架在上面烤，許是烤了不短時間，因無人翻面，都快燒焦了。

再看尚滕塵身邊兩堆血痕，她低低應了一聲，走過去將兔子翻個面，又撕下已經烤熟的兔腿遞給尚滕塵。

荒山野嶺不見人，難道是當了逃兵嗎？這個世道，罷了……

沈默地吃完了這一餐後，沈文戈扶著尚滕塵上了馬，往村落前行。

為了躲避戰亂，村子藏在深山中間，若沒有王玄瑰提點，一般人發現不了。

給了村民半隻兔子和一串銅錢，沈文戈帶著尚滕塵入了村，借了間屋子住了下來，對外便說兩人是兄妹。

村裡有赤腳醫生，沈文戈請來為尚滕塵治傷，他的燒很快就退了下去，加之身體強健，傷口漸漸好轉。至於他的眼睛，經赤腳醫生診斷，只是傷了眉骨，並未傷及眼球要害，瞎不了，沈文戈也就放下心來，便又欣喜起可以和他獨處的時光。

貼身照料三日，相當於沈文戈已經失蹤了四天。正值戰亂時期，不知家裡該擔憂成什麼樣，她已經起了回去的心思。

「娘子與裡面的郎君，恐怕不是兄妹吧？」租給兩人屋子的嬸子縫補著衣裳，笑問。

沈文戈臉上升起薄紅，俏麗嬌羞，她問：「嬸子，能麻煩你們照料他一段時日嗎？我得回家了，待我回家後，便派人前來接他。」

嬸子放下衣裳。「妳且去，我和我夫君會幫忙照顧的。娘子，嬸子問妳個問題，外面的日子過得如何？」

「好的好、壞的壞，總歸是能過下去的。嬸子想出村？」

「是啊，唉，跟妳說這個做甚，娘子放心走便是。」

沈文戈將身上僅剩的銅板交給嬸子和其夫君，便騎上馬，心急如焚地歸了家。

雪天吃的東西少，嬸子和其夫君得進山尋吃的，兩人同尚滕塵說明情況，讓他不要出門，就雙雙上了山。

尚滕塵一人待在家中，摸索著眼上矇的布，心跳如鼓地將之一點點揭了下來，明亮的光照在眼皮上，一片赤紅。他深吸了口氣，緩緩睜開眼。

正巧在此時，帶著一籃子野果、野菜的齊映雨推門而入。「嬸子，我娘讓我給你們送點吃的來！」

朦朧的視線中，柔弱的娘子逆光而站，他放緩語氣問：「可是救我的娘子？」

齊映雨抓住籃子，愣愣地看著兩縷頭髮垂落、好似天仙下凡一般的病弱郎君。

她知道這是外鄉人，借住在嬸子家，也知道與他同行的娘子已經走了。在小山村長大的她，從沒見過這般俊俏的郎君，許是被他的容貌蠱惑，也或許是自己心中那點虛榮心作祟，她小小地「嗯」了一聲。

尚滕塵眸中身影逐漸清晰，記下她的面龐後，起身向她行了個大禮。「娘子救命之恩，無以為報。」他解下脖子上懸掛的玉珮，伸手遞給對方。「某急回軍中，娘子日後有難，可憑此物來尋某，某定當竭盡全力幫助娘子。」

鬼使神差的，齊映雨將那枚玉珮拿了過來，她心裡像揣了隻兔子般忐忑，卻還是問出了口。「郎君是哪裡人？」

尚滕塵一愣，以為她是忘記自己之前所言，便又道：「某是長安人士，尚家大郎尚滕塵。娘子可是身體不舒服？感覺嗓音有些不對。」

齊映雨當即嚇出一身冷汗，磕巴道：「我、我最近受了些風寒。」

沒有多懷疑，他拱手道：「娘子多保重身子。」說完，他打聽好路線，便收拾妥東西，徒步離開了村子。

待嬸子和其夫君歸來時，只見家中房門大敞，已是無人。

嬸子嘟囔了句。「這郎君怎麼回事？連聲招呼都不打就走了，可還能和娘子要派來的人碰上？」

她夫君邊關門邊道：「走了也好，省得叫人發現了村子。路就那麼一條，肯定能碰上的，妳就別操心了。」

嬸子捶著發瘮的腿道：「哎，總覺得兩人不是很般配……」

自從去接沈文戈卻沒有把人接回來，就將自己關在書房裡的尚滕塵，正在紙上苦思冥想地寫著放妻書。

「放妻書」三字後，一般都要寫上夫妻兩人的親密情形，可每每要寫那些恩愛、甜蜜、美好時，他都無從下筆，因為有記憶以來，他從未在她身邊陪伴過她。

少時未從軍時，都是她追在他身後，與他偶遇；成婚後，新婚當夜他便離去；他此番回家後，又滿是爭吵。是以，他竟什麼都寫不出來。

疲憊地拄著額頭，這讓他不禁懷疑自己，成婚三年，究竟帶給過她什麼？

也從未有過如此清晰的認知——她是真的要和離。

「尚滕塵，收起你的放妻書！尚府不可能和鎮遠侯府割裂！你當婚姻是過家家，你們兩個過不下去，想分就分？」輪值歸來的右領軍衛將軍尚虎嘯背著手大聲呵斥兒子。

他濃眉飛揚，高大威猛，一身棕褐色紋鶴圖樣圓領長袍，黑色皮質護腕裹臂，鑲金皮帶纏腰，上掛佩刀，往那裡一站便叫人害怕，更不要說現在怒氣正盛，便是尚滕塵都不敢頂撞。

尚滕塵低著頭，罕見的頹廢模樣，沒有之前篤定沈文戈一定會回來的自信與驕傲，如今的他如同一隻鬥敗的公雞，喃喃開口道：「可是父親，她……她不跟兒回來，一定要和離，兒難道還要強將她綁回來不成？」

「廢物！」尚虎嘯罵道。「連個小娘子都擺弄不定！」他解下腰間配刀扔到桌上，發出極為響亮的一聲「咚」。

尚滕塵不敢言語。

以前不想兒子娶沈文戈，是怕兩家武將聯親，引得陛下猜忌。若非宣王提了一嘴，說陛下海納百川，孩子們兒女情長，進陛下耳全當看一樂，又恭賀他尚滕塵入西北軍定有人相護，他必不會同意沈文戈進門。

這幾年，有鎮遠侯府在，他一直不動的官階都升了一階，更不用說那些看不見的好處。如今，眼見兒子要進金吾衛歷練，他的上司也到了該換任的時候，錦繡大道就在眼前，現在要和離，絕不可能！

沈默片刻後，尚虎嘯說道：「你明日去金吾衛報到，和離不是小事，我與你母親都不同意。且沈氏如今孤身一人，連個可以提點的長輩都沒有，你們年紀小，懂什麼？」

金吾衛掌長安治安，日夜巡察，並負責保衛陛下安全，有著嚴苛的紀律，每月方才休三日，每半月白晚班互換。是以，進了金吾衛，相當於要消失一個月。

於是，尚滕塵絞盡腦汁想出來的放妻書，便這麼被扔在了書房，只有軟甲著人送去了鎮遠侯府。

倍檸眉頭狠狠擰著，捧著軟甲進了屋。「娘子，他們只送來了軟甲，沒有放妻書。據尚府的人傳話，說是郎君去金吾衛當差了，等他輪值回來再說。」

沈文戈如今正著手規劃她的嫁妝鋪子，她打算賣掉兩間收益不好的，在長安府衙即將規劃的東市商業街上購入幾個鋪面。

如今那條街髒亂參差，少有人去，鋪面價格低廉，趁著沒人知道日後它會變得多麼繁華、寸土寸金，現在購入正合適。

聽見倍檸的話，沈文戈放下手中契約，也不意外尚滕塵沒能送回放妻書，站起身道：「將軟甲給我，妳去通知嫂嫂們，晌午過後，車隊將去往西北。」

倍檸應了聲，遞上軟甲後，轉身便走。

沈文戈將軟甲取出，拿汗巾沾油仔細擦拭保養了一番，方才和其餘幾件軟甲一併放入紅箱中。

三位嫂嫂們的東西陸陸續續送來了，最多的便是她們給自家夫君縫製的襪子和貼身衣物，另有各位兄長口味不同又愛吃的零食，果脯、肉乾不一而足。

再觀蘇清月遲遲才送來的東西，沈文戈伸手翻看了一下，冷哼一聲，竟是現去糕點鋪子買的糕點，毫不用心！

不說長安至西北路途遙遠，一去一回就將近一個月，縱使外面天冷，那糕點能放半個月？而且，她大兄不喜甜食，從不吃糕點。

她將糕點盒子扣住，冷著臉推至了一旁，這種東西不送也罷。

將為大兄、二姊準備的吃食、衣裳拿出後，她把另一封信件妥貼地夾在各類東西中。

他們可千萬要信她的話啊！

收拾出兩馬車的東西，人都點好了，蘇清月卻連面都沒露。世子夫人不出面，沈家奴僕她無權挪用，想送東西便只能讓跟她從尚府回來的沈家人去。

沈文戈心知這是蘇清月故意逼她走，只略微蹙了眉。她的家，她不想走，誰也趕不走她！

她重新安排人手時，便見三個嫂嫂帶著人來，也都是各自娘家給的人。看著面前的人，沈文戈抿了唇。她們是給鎮遠侯府的郎君們送東西，不是給外人，沒道理還讓嫂嫂們出人！偌大的鎮遠侯府竟沒有人可以送東西，說出去都讓人笑話！

既然蘇清月不想做人，就別怪自己撕下臉面來，待母親回來一查，有她受的！

沈文戈讓三位嫂嫂回去，帶著人直奔行商，言明鎮遠侯府請他們護送物資至西北。

自有商隊專門跑西北做生意，還是有帶刀的護衛，一百來個虎背熊腰的各族漢子一起走，如此一看，倒比自家人去更安全些。

鎮遠侯府的兩車物品便融進商隊了。沈文戈給了不菲的費用，請他們一定要送至。

蘇清月聽聞此事，立即著人要將那兩車物品追回，奈何商隊早已出發，沒了個影子！

見蘇清月欲找麻煩，沈文戈卻笑意盈盈，像回事似的讓倍檸去買盒同樣的糕點，實則將那被她扣住沒送出去的糕點拿來，放在蘇清月的面前，說道：「世子夫人想追糕點，我賠一盒便是，左右那兩車物品也都是我們姑嫂幾人的私人物件，送到西北的錢也是我們掏的。」

蘇清月瞧著那糕點，氣得沒話說，險些失了她高高在上的世家之女風度。

最後，還是沈文戈叫住蘇清月身邊婢女，將糕點硬塞進其手中。

這麼喜歡糕點，自己吃去吧！

接下來的日子，蘇清月時不時就請自己吃茶，明裡暗裡撮合她與尚滕塵，想動搖她和離之心，讓她趕緊歸尚府，但她左耳進、右耳出，全當沒有聽見。

這天，沈文戈再一次將順著滕爬到牆上的雪團抱了下來。如今的雪團已不像小時那般巴掌大小，牠足足長大了一圈。

占據了沈文戈半個懷抱的雪團，翻了個身露出肚皮，又拿腦袋蹭沈文戈。

沈文戈揉揉貓頭，一隻手竟有些抱不住。「小沒良心的，隔壁就這麼好，三番五次想跑過去？等母親回來，我就在牆頭砌一排尖瓦，看你還怎麼過去！」

「喵嗚……」

「求情也沒用！」

一旁的倍檸幫忙托住雪團，也跟著笑道：「算算日子，夫人也快到了。不過夫人估計不會同意娘子在牆頭砌尖瓦，若要砌，少不得要和宣王府打交道。」

本也就是說說的沈文戈，摸了摸貓身，彈了下牠的額頭，問道：「可派人去城門口迎著了？」

「放心吧，娘子，都派去了。」

鎮遠侯府派去城門口的小廝換著班的等，遠遠瞧見在城門口排隊待進的馬車，立即喜道：「是夫人回來了！快回府告訴七娘……哎哎，等等，也別忘了知會少夫人一聲。」

「曉得、曉得，你快去迎夫人！」

原本寂靜的鎮遠侯府再次喧囂起來，沈文戈讓倍檸給她找出一件斗篷，就急匆匆趕往門口，巧與一臉寒霜的蘇清月相碰。

蘇清月扭頭看她。「七娘這次可是如意了？不知母親回來，將怎樣看待妳和離一事。」

沈文戈四兩撥千斤地將話堵了回去。「不比世子夫人如意，母親歸來，管府重任要輕鬆許多了。」

不能在鎮遠侯府一言堂，被扎了肺管子的蘇清月斜蔑了沈文戈一眼，快步朝門口走去。

沈文戈越過蘇清月，走到馬車前，緊張地道了句。「母親。」一別經年，許久未見了，母親。

陸慕凝生得一張鵝蛋臉，年近四十的她保養得當，若不細看她杏眼細褶，只會認為僅三十出頭。她今日著了一身白色暗紋上襦，配棕金色長裙，長裙外罩一層繡蝴蝶金紋的紗，富貴又內斂，一如她這個人，從金窩裡養出的江南才女，通身書卷氣，溫婉至極。

沈文戈殷勤地接過陸慕凝身旁嬤嬤手中的斗篷。「母親，長安風大，七娘給母親將斗篷披上。」

陸慕凝輕掃沈文戈一眼，便下了馬車好讓她繫帶。

繫帶的手涼得徹骨，不經意碰觸到陸慕凝的脖頸，引得她窺探，便瞧見了她的小女兒眼底的水霧，見到女兒的欣喜不禁沈了沈。

沈文戈以前都沒比過，不知什麼時候起，母親竟比她還要矮上半個頭，她都需得低頭為母親繫帶了，也不可避免地瞧見了隱藏在髮絲裡的白髮，不禁抿了抿唇，帶著撒嬌的語氣輕聲道：「母親，娉娉想您了。」

陸慕凝過了一會兒才道：「妳還知道有我這個母親？我還以為，我這嫁出去的女兒，徹底成了別人家的姑娘呢，同在長安城，竟是一次家都沒回過。」

這個時候，絕不能認錯！沈文戈禍水東引，立即委屈道：「是王氏規矩多，不讓女兒回府，焉知女兒有多想家！」她說的可都是實情，不管母親問她身邊哪個婢女，答案都一樣。

另一旁的蘇清月實在受不了了，走上前道：「母親、七娘，不如我們回府再聊？」

蘇清月在陸慕凝面前一向乖順，畢竟全府上下，她唯一服的就是同為世家女的陸氏，因而陸慕凝也頗為給面子地頷首。

「等一下。」陸慕凝轉頭看去，從她後面馬車上下來的年輕郎君。

見親人敘過舊，男子方才走了過去，朝眾人拱手見禮。「見過諸位夫人、表嫂。」又看向沈文戈，清冷的臉上露出些許笑意。「見過表妹。」他氣質清冷，姿容俊美，披了一厚重大氅，隨著他拱手露出內裡的蒼青色衣裳，玉帶封腰，身形單薄瘦削，頭上插著一白玉簪子，端得上是君子如玉。大氅上灰色毛領被風吹至他臉頰，帶著他眼中笑意，衝散了那抹冷。他笑問：「表妹可是已將我忘了？」

沈文戈愣了半晌，時過境遷，她記憶都有些模糊了，不過會在此時和母親一同上路長安的，也唯有她那個日後會金科榜首，當了狀元郎的表兄林望舒了吧？當即福身道：「見過表兄，怎會忘記。」

如此疏遠客氣，還說不是忘了？陸慕凝瞥了一眼自家女兒，對她說，也是同蘇清月等人道：「望舒乃我妹妹之子，明年將參加科考，便與我一同上長安來備考了。」又對林望舒道：「望舒這幾日先歇在府上，待你那邊的房子收拾妥當，再搬過去？」

鎮遠侯府所有男丁均在西北戰場，林望舒縱使是當家主母陸慕凝的外甥，也不能不避嫌地住在府上，便道：「煩勞姨母了，家中為我安置的房子，早在月餘前就差人收拾好了。」

知他意思，陸慕凝自然不會強求，便道：「那且隨我用過飯後，再去屋子。先讓你的書僮將你的東西安置了、燒上火，屋子暖和了你再去。」

林望舒拱手，便是同意了。

沈文戈看了他一眼，又探頭看他身後，見沒人了，不禁問道：「嶺遠呢？」

嶺遠便是大兄和蘇清月的嫡長子，被母親帶到江南看望外祖母，可此時卻沒看見他。

先是看了一眼對自己兒子回不回來漠不關心的蘇清月，又看了一眼沈文戈，陸慕凝道：「天冷路滑，嶺遠年紀尚幼，不宜遠行，且等明年天暖和了再接他回來。大家都進府吧。」

「是，夫人。」

一行人齊齊往裡走了，幾乎是下意識的，所有人都跟在了沈文戈身旁或是身後。

陸慕凝微一側頭，便能瞧見孤零零走在一旁、昂著下巴的蘇清月，蹙了眉。

席面早在得知陸慕凝要回來時就定好了，此時廚房裡忙得熱火朝天，做的都是好消化的食物。男女不同席，便沒坐八仙桌，反而人人面前一個几案，將菜一碟一碟上了上來。

眼見席間氣氛溫和，陸慕凝也是一副擺脫了舟車勞頓，放鬆下來的樣子，早已忍不了的四夫人陳琪雪便要開口告狀，和她同坐一個几案的五夫人崔曼蕓攔都沒能攔住。

陳琪雪怒其不爭地瞪了一眼五夫人，而後說道：「母親，您這次回來，可要褒獎七娘，多虧了七娘給的布，我給純兒裁了身新衣裳呢！」她扒拉下五夫人拽她袖子的手，又繼續說：「也多虧了七娘給請了先生，讓幾個小的都能讀書識字。」

話裡全是誇七娘的，可不就是在給蘇清月上眼藥？蘇清月若做得到位，哪輪得到沈文戈出手相幫？

沈文戈放下筷子，拿出汗巾擦嘴，擋住自己微微上揚的嘴角。這麼快就開始了？偷偷瞄向母親，見她眼鋒輕掃，又規規矩矩坐正了，再觀三位嫂嫂，穿的都是舊衣，而且八成是母親在家時，她們經常穿著在母親面前晃悠的衣裳。

眼藥真是一波比一波猛，便連挺著大肚子的三夫人言晨昕都下場了。

三夫人扶著腰，虛弱地道：「兒媳懷這胎甚是辛苦，七娘送了好些藥材給我調理身子，便連穩婆都為我找好了，兒媳都還未有機會謝過七娘。」

沈文戈端起酒杯朝向三夫人，如翡翠濃湯的綠蟻酒晃晃悠悠被她一飲而盡，暢快！「三嫂言重了，能幫則幫，都是應該的。」

她動作俐落，全然沒有以往嫌棄酒味濃烈而捂嘴的小女兒姿態，引得林望舒和陸慕凝都看了過去。

陸慕凝臉上情真意切看見親人的笑變成了假笑，衣裳、先生，都算可處理的小事，但女子生產關乎從鬼門關前走一趟，那是重中之重的大事，她在走前可是百般叮嚀過蘇清月的。聽此言，快要到生產日子的言晨昕竟連穩婆都沒有，還是娉娉給找的！

看向蘇清月，她正自顧自地讓身邊婢女給她舀羹，像是全然沒聽見幾位夫人的話一般，或者說她毫不在意，認為與自己無關，當真叫人心頭一寒。

而一旁猶猶豫豫不知道該說話還是不該說話的五夫人崔曼蕓，最終還是下定決心跟著嫂嫂們一齊開口，不然，叫她自己單獨跟陸慕凝說，她可不敢。

只見她握緊了在几案下的手，鼓起勇氣道：「母親。」見陸慕凝看過來，她聲音又弱了幾分。「母親能不能叫帳房將這幾個月的月例給兒媳支了？前段日子給五郎送了東西去，兒媳手上實在沒什麼錢了，還要和明兒吃飯呢，明兒都嚷嚷好幾次說要吃奶糕了……」說到最後，她頭都垂了下去。

可她身邊的四夫人陳琪雪卻是猛地看向她，臉上的笑止都止不住！我們五夫人不顯山、不露水，向來天真直率，恐怕她自己都沒想到她這幾句話的威力，她這是在明面上說，蘇清月斷了她們的月例啊！連孩子愛吃的奶糕都沒得吃！

果然，陸慕凝臉上一點笑意都沒有了，一副山雨欲來的姿態。

林望舒適時站了起來。「姨母，望舒恐書僮不會幹活，這便先回房子收拾了。」

陸慕凝頷首，又對一副想看戲樣子的沈文戈道：「妳且去送送妳表兄。」

「好。」沈文戈掃了一眼還一副高傲樣子的蘇清月，興致高昂地帶林望舒出了門。

幾乎是兩人的背影剛消失在眾人視線內，陸慕凝就冷聲道：「除了清月留下，其餘人回妳們自己的院子，照顧好晨昕。將老鐘和帳房管事叫來。」

「是，母親。」

蘇清月跟著陸慕凝進了早就收拾好的屋子，先開口說道：「母親這次回來，可是因為七娘和離一事？兒媳倒是覺得七娘不過是小兒心性，母親還是好好勸勸她吧！」

陸慕凝失望地看著她，問道：「剛才妳幾位弟妹說的話，妳可都聽見了？」

蘇清月點點頭。「聽見了。」她面露不屑道：「鎮遠侯府養著她們，她們還想要什麼月例？之前我就想同母親說此事了，根本沒必要，不過是庶出的。」

「庶出」二字輕輕鬆鬆自她嘴裡說了出來，陸慕凝的眉頭都快要蹙在一起了，又問：「那妳三弟妹即將生產，怎麼不給她安排穩婆？」

蘇清月是真不明白，反問道：「為何要兒媳安排？她自己要生產，自己安排去啊！」

陸慕凝快被她氣個倒仰。「妳不給月例，讓她如何安排？」

「不是還有嫁妝嗎？我看七娘用自己的嫁妝就用得滿勤快的啊，哪個嫂嫂也沒落下。」

說到沈文戈，蘇清月語氣裡便帶了幾分不悅，已是在指責沈文戈手伸得太長了。

陸慕凝伸手揉向太陽穴，重重嘆了口氣。「妳可是還覺得，她們生下的孩子也是庶出，不應該得到和嫡子一樣的待遇？」

這話幾乎說進了蘇清月心裡，她疑惑地問：「不該如此嗎？」

陸慕凝失望地教導道：「縱使她們是庶出，她們的郎君是庶出，她們的孩子是庶出，難道她們就不是妳的親人？該給的機會和待遇都要給，家裡不是養不起他們，不要太刻薄。」

「刻薄」二字激到了蘇清月，她站起身，昂貴的狐裘滑落在地，不敢置信地說：「母親，我刻薄？我乃盤州蘇氏嫡女，我父是當朝重臣、堂堂宰相，我母是青州崔氏，我阿姊更是貴為太子妃，讓她們享有和我一樣的待遇，這本身才是一種不公平吧？」

失望幾乎要從陸慕凝眼中冒出來。錯了錯了，當真錯了，當初蘇家有意結親時，不該想著要為舒航娶一位通四書五經的女子，而娶了世家之女。知她眼高於頂，看不起身邊人，可卻不知她連底線都沒有！對親人尚且如此，何況旁人？自己在時，方還能收斂一二，沒想到自己才去了江南幾月，她就原形畢露了！

一掌拍在几案上，震得茶盞嗡嗚，陸慕凝道：「縱使妳瞧不起她們，那妳便是這樣掌家的？苛扣弟妹的月例不發、不給孩子們請先生、不請穩婆，樁樁件件，妳且傳出去，讓大家聽聽，這是鎮遠侯府世子夫人能做出的事情？妳也回去問問妳母親，看妳做得對不對？」看蘇清月也一臉生氣的模樣，陸慕凝乾脆晾著她，讓她在一旁候著。她先是詢問了管家老鐘，又對了帳本，吩咐帳房將幾個月沒發的月例補上，又囑咐多給一個月。接著問了沈文戈給三夫人請的穩婆，給孩子們找的先生們，樁樁件件全部理順了，又聽聞了蘇清月給在西北的兒子只送了盒糕點，簡直是怒不可遏！「日後妳便跟在我身邊學管家！」

一錘定音，剝奪了蘇清月的管家之權。

「母親?!」蘇清月清冷高傲的臉上出現寸寸龜裂，她想到了陸慕凝回來後，她管家之事將會處處受限，但沒想到，已經給出來的管家權，陸慕凝會直接將其收了回去！她可是鎮遠侯府的世子夫人啊！將本該是她的管家權收回去，讓外面的人怎麼看她？

天穹被黑壓壓一片的烏雲蓋住，雪花飄飄揚揚而下，沈文戈伸出手接了入手即化的晶瑩冰花，歉意地對林望舒道：「讓表兄看笑話了。」

林望舒身量高䠷，能將沈文戈整個人都看入眼底，她今日穿得就像個大家閨秀，粉色絲滑的裙襬在斗篷下若隱若現。白色雪花旋轉而下，有些輕盈落在她的珍珠髮釵上，有些落在了纖長如蝶翅般的眼睫上，有些則落在她小巧高挺的鼻梁上，與記憶中在江南總是纏著他的小奶團子不一樣了。

想起聽見姨母說的話，便問：「在江南聽聞，表妹要和離？」

沈文戈淺淡一笑，沒有自己要和離便低人一等的樣子，感慨道：「真是好事不出門，壞事傳千里呢！是啊，我要與尚滕塵和離了。」

林望舒點頭，看向她的目光中，有著長輩看待不著調子輩幡然醒悟的滿意之色，就是他遠在江南，也曾聽說表妹當年是如何追著尚滕塵，讓他頗覺可惜，明明是那麼聰慧的人。

他並不想出言教導，只道：「還記得妳偏愛看些遊記，吐蕃、突厥等語也是會說的，給妳帶了幾卷書，放在姨母那兒，記得去取。」

這回沈文戈是真詫異了，側頭看向身邊的清雋郎君，展顏一笑。「那便多謝表兄了。」兩人很快便到了側門，林望舒身邊的人都去他家給他佈置的宅子收拾去了，誰也沒想到幾位嫂嫂席間就開始告狀，讓有心避開的林望舒提前離府。

「我給表兄備了馬車，表兄別嫌棄。」

他站在馬車旁，拱手作揖。「怎會，表妹有心了。」

鎮遠侯府的馬車沒有宣王府的豪華，嚴格按照規定等級打造，只一匹矯健的突厥馬拉著後面的車廂。馬尾來回掃著，突然間嘶鳴起來。

挨著鎮遠侯府的、經年不怎麼被打開的側門，內裡也傳來一聲馬匹嘶鳴，渾身雪白、沒有一根雜毛的馬匹踢踏著走了出來。白馬身上轡繩並不在上面的王玄瑰手中，反而被一旁滿臉無奈的蔡奴攥著。

蔡奴繼續勸說。「阿郎，禁足中還是不要出門的好，若是被發現，少不了一頓彈劾。」

高硫使臣一案，最終以宣王王玄瑰罰奉半年、禁足三月落下帷幕。

而被禁足的王玄瑰，此時著一身黑紋紅衣，寬袖足足有三尺之長，至袖口處驟然收緊，被黑色銀紋的皮質護臂牢牢束縛住，飄動又帶著凌厲。寬袖遮擋下，黑色皮帶勒出勁瘦腰身，隱隱綽綽，抓著皮鞭的修長手指上，一根紅色髮帶落在其上，纏指曖昧。

「囉嗦！」王玄瑰冷哼一聲，雙腿一夾馬肚子，手腕一動，皮鞭劃下。

蔡奴連忙放手，白馬衝出，幾個跨越間便跑到了前方的兩人面前。

就算崇仁坊街道寬廣，旁邊更是空出好大一片空地，但能取直，為何要繞遠？尤其前方男女看著礙眼。他是不是又得幫沈文戈作個媒？喜新厭舊的小娘子！

馬鞭打在空氣中發出令人膽寒的「噼啪」聲，聲音中夾雜著他的喝斥。「讓開！」

沈文戈趕忙朝後退讓。

林望舒不明所以，但也看出了馬上男子身分尊貴，便緊挨著馬車站立。

白馬載著王玄瑰在兩人中間飛馳而過，只留紅袖招搖在眼底。

林望舒目光追隨著白馬而去，巧與對視線敏感、猛地回頭的男子對上，那一剎那，他悄然挺直背脊，直到男子轉頭而去，才呼出一口氣來。

「此人是誰？」

沈文戈剛才也被王玄瑰身上的氣勢所懾，這才回過神來說道：「是宣王殿下。」

一聽是宣王，林望舒眉間便皺了起來，頗有「當朝毒瘤怎還在」之感。

馬蹄捲起的塵土飛揚而下，沈文戈搖搖頭，將月夜那晚的場景送出腦中。

把林望舒送上馬車，回到院子沒有多久，便聽說母親處置了蘇清月。

蘇清月身為世子夫人，母親將掌家權交給她，背地裡的意思，是要將鎮遠侯府一併交給她，有意鍛鍊她撐起這片天。

如今再次收回，便是明著告訴別人，她不滿意，不滿蘇清月的行事作風。也相當於蘇清月獨自掌家的夢想破裂了，頭上有人管著可不是一件幸福事。

為母親的俐落而鼓掌後，她突然就有些膽怯了，不敢去見，只能用做事來遮掩自己的焦躁。先是派人給三位嫂嫂送上東西，又給三夫人的盒子裡壓上了二十兩銀子，然後命人和母親身邊的嬤嬤對接，將自己幫忙處理的事情一併交代了。

等著小女兒過來撒嬌哭訴的陸慕凝，沒能等來沈文戈，只等來了她的婢女倍檸有條不紊地上報府中沈文戈參與的大小事宜，一問便得「都是娘子吩咐這樣做的」的答案。

又聽聞沈文戈回來後賣了兩間嫁妝鋪子，買下了東市的兩間屋，並幫助她的三個嫂嫂合力也買下一間。如今已傳出消息，朝廷有意重新規劃東市，她們買鋪子的地界正好在範圍內，市價頓時上漲，穩賺不賠。

陸慕凝寧願她像個長不大的孩子無理取鬧，也不想她經歷苦楚，幡然長大。長大了、懂事了、穩重了，可她這個當母親的，心裡卻更難受了。

揮手讓倍檸退下，陸慕凝嘆了口氣。

第四章

夜晚，陸慕凝難得強硬地喚了沈文戈過來和她同睡，沈文戈枕在母親身邊，側頭便能瞧見母親擦洗了妝容後疲憊的臉。她想抱住母親的手，最終還是只敢牽住母親的衣袖。

「真要和離？」

沈文戈抿唇，應了一聲，而後又道：「果然如女兒所想，他們扣著放妻書不給，還得煩勞母親替女兒索要。」

陸慕凝伸手握住了抓著她衣袖不放的手，說道：「當年不讓妳嫁，妳偏要嫁，如今……罷了，多說也沒有意義。但……」黑暗中，朦朧看不真切，她注視著沈文戈，雖心疼，卻還是語重心長地道：「母親著急趕回來，另一個重要原因便是，怕妳真的和離了。」

「母親？」

安撫似地拍了拍沈文戈的手，她繼續說：「母親總比妳經歷的多些，當年妳父親要納了在西北救下的小娘子時，我也痛苦過，可又能怎麼樣？還不是看著你們幾個長大成人了？所以母親不想妳一生氣，做下了後悔的錯事，畢竟妳那麼喜歡他呢！」她重重嘆了口氣。

沈文戈垂下眼瞼，只能道：「女兒已經不喜歡他了，心裡已經沒有他的一席之地，他納妾也好、過得風光也罷，都與女兒無關。」

「孩子話。」陸慕凝道：「你們兩個新婚之夜他就去了戰場，都沒有認真相處過，三年裡，恐怕話都沒有說過幾句。母親的意思是，娉娉妳再給他個機會，這過日子啊，和風花雪月不一樣，哪會沒個磕絆？」

沈文戈無聲淚流。可是母親您不知道，我已與他相處過多年，只能獨守空房，眼看他與齊映雨恩愛，一念成魔。每一天在尚府的日子都是生不如死的，我就連祭奠你們都做不到，院裡的野草都比我瀟灑！機會嗎？我給過了，用命給的，我不想再給一次了。這顆心早已千瘡百孔，禁不住撥動了。

「娉娉？」見沈文戈不回話，陸慕凝嘆息一聲，接著道：「母親啊，不是要阻妳和離，只是母親擔憂，妳兄姊均在戰場，無人能看顧妳。妳這段日子在府中，可感受到和從前在家的區別了？都成了小家，都有了自己的小心思。母親如今尚在，待母親百年之後呢？誰來照顧我們娉娉？母親是怕我們娉娉孤身一人，那就太可憐了。」

但母親您可知，在尚府中的我更可憐？

淚珠子成串地湧出，母親歸來後的場景，沈文戈在腦中模擬了一遍又一遍，母親會不同意自己和離也在意料之中，只是，還是會覺得無力。

那種覺得母親不站在自己身邊的情緒，波濤洶湧，幾乎要將她掀翻。

為什麼沒有人願意相信她真的要和離？為什麼沒有人支持她？好累、好累啊……

她抽出被陸慕凝握著的手，啞著聲音道：「母親，夜深了，睡吧。」隨即翻了個身，背對著陸慕凝閉上了眼。

只留陸慕凝在黑暗中，悲傷地望著她的嬤嬤。

有人要和離，有人鬧歸家。

被剝奪了掌家權的蘇清月，幾乎羞憤欲死，看見婢女、小廝聚在一起，就會懷疑他們在說她，看她的笑話！看見那幾個被她看不起的弟妹，和她一樣地接受陸慕凝教導，她更是滿身怒火沒處發！她是世子夫人，她們不過是庶出之子娶的媳婦，憑什麼和她一樣？

每一日、每一日，對她而言都猶如上刑！

可陸慕凝像是全然看不見她的痛楚一般，處處將她帶在身邊，看自己是怎麼教導人的。

最終，高傲的蘇清月再也忍受不了了，她要回娘家！

陸慕凝不是那不喜歡兒媳婦出府的王氏，只是定定地看了蘇清月一瞬，便道：「既如此，那便回吧。」

沒聽到挽留，蘇清月咬著後牙，臉上露出一瞬的憤懣，隨即頭也不回地轉身就走。

陸慕凝身邊的嬤嬤為她斟了一盞茶。「待大郎的夫人回來後，得好好教教規矩了。」

沒叫「世子夫人」，一句「大郎的夫人」，足以說明很多問題。眼高於頂的蘇清月看不起府裡這個、瞧不上府裡那個，可她忘了，她是陸慕凝的大兒子娶回來的夫人。

陸慕凝吃了口茶，說道：「我倒更想看看蘇府的規矩。」

「可讓大嫂回去真的沒事嗎？我聽我父親說，太子賑災有功，陛下欣喜，大嫂是太子妃的妹妹，這……」說話之人是誰也沒想到的五夫人崔曼雲，她見所有人都瞧她，有些害怕地往四夫人陳琪雪身後躲了躲。

陳琪雪瞪了她一眼，低聲道：「這會兒又敢說話了！忘了她之前是怎麼諷刺妳的？有個當太子妃的姊姊了不起嗎？她在府裡的所作所為若傳了出去，太子妃也不能站在她那邊。」

「四弟妹說的在理。」唯一和陸慕凝一起坐著的言晨昕，扶著肚子低聲道：「如今太子功績正盛，更是不能行錯差池的時候，太子妃若是知道大嫂因何歸家，怕不是得惱恨？」

五夫人崔曼雲好似懂了地點點頭，隨即又一聲驚呼。「七娘還沒來，怕不是要和大嫂對上？」

四夫人沒來得及捂她的嘴。這陣子陸慕凝叫她們幾個一起學習，沈文戈自然也是要到場的，她們娘兒倆表面上看似沒事，可周圍總有一股彆扭勁兒，八成是因為要和離的事鬧的。

沈文戈確實如五夫人崔曼雲所想，與要歸家的蘇清月撞個正著。

蘇清月這幾天覺得委屈，面色不好，便敷了厚重的粉，此時一說話都彷彿有粉渣落下。她攏了攏身上的披帛，站在一級臺階上，居高臨下地望著沈文戈道：「還是歸娘家的感覺好上一些，七娘妳說是不是？要好好享受，過陣子回婆家了，可就不舒坦了。」留下這麼一句似是而非的挑弄之語後，她揚著下巴，走了過去。

沈文戈微微側頭，隨即哂笑一聲。她那好婆母終於坐不住，要來了嗎？

王氏在確切知曉陸慕凝歸家後，便開始準備上門禮物，鄭重前來，雙方家長都是一個意思——小孩子家家懂什麼？非要鬧和離。

一進門，那對著沈文戈時極刻薄的王氏就跟換了一個人一般，嘴裡的好話不要命般往陸慕凝身上砸，說她回了趟江南，人還變得貌美了，又趕緊為尚滕塵道歉。

「親家，我那不成器的兒子傷了文戈的心了，我得先為他致歉。他啊，嘴笨，上次好好地來接人回家，又把人給惹了。」暗暗說了沈文戈不懂事，親自來接她了，她都不回家。又道：「滕塵他啊是報恩心切，那小娘子之前救過他的命，他也不好不安置人家。但親家妳放心，那小娘子有我看著，翻不出風浪。我們都是經歷過的人，誰家郎君房裡沒有個人呢？屆時我讓文戈抬了她身邊婢女，妳看可好？」

陸慕凝吃了口茶，沒回答，反而問了句。「聽說滕塵進了金吾衛，可是前途無量了。」

誇了兒子，王氏自然臉上露出自豪。「在軍中熬了這些年，也算是熬出頭了。」

「是啊，」陸慕凝將茶放下。「我家文戈也是熬出頭了，這身邊沒有夫君陪伴，在婆家一待就是三年啊！上得侍奉公婆，下得管他在軍中吃喝。我聽我那二女兒說，嫂嫂沒少讓她賄賂掌勺的給滕塵開小灶呢！」她笑悠悠地看著王氏，茶杯不輕不重地磕到桌上，發出「叩噠」一聲。她是因顧慮沈文戈的後半輩子，才希望女兒不要和離，再過過看，可不代表女兒受了欺負之後，她不討個公道！

王氏被懟得三角眼都張大了些。本就是她要接人，只能嚥下這口氣，道：「是啊，文戈辛苦了。」

「可不是？」陸慕凝乘勝追擊。「我家嫂嫂有多為滕璽著想，親家母應該最清楚。雖說兩人已成親三年，但終究一天都沒相處過，這突然冒出來個小娘子，不說她，便是我們心裡都難受。」

王氏試探道：「那親家的意思是？」

「別跟我說什麼恩情不恩情的，若論恩情，哪個高得過我們家嫂嫂去？現在一變天，腿還疼呢！所以，我也沒什麼別的要求，給那小娘子安排個妥貼的婚事，嫁出去吧。」陸慕凝全當沒看見王氏臉色難看。「我呢，嫁到鎮遠侯府裡，人啊，也跟著粗了些，話說的不好聽。滕璽就算後院裡要進女人，那也得等嫂嫂生下嫡子之後，絕沒有現在進人的道理。」

王氏依舊不搭腔，她慣愛在兒子面前當老好人，這些天也有眼睛，看得出齊映雨和他之間有感情，她可不願意當這個惡人。

於是，氣氛一時間僵持住了，直到沈文戈端著熱湯進門。

沈文戈先是熟練地為王氏放碗，後才對母親求饒般笑笑，將銀耳蓮子紅棗湯放在她手邊，坐在了她下首，笑著對王氏道：「夫人嚐嚐味道，七娘全然按照夫人口味熬製的，甜一分不可、熱一分不可，一碗裡啊，非得一朵銀耳、三顆棗、五粒蓮子才成，這棗和蓮子還得去核。」

陸慕凝喝湯的手一頓，美味的銀耳湯裡，鮮甜的蓮子瞬間變得苦澀了。她家娉娉在家裡，可是從來不會下廚房的！

嚼蠟似地嚥下嘴裡東西，她皮笑肉不笑地看著沈文戈。女兒心裡那點小心思，當娘的哪有不知道的？無非是想借這手來告訴自己，她在婆母手下過得不好。

但這確實精準掐住她的七寸了，哪有當娘的會不心疼女兒？

陸慕凝眼尾上挑，問道：「喔？看來我家娉娉長本事了，還會做些什麼？」

沈文戈開口道：「那可多了，夫人及郎君愛吃的栗子膏、乳鴿釀，女兒都會。還有母親，女兒刺繡功夫也好多了，夫人最喜歡女兒給她縫衣裳了。女兒這伺候人的功力也漸長了呢，等哪天吃飯，女兒也好好伺候母親！」

王氏咳了一聲，那碗銀耳蓮子紅棗湯是食不下嚥了。她先是看了眼沈文戈，眼中含著警告，而後對陸慕凝道：「文戈確實是個好兒媳，在家中甚是貼心，總是主動照顧我們。」

讓兒媳婦做飯、吃飯的時候站在一旁伺候、挑刺般地讓其縫製繡品，這些是當婆婆的用來拿捏、折磨兒媳的把戲。都是嫁過人、經歷過，也當了婆婆的人，誰還不知道誰？還主動照顧？說出這話，也不怕臊死她！

陸慕凝心中一口氣梗在了胸口，想到沈文戈以前為了尚滕塵那委曲求全、不爭氣的模樣，只對著王氏假笑。

沈文戈討好地拉住母親的衣袖。

陸慕凝不理女兒，將衣袖抽了出來，平復了下心情，剛想對王氏說「等滕塵後院乾淨了，娉娉再回去」，先將人打發走，她好問問女兒，在婆家過的是什麼日子時，就聽沈文戈開口問道——

「不知那齊娘子可還在府上？夫人可問清楚了，她當年是怎麼救滕塵的？」

見王氏的臉色肉眼可見的一變，陸慕凝跟著皺起眉頭。「怎麼這麼問？」

沈文戈剛要開口，王氏當即阻止道——

「文戈！」

沈文戈不管不理，繼續道：「那齊娘子聲稱救過滕塵一命，巧的是，也是在一個雪天，也是三年前，但我問時她卻含含糊糊，總不說明白，這些還是我後來問滕塵身邊的小廝才知道的。母親，您說，是不是巧得很？」

含著薄淚的失望眸子轉過來看向陸慕凝，裡面的淒楚與委屈讓她一時怔在原處，隨即反應過來，怒目看向王氏。「王曦！你們家欺人太甚！」

既然那小娘子恩情有誤，為何不告知尚滕塵？看她家娉娉笑話不成？那日日夜夜被腿疾所擾的夜晚都成了假的不成？他尚滕塵不知道、認錯了人，王曦還不知道？見微知著，她的娉娉在尚府過的是什麼糟心日子！

王氏立即道：「西北多戰亂，滕塵也數次受傷，正如文戈所言，那齊娘子總是說不明白，這我又哪知道那麼多事情？再說，也興許是文戈想差了呢，齊娘子手裡可是有信物的。」

沈文戈慘然笑道：「對啊，我怎麼只知道救人，就不知道要個東西來證明是我救的？」

「哎喲，妳看，誤會了、誤會了！文戈、親家……」

「妳別說了！」陸慕凝伸手制止王氏的話，高聲喊道：「嬤嬤！來人啊！送客！」

嬤嬤立即進門，躬身在王氏身側道：「夫人請這邊走。」

陸慕凝道：「把東西也給她帶走！」

王氏起身，已是滿頭汗了。「陸氏，妳這是什麼意思？」

陸慕凝冷笑一聲。「讓貴府備好和離書的意思！我鎮遠侯府的女郎，自己養得起！」

王氏急了，對陸慕凝道：「陸氏，文戈年紀小不懂事，妳也不懂事？和離豈是兒戲？」

陸慕凝道：「確實不是兒戲，但你們家也著實讓人心寒！」

「都說了是誤會！」王氏頗有些氣急敗壞之感，明明剛剛還說得好好的，結果沈文戈一進來全毀了！她連連點頭。「好、好，你們別後悔就是！除了我兒，和離之後，她沈文戈還能找到什麼好的？全長安都知道她對我兒——」

「夠了！」陸慕凝打斷她的話。「那就不勞妳費心了！若沒記錯，尚滕塵也該歸家了，還請三日內將和離書送過來！」

王氏帶著禮物憤而離府後，陸慕凝倏而轉頭看向沈文戈。「這回舒服了？弄成了和離，得勁了？」

沈文戈端起蓮子銀耳紅棗湯。「母親嚐嚐，我放了好些糖呢，母親不是愛吃甜的嗎？」

「別來這套！」

「母親，」沈文戈湊上去，舀了一勺放在陸慕凝嘴前。「女兒費了好大心思熬的呢！」

陸慕凝揮手打走，看了她半晌，眼眶都有些紅了。「我問妳，妳在尚府還受了什麼欺負？」

「沒有，除了剛才女兒說的，真的沒有了。」沈文戈連連保證。「真的！」

陸慕凝卻是不信，沈文戈不說，她有的是法子知道，便又問道：「那齊娘子是怎麼回事？」

說起齊映雨，沈文戈的撒嬌勁兒便散了。「一如母親所想，她占了我的恩，尚滕塵還打著報恩的旗子讓她進府，實在是讓我……噁心。」

「妳沒長嘴嗎？」陸慕凝怒其不爭。「妳就不知道跟姑爺說一聲？」

沈文戈低頭攪拌銀耳，將那一朵銀耳攪得支離破碎，才道：「母親焉知我沒解釋？我說了，可他不信。」她長嘆一口氣。「他說女兒是嫉妒齊娘子，她有恩情，女兒也要有，還搶占她的恩情，東施效顰，好不可笑。」

陸慕凝氣滯，就見沈文戈又腆著臉湊上來。

「母親同意我和離了？」

「我不同意，妳就會回去？」尚滕塵之前在西北戰場，這回又進了金吾衛，都不是能成日在家的，會與女兒朝夕相處的唯有王氏。當母親的，會同意女兒和離，只有一條，那就是在婆家遭欺負、受委屈了，她如何能忍心？

「多謝母親。」

陸慕凝將擱到自己肩膀上的腦袋推下去，冷聲道：「帶上一碗新的，跟我去見妳父親！」一路上，她都寒著臉訓斥。「當年不讓妳嫁、不讓妳嫁，妳就非要嫁，還跟著人家去戰場，巴巴地救人家，結果呢？人家把妳當回事了嗎？還讓王氏那賤蹄子拿捏住了！妳怎麼不想想，與他們家結親，是他們家占便宜！妳就是個蠢的！」

沈文戈點頭應是。「女兒可不是蠢嗎？一心想著嫁雞隨雞、嫁狗隨狗，尚滕塵不在家，那我得當個好兒媳，因此什麼都不敢做，只敢聽話——」

「閉嘴！」陸慕凝推開自己房門，走到小屋裡。「救命之恩都能讓人給劫走了，妳還能幹什麼？一心想脫離我管的教，妳瞧妳給自己找了個什麼人家？那王氏是出了名的刻薄，妳黏著她兒子，她豈會不折磨妳？」小屋裡，陸慕凝拿過香點上，遞給沈文戈。「跪下！在妳父親的牌位前告訴他，妳要和離！」

牌位前放著沈文戈煮好的銀耳湯，沈文戈索利下跪，砰砰砰地磕了三個響頭。「父親，女兒……」只說了這四個字，淚水就迅速湧上，她哽著聲音道：「女兒回來了，要和尚滕塵和離了。尚滕塵不是良人，是女兒錯了。」女兒回來後，一定幫您護住鎮遠侯府！

「行了，起來吧。」陸慕凝拉起沈文戈。「給妳父親上香，妳父親生前最疼妳，若叫他知道，說不定怎麼心疼。也就是妳幾個兄長都不在府上，不然我非要帶上他們砸了尚府的大門！」

不愧是跟著父親在西北生活了許久的母親，縱然有著江南女子的柔情，可半點不怕事，還帶著被父親影響了的倔強。

母親回來了，鎮遠侯府就有了主心骨了。

見沈文戈乖巧地給她父親上了香，陸慕凝心中這口氣方才出得差不多了，轉而想到王氏，又沈了臉。「妳放心，有母親在，他們不敢不給放妻書，若是不給，且有他們受的！」

說到王氏，自從鎮遠侯府歸來，就氣得差點一病不起，那齊映雨想探探口風，確認沈文戈到底回不回，恰巧被王氏抓了個正著。

王氏披著衣裳坐在床榻上，臉色蠟黃，嘴唇乾枯，看著俏生生站在她面前的齊映雨，簡直氣不打一處來。「既然滕塵已經決定納了妳，那妳也算是我們尚家人了，服侍我這個老婆子，心裡不委屈吧？」

齊映雨嚇得連連搖頭。

王氏揮手道：「去，給我熬藥。」

本就會做農活的齊映雨俐落地給王氏熬藥，結果反而讓在廚房裡的人看笑話，背地裡說她連這個都會。她默默忍了，端著藥給王氏。

王氏只端起來一瞬，就將藥推到了齊映雨手上，藥汁全灑了出來，然後罵道：「妳想燙死我不成？再熬！」

這藥本就是她涼好了才端來的，而且灑在手上的藥汁也不燙啊！齊映雨咬著唇，又去熬了一碗。

「涼了，再熬！」

「太苦，再熬！」

「太甜，藥效都沒了，再熬！」

一連熬了七、八遍，熬到天都黑了，王氏才給面子地喝了藥，看她那紅紅的眼眶，大發慈悲地道：「行了，明日再過來吧。」

等齊映雨拖著一身疲憊回了房，負責服侍她的小婢女拿出了餅子、鹹菜。「娘子，我去廚房拿菜，他們只給了這個。」

廚房是故意的，齊映雨也只能伸手拿過餅子，咬一口，落一滴淚。

次日，齊映雨再過去服侍王氏。

王氏盯著她姣好的身段，又不樂意了，諷道：「打扮得這麼妖嬈，給誰看呢？」

齊映雨無法，只得回去換了身素淨的衣裳，不施脂粉、不戴首飾。

王氏看她那我見猶憐的樣子，道了句。「瞧妳倒是抗凍的樣子，我看冬日棉衣都不用給妳備了。」

也不知她這話是真的還是假的，齊映雨不敢回答。被指使著倒屋裡的尿盆時，小臉刷白一片。

「我那好兒媳都受得，妳不會受不得吧？妳可是我兒親自帶回的救命恩人，以後要伺候他的。」

一聽「救命恩人」，齊映雨立即止住了哭，讓幹什麼便幹什麼。

只短短兩天，齊映雨就覺得自己一條命丟了一半，聽說尚滕塵要回來了，連飯都沒吃，就要去門口接他，卻被王氏身邊的嬤嬤攔下了。

「齊娘子穿這身恐怕不妥。」

這不是王氏讓換的嗎？

忽略齊映雨睜大的眸子，嬤嬤逼著她換了粉色衣裳，又頭戴珠花，方才滿意了。

兩匹突厥馬一前一後歸了府，先下之人正是尚滕塵的父親尚虎嘯，他隨手將鞭子遞給一旁的小廝，問向王氏。「妳不是去接沈氏了，可有將她接回來？」

跟在身後的尚滕塵倏地看向王氏，倒是忽略了一旁眼帶淚花、搖搖欲墜，咬緊下唇的齊映雨。

王氏穿著棕黑色的衣裳，襯得臉色更加蠟黃了，聞言沒好氣地道：「沒接回來，那陸慕凝也不知吃錯了什麼藥，同意她女兒和離，還給了三日期限，拿放妻書給她！」

母親去也沒接回來，沈文戈真的要與他和離了……

「郎君，鞭子。」

被身邊小廝小聲要鞭子，尚滕塵才回過神來，將緊緊握在手中的鞭子給了出去。

曾經意氣風發、驕陽似火的郎君，去了金吾衛一個月，日日夜夜操練不說，還要忍受閒言入耳、同僚背地裡使絆子、上司打壓，整個人都透著疲憊。

在西北戰場，他有可信賴的、能將後背交出去的戰友，在金吾衛裡，笑話，誰不是在長安城裡，和一些大人物沾親帶故的？他尚滕塵算得了什麼？

夜晚的大通鋪上，經常能聽見他們的取笑——

「你聽說了麼，御史大夫又開始彈劾人了，這回彈劾的就是那寵妾滅妻之徒！你說這種人，腦子裡都在想什麼？」

「妻子出身、容貌、氣質，哪個不比那小妾強？不尊著、敬著、愛著，還讓小妾騎到妻子頭上，這回好了，官都保不住了！」

而那些不是官二代，是西北戰場出身的人，則更加敵視他，也不會說彎彎繞繞的話，都直言不諱地罵他——

「七娘那麼好，你是瞎了眼了？老子剛從西北那邊回來，回來之前還去蹭了七娘特意為你準備的吃食！」

「旁的不說，七娘這份心，你身邊那小娘子能有她好？」

甚至就連他的長官都語重心長地同他講，妻子才是他仕途上的最大助力。

初時聽聞，他吊著一口氣不服輸，覺得沈文戈離開他更好，終於沒有人在他耳邊磨著他了。然而，隨著一日日勞累的操練，他發現自己的衣裳破了、壞了，沒有人給添置了。以往都是沈文戈一送物資就給他送一堆的，他那時還嫌棄太多了，如今也只能將就地穿著。

吃食也有些不太適應，都是金吾衛自己雇的廚子，也不知是哪家親戚，做得那叫一個難吃，這又讓他不禁回憶起，在大雪天同戰友啃肉乾的日子。

「塵郎……」見尚滕塵沒有看自己，自顧自往前走著，齊映雨喚了一聲，然後在尚滕塵轉過來看她時，幽幽倒了下去。

「映雨？」

尚滕塵衝了過去，一把將人抱了起來。「映雨！」這才發現齊映雨身上穿的、臉上抹的、頭上戴的，沒有一樣與她從前的習慣一樣。

齊映雨雙眸緊閉，氣若游絲，剛開始是假昏，現在倒是變成了真暈。

大夫只道她是最近沒有休息好，精神太過緊張，將原本就不健康的身體底子又損害了，還搖搖頭說，必須得好好將養。

尚滕塵一怒，便要責罰照顧齊映雨的婢女。

小婢女哪敢擔什麼責任？立即將王氏的行為說了。

「妳們怎麼不攔著點？」

小婢女戰戰兢兢地回道：「奴婢們哪敢？且再說主要也是齊娘子身體不太康健才導致昏厥，以前少夫人遭的罪……不是，夫人對少夫人更加嚴厲，少夫人從來都是忍著的。」

尚滕塵腦中一嗡，血液直衝腦頂。「妳說什麼？沈文戈怎麼了？說！怎麼個嚴厲！」

「就是……就是夫人總會讓少夫人伺候，又不滿意，少夫人剛進府的第一年，從來沒睡過一個整覺……郎君，求您了，奴婢不能再多說了。」

這時他再看齊映雨慘白的臉，身上被王氏擺弄的違和感直入眼底，當即氣沖沖地去尋了王氏。

王氏正與尚虎嘯商量尚滕塵的婚事到底該怎麼辦，見兒子過來，十分欣喜。

尚滕塵沒請安，直接劈頭就問：「母親，映雨暈倒了您知道嗎？」

旁邊的尚虎嘯先一步冷臉開口。「這是你跟你母親說話的態度嗎？」

尚滕塵作揖。「母親，兒有一問，您為何這麼做？」

尚虎嘯猛一拍桌子。「給我好好說話！你還質問上你母親了！」

王氏也蹙眉。「滕塵，剛回府，這又怎麼了？齊娘子昏倒我知道，大夫也請了，你待如何？」

尚滕塵是真的不能理解，他看向王氏，說道：「母親為何要為難映雨？她是因為母親昏倒的！她是我的救命恩人，百般報答都不為過，您還讓她倒您的恭桶？家裡是沒有可以做事的婢女了嗎？」

什麼救命恩人？王氏冷哼一聲，只道：「她既然要進我府，讓她侍疾有何不可？」

「那，文戈呢？」

「什麼？」

「沈文戈！她做錯什麼了？母親為何要苛待她？家裡窮得揭不開鍋了嗎？那婢女、小廝可以少一些！」尚滕塵突然大聲道：「我在西北，只她一人在府中！她無親無故的，母親您還那麼對她，誰能不寒心？」

王氏被尚滕塵的態度激得心裡一慌，而後為了掩飾慌張，不自覺就吼了出來。「進了尚府的門，就得守尚府的規矩！她是因為我才要離府和離的嗎？如果忍受不了，她早就回去了！她是因為你，因為你帶回來個小娘子！她是媳婦，自然是知道要孝順公婆的，她都沒說什麼，你倒是跳起腳跟你母親喊上了！我看真是那齊娘子哄得你不知道天高地厚了！」

尚滕塵慘笑連連，像是第一次認識王氏一般。「母親，您怎能這樣說？好，都是兒的錯，兒承認，兒就是對不起沈文戈，兒自會負荊請罪！她要和離，兒同意，你們不同意，那你們去請她回來吧！」說完，他一撩衣袍，轉身離去。

「滕塵！」王氏喊了一聲，對尚虎嘯抱怨道：「你看這孩子！」

尚虎嘯卻虎目圓瞪，「啪」地給了王氏一巴掌，將王氏直接打到了几案下！

王氏不敢置信地捂著臉。「夫君？」

他站起來，本就高大威猛，如今怒火正盛，更是顯得嚇人，怒指著王氏道：「我跟妳說過多少次了，兒媳婦不是妳的仇人，讓妳切不可搓磨，妳又做了什麼？況且那齊娘子進門了嗎？還沒有呢！人家一個良民，就算去官府告妳虐待，妳都得受著！妳當她是沈氏呢，為了妳兒子願意百般忍讓！」

王氏高聲道：「又怨上我了？沈文戈不是個好東西，齊映雨就更是賤皮子！她哪是什麼救命恩人？鳩占鵲巢的東西！」

尚虎嘯瞪眼。「妳跟妳兒子說去！妳兒子認定她是，她就是！老子不管什麼齊娘子不齊娘子的，老子只知道兒媳婦回娘家了！不管妳用什麼方法，總之他們兩個不能和離！」

屋內吵成一團，屋外，尚滕塵伸手捂住腹部。從歸府到現在，都沒消停下來，還有人記得他還未用飯嗎？

「妳說少夫人還能回來了嗎？我都要煩死了，今天早上讓我去廚房幫忙，回來還讓我去擦東西，這會兒又讓我打掃！真是的，我又不是打掃丫鬟，也不是燒火丫頭啊！以前少夫人在的時候，從來都是各人負責各人那攤事。」

「這個月的月錢也沒發，唉，又是想少夫人的一天……算了，快掃吧！我倒覺得，少夫人離開也好，要是我碰上夫人那樣的婆母，郎君那樣的夫君，我也走！」

「也是，我們記著少夫人的好就行……」

隱藏在假山後的尚滕塵聽著兩個打掃婢女的談話，更用力地捂緊了腹部。

白玉扳指在指上轉著圈，王玄瑰一臉不善。「牠是得胃病了嗎？叫大夫來！」

安沛兒蹲下身，一邊為又跑來的小雪團揉著肚子，一邊安慰著從剛才看見雪團吐了就心情不佳的王玄瑰道：「雪團是吃多了，不用找大夫。再說了，大夫也不治貓兒。」

小黑貓被人揉了肚子，舒服地躺在地上，大方露出自己黑漆漆的小肚皮。

之前還不讓安沛兒碰呢，後來被餵的次數多了，也開始親近她了。

聽到說牠沒事，轉動的白玉扳指停了下來，王玄瑰瞅了一眼地上鮮活的小魚。「鎮遠侯府是不給牠吃的嗎？讓牠天天過來，跟餓死鬼投胎一樣！明日……明日少給些。」

這個少，約莫是少給一條。

「阿郎，」蔡奴走近。「聖上派人接你去行宮。」

王玄瑰的視線全在雪團身上，聞言說道：「不去，本王禁足中。」

「阿郎說笑了，縱馬出街遭御史彈劾，聖上自然也知道，不去只怕說不過去。」

「本王不想去、不樂意見他、剛泡過澡不想再泡湯池，隨你回哪個。」

「阿郎。」

地上貓兒耳朵動動，立起了上半身，突然「喵嗚」一聲，翻身衝到王玄瑰腿邊蹭了一下，而後順著為牠打造的貓跳檯，爬上樹，跳到牆頭，又翻了下去。

貓跳檯和大樹貼合，一節又一節環繞著，並且為了搭配雪團的小身子，每節之間的距離都很相近。每一塊木板上還套著軟墊，軟墊是白色的，務必讓雪團一身黑毛得以顯現，上面還有繡娘縫製的各種形態的貓兒圖案。

雪團不吃食的時候，就喜歡隨便窩在其中一個軟墊上，軟軟乎乎地喵喵叫。

牆的另一頭，沈文戈站在藤蔓前，看著被雪團三番五次抓著的藤蔓幾近斷裂，嚇得趕忙接住牠。

「喵嗚……」雪團賴在沈文戈懷裡，蹭蹭她。

「又跑去隔壁，隔壁就那麼好？一個沒看住，就又讓你跑過去。」沈文戈拍了牠圓潤的小屁股一把。「瞧你現在胖的！」

「喵！」

「你不胖？你都快胖死了！我看你以後改名叫肥肥得了。」

「喵喵！」

倍檸上前。「娘子，奴婢來抱吧。」

雪團不依，躲著倍檸的手，貓頭在沈文戈脖頸處來回磨蹭。

沈文戈道：「罷了，這幾日顧不上抱牠，這是黏上我了。明日開始，給牠飯量減半。」

倍檸驚呼。「還減？」

沈文戈顛了顛雪團，回頭望了眼牆。「不減怎麼辦？我們隔壁宣王府的伙食太好，不知節制地給牠餵，這胖得哪像才幾個月的小奶貓？」她蹙了蹙眉，又說：「明日叫人清理一下牆面，訂幾個牠能爬的板子。跑宣王府還能找回來，萬一牠為了去隔壁，這面牆上不去，從別的地方跳到街外面，到時可就找都找不回了。」

「好，娘子。」

隔壁宣王府，王玄瑰感受著自己被雪團蹭過的發麻的腿，望著牠消失的地方，幽幽道：「看貓看得倒是緊，自己的男人卻看不住。」

安沛兒站起身，攏了下滑落的披帛說道：「阿郎說差了，這郎君啊不是看的，是否對小娘子好，全看他自己，可別什麼都往小娘子身上扣。」

王玄瑰瞥了她一眼。「妳慣會向著沈文戈說話。」

「老奴哪有？不過是覺得小娘子在這世道活得艱難。你瞧，七娘要和離，拖了許久，就是陸氏回來後日日派小廝去尚府要和離書，都要不來，這還是鎮遠侯府的小娘子，平常百姓就更加艱難了。」

蔡奴與安沛兒對視一眼，適時地催了一句。「阿郎，這回去行宮吧？」

王玄瑰轉了轉白玉扳指。「走吧。」

蔡奴跟在後面喋喋不休。「阿郎換身衣裳、束個冠吧？」

「不想，閉嘴。」

聖上的驪翠宮建在長安城外，內裡有一池活的湯泉，流的全是溫水，正適合泡湯浴。整座宮殿富麗堂皇，裡面大大小小園子各有各的特色，不下二十，依山傍水、鱗次櫛比，因著溫泉的緣故，青松翠柏不見枯黃。

王玄瑰對周遭景色視若無睹，不用宦官引領，自顧自去了九龍園，園內有一占地最大的湯泉，內裡一座用沉香塊堆砌而成的假山立在水中，遮擋了視線。

繞過而走，水中之人抬頭看他，頗有趣味地道：「你這身上……是貓毛？」

紅色大氅下襬沾上的黑色貓毛，就如紅瑪瑙上有黑色裂縫一般明顯，更別說還是成片蹭上的。

王玄瑰解下大氅扔給在一旁伺候的宦官，內裡僅穿了貼身裡衣。

湯池水溫適宜，池面上霧氣繚繞，泡在裡面極是舒適，但脫衣裳進水的過程就有些磨人了，寒冷空氣一激，渾身都會起雞皮疙瘩。

但王玄瑰全然沒感覺一般，將自己扒了個乾淨，走到湯池邊入了水，在陶梁國一國之主的面前，敢放肆行事的也唯有他了。

黑髮滑落在肩頭，單看臉那真是花容月貌，再往下瞧，緊繃的六塊腹肌曲線分明，上面掛滿水珠，充滿力量感。

聖上拍了拍自己顫巍巍的一塊腹肌，羨慕地又多看了兩眼，惹來王玄瑰嫌棄的眼神。

「臭小子！」他掬起一捧水，潑向王玄瑰。「整個國家大小事情均得我過問，我哪有時間運動？我剛才問你話呢，你哪來的貓？你宣王府何時養貓了，我怎麼不知道？」

王玄瑰放鬆地靠在假山上，被沉香味熏得哈欠連天，慵懶道：「別人家的，特別討厭，總愛跑到我府上要吃的，眼睛一閉，黑得找都找不著。」

聖上對他嘴上說著討厭，實則能讓人家貓兒蹭他、沾他一身貓毛的行為嗤之以鼻，有一搭、沒一搭地和他聊著，突然問：「金吾衛調動一事你可有什麼想法？」金吾衛有負責專門巡視長安街道治安的，也有專門負責聖上安全的，毫無疑問，後面這支的權力更大，甚至可以時不時面見聖上，而聖上問的，就是專屬於他的禁衛軍。「得找幾個看得順眼的，省得每天見的都是些糟老頭子。我看最近金吾衛新進來一批兒郎不錯，孔武有力，身有軍功，還非常俊俏。」

重點在長得俊俏上吧？王玄瑰睨了聖上一眼，無所謂地道：「你隨意。」說完，他突然想到在王府裡聽見王氏聲嘶力竭喊的那句「除了我兒，和離之後，她沈文戈還能找到什麼好的」。沈文戈又無錯，二嫁為何嫁不到好人家？於是他就又加了一句。「只除了那尚家兒郎，哪家都行。」

聖上問：「喔？哪個尚家？可是那非要和你稱兄道弟的一家？」

「正是。右領軍衛將軍嫡子尚滕塵，為人薄情寡義、不堪大用；其父善鑽營，掌家不嚴；其母潑皮、無賴，打壓兒媳。簡而言之，一家子都不行。」

他說得輕巧，聖上雖笑呵呵的，但眼睛已經瞇起，那是一種打量的眼神。

蓄著美人鬚的聖上，有著富態的身材，和王玄瑰一模一樣的高挺鼻子，原本張開手臂搭在池邊，此時已經放了下來，從剛才和藹可親的中年美男子，變成了蓄著力量的鋒利寶劍，身上氣勢陡出，朝著王玄瑰碾壓而去。以往的王玄瑰，不管他說什麼，都只沈默聽著，偶爾應和兩聲，從未像今日這般出言建議，不能不讓他疑心。

這一開口，稱呼都變了。「孤記得，鎮遠侯府的七娘，便養有一隻黑貓。」

王玄瑰不受影響，或者說，早就已經習慣聖上時不時的試探了，聞言反問道：「那你還能不知道，她家黑貓總是翻牆上我這兒來討食？」在他府裡放了那麼多人監管，還問。

聖上伸手輕點他，瞧他回答得這般輕易，像是半點沒把這事往心裡去的樣子，便又道：「孤可提醒你，別幹出搶人妻子的事，到時候，孤可不會替你擦屁股！」

「搶人妻？」王玄瑰先是一陣惡寒，後又說道：「沈家七娘要與那尚滕塵和離，算不得人妻。」緊接著在聖上一副「你還解釋她要和離，還說自己不是要搶人妻」的表情下，撐著下巴道：「三年前我去西北戰場，是她沈家七娘救了我，並不存在什麼搶人妻的心思。所以我對尚滕塵的評價全部是發自肺腑，我還要再加上一句，膽小如鼠。既敢帶小娘子回府，又為何不敢承擔後果？」他嗤笑一聲。

霧氣縹緲，緊張的氣氛瞬間消融。原來是有恩情在啊！聖上對他招手。「過來，我給你搓背。」一場試探就這麼消散於無形。

水聲嘩啦啦作響，聖上一巴掌拍在他肩膀上，上面一條蜈蚣樣的疤痕橫貫肩膀，再深一點肩膀都不能留了，可見當時凶險。「這麼多年了，傷疤還是不見消退，我給你的藥可有記得抹？」

「囉嗦。」

「臭小子！有你這麼跟兄長說話的嗎？那沈家七娘你當真沒有半點心思？」

王玄瑰側頭看他，滿眼流露著「你在說什麼屁話」的樣子，聖上便重重搓了一把他的背。

「嘶！」

從駐守在苦寒之地的西北軍送出的信件，幾經輾轉送至了長安城，沾著遙遠的西北風霜，終於被緊張的沈文戈拆開了。

那捲成一卷的信件，最開頭迎面而來的便是一句「我的心肝寶貝小蕓蕓」。

嗯？蕓蕓？還小蕓蕓？沈文戈用指尖掐著信，渾身雞皮疙瘩都要起來了。這是寫給她五嫂崔曼蕓的信。小蕓蕓……從來不知道她五兄私下裡竟然會這麼稱呼五嫂。咳，好生肉麻！

她打開信略略掃了一眼，發現信件末尾一句「七娘不要偷看，快把信裁了送妳五嫂那兒去」的話，頓時蹙了蹙眉。五兄這是何意？

再向後翻去，是三兄寫給三嫂，詢問她孕期情況的；四兄寫給四嫂，讓她在家中不可強出頭，勸慰她收斂脾氣秉性的；還有至今沒有娶妻，所以只好寫給她，打探她是不是真的要和離的六兄的信；以及最後，她大兄和二姊敘述詳實的信件。

所有人的信都連在一卷紙上，只留出些許空餘，方便她裁剪。略一思索，她便明白為何了，他們是用這種方式在告訴她，每個人都收到她寫的信了，又怕信件流出，所以在前面寫的全是家事，最重要的信息都放在了後面。

信上道起因是冷不防收到家書，還是七娘的書信，一高興跑去找兄長炫耀的六兄，和幾個兄長一碰頭，發現大家竟都收到信了，頓時察覺不妥，於是一起去尋大兄、二姊，結果看見兩人眉頭緊皺，手裡拿信，便了然。幾個人將所有的信件對在一起，半信半疑的心，頓時就變成了八成八相信。

重新打探燕息國動作、察看幾次戰役之後城牆修建情況、催促糧草運輸……一樁樁、一件件有條不紊地施行下去，結果還真讓他們發現了問題。燕息國動作暫且不提，探子至今還沒有音訊，但城牆問題卻十分之大！大兄在巡視的時候，發現有些地方偷工減料，不說燕息國攻進來，就是他使勁踹上一腳，城牆都能動一動，再多踹兩次，說不定都能踹出洞了。

這還得了？若真有戰役，此處薄弱城牆，就是燕息國攻進來之地啊！

當即將負責修建城牆的人問責，城牆也被抓緊時間修復。

還有那糧草也幸虧提前催促了，往常買的軍糧，是由西北附近一白姓商家負責，每年都是兢兢業業運送，從沒晚過。可此時他們一催促，糧草卻久久沒有送來，一打聽方知白家家主病重，幾個兒郎爭權奪利，竟幹出了火燒糧倉一事，如今一催，哪裡還有糧可送？他們焦急籌糧，也不過杯水車薪。要是沒有提早發現，待燕息國打進來，城中無糧，簡直無法想像那個處境！

就算處置了白家又能如何？一切都晚了。

大兄乾脆放出消息，要重新收糧，不少商人前來，好在解了燃眉之急。而二姊則帶著一小隊人潛進了附近山頭，搜索可以用來躲避的山洞，暗地裡在裡面堆放糧食及傷藥。

讀到此處，沈文戈擔憂的心放下了一半，想來有大兄和二姊在，前世的慘劇一定不會發生的！但是，大兄說，她特意提出的那臉帶刀疤的男子並沒有找到，那人是個細作，沈文戈不知他的姓名，只知道他因臉帶刀疤，燕息國並沒有讓他入朝為官，他不甘心，這才爆出他曾經是陶梁的戰士。

那人沒找到，她的心就不能徹底放下去。

不行，她不能坐以待斃，她必須去西北一趟，還得找個藉口將此事告知母親，萬一……也好讓母親提前有準備，鎮遠侯府不能亂……不對，沒有萬一！

摩挲著信中最後，幾位兄姊的勸慰之語。

二姊說自己終於耳聰目明了，和離也沒關係，軍中兒郎大把的有，到時候任自己挑選。她沈婕瑤的妹子沒人能欺負，待她回長安，非把尚滕塵揍一頓給自己出氣。

她大兄話中之意更加婉轉，只說金吾衛裡有不少他的好友，他已紛紛書信一封，拜託好友「照顧」一二。讓她安心在家中住下，又叮囑不必理會她大嫂。

三兄、四兄、五兄沒多言，只說她想好便是，兄長們都能給她撐腰，不怕。

六兄則是上躥下跳，讓她在長安給他找找夫人，家裡就剩他一個光棍了，到時候娶了夫人，讓她們兩個作伴，也不孤單，還能幫他看看孩子。

真是的，夫人都還沒有呢，就想到孩子上了。

她擦乾臉上的淚水，想著她與尚滕塵和離一事不能再拖了，不然會絆住她的腳步。

如今母親已經回來，沈家有人坐鎮，她得趕緊去往西北。距離那場戰事，不到半年了。

既有了抓緊和離的心思，便當即著人去請尚滕塵來，最好是能趁著他休沐時拿到放妻書，不過她心裡也知道，可能性不大。

三日之期早已過去，王氏倒是有動靜了，帶著賠禮登門拜訪，好一個將身段放低至塵埃裡，話裡話外全是勸說母親不要讓兩人和離。

沒關係，她能等尚滕塵月餘，完全是為了待母親歸來，鎮遠侯府不能缺了母親。現在，她有的是辦法讓兩人和離。

果不其然，尚滕塵沒來，當然，她並不知道，尚滕塵也一副鐵了心要與她和離，納齊映雨為妾的態度，將尚虎嘯和王氏氣得直接禁了他的足。

因而，她只等來了一包糖炒栗子。

「少夫人，這是郎君特意吩咐奴買的，說少夫人最愛吃這個，也請原諒他今日未至。」白嫩的指尖捏起一顆栗子，沈文戈搖頭惋惜地笑了笑，又將其放回，好生包好，對來送東西的小廝道：「還給你們家郎君吧。」

小廝不敢接。「少夫人？」

「我已經不是你家少夫人了。」沈文戈道。「回去吧，順便和他說，我和離之心堅定，他若再不寫和離書，便別怪我不客氣。」

她曾每月都給尚滕塵去信，又怕他煩，便愛寫些吃食，最常寫的，便是尚滕塵愛吃的糖炒栗子。她會仔細形容它的香甜，然後在下一次送東西時，給他捎上一包剝好殼的。

但其實，她不愛吃的，總覺得很乾、很噎……這一想，人便顯得出神了。

身旁倍檸心疼不已，悄然出門追上那小廝。「回去告訴姑爺……不，告訴你家郎君，我家娘子從不愛吃糖炒栗子！只因郎君愛吃，才逼著自己也喜歡上。下次要是有心道歉，還請不要再拿栗子來了，我家娘子啊，愛吃的是酥山！可憐我家娘子，嫁過去後，一口帶著冰的酥山都沒能吃上，炎炎夏日只能生生受著，還得為郎君剝栗子，剝得手指都開裂了！」

第五章

「塵郎，酥山是什麼？」

齊映雨吃掉尚滕塵為她剝的一顆栗子，含情脈脈地望著他。

自齊映雨暈過後，王氏就再也沒使喚過她，就連早晚的請安，尚滕塵都不讓她去了，因此雖然他正在禁足，但她希望，他能一直這樣陪著她。

沈文戈讓人來請尚滕塵時她還揪心了一陣子，幸好，幸好他的父母不讓他出門。

他派人回絕，又給沈文戈帶了包栗子，看她想吃，便給她也買了一包。

如今聽見沈文戈的傳話，尚滕塵手下的栗子，一個不注意被捏得鬆軟變形。

將那枚栗肉自己吃了，他才說道：「酥山是夏天的一種小吃，用冰與牛乳打製，放置在琉璃碗中，用果泥染上色再摘一朵鮮花放置其上，又美又好吃。」

齊映雨「呀」了一聲。「有冰啊？那肯定是很貴的。」

是很貴，但也絕不是他這種家庭吃不起的，可剛才小廝竟說，沈文戈嫁進來後，一口都沒吃過。

他喉嚨動了動，將一枚剝好的栗肉餵給齊映雨，溫聲說：「妳若喜歡，待明年夏天買給妳吃。」

齊映雨含笑道：「塵郎你真好！」

尚滕塵剝著栗子殼，看著自己已經開始發紅的指頭，發了會兒呆，想起了他在西北收到的、滿滿的栗肉。

都是沈文戈剝的嗎？

耳邊聽著齊映雨說他剝的栗肉就是甜，突然記起，曾經的長安街坊，他未從軍前，沈文戈也只是一個嬌俏的女孩子。

那時為了不讓沈文戈再跟著自己，影響自己跑馬踏青，他隨意買了一包栗子扔給沈文戈，讓她吃了栗子就快點消失。

沈文戈接過栗子後歡天喜地，眼裡全是他，迫不及待地剝了一顆栗子，連連跟他說，栗子真好吃。

可是其實，她並不喜歡栗子，是嗎？

那會衝著他笑得如豔陽一般的沈文戈，慢慢變成了冷淡、疏離又沈默的樣子。

齊映雨看他愣神，低落地嚼了兩下栗肉，待一顆栗子吃完，他都未能將目光放在她身上，她不禁抓緊了身旁的被子，恐慌攀上心頭，對他道：「塵郎，你、你能教我識字嗎？」

一聲「塵郎」喚回了尚滕塵的心神，他道：「好，待妳身體好些。」

齊映雨一把握上他的手。「塵郎，你現在就教我吧！待你去金吾衛，我也有個慰藉，平日裡還能自己寫寫。」

瞧她這般好學，尚滕塵伸手拍了拍她的頭。「那好，我叫人將東西送過來。」

一聽這話，齊映雨聲音帶著委屈，趕忙道：「我一直認為寫字是一件很神聖的事情，我不能去塵郎你的書房嗎？若是不能去，我日後就不往那兒走動了。」

「有什麼去不得的？不過是顧忌著妳的身體。」說著，他喚了婢女服侍齊映雨起身，看她披上斗篷，腦海裡便又浮現出沈文戈一身披風，冷眼瞧他的樣子。

「塵郎？」

尚滕塵驟然甦醒一般，牽起齊映雨的手。「要是身體不舒服了，一定要告訴我，認字之事不急的。」

「嗯。」

墨香繞鼻，紅袖添香，放妻書就那麼扔在書桌一角，和其他裝滿竹簡的書堆，形成鮮明的對比。

他沒發現她的不專心，彎腰握著她的手，一筆一畫在紙上寫著。

齊映雨看了一眼又一眼，鼓起勇氣似的，對他嬌羞地問道：「塵郎，我馬上就是你的妻子了，妻子的『妻』怎麼寫啊？」

握著她的手頓了一下，當日大婚，她一襲紅衣美得如天邊紅霞，卻都不如她說的那句話勾人心神——

「我沈文戈既嫁你為妻，生是你的人，死是你的鬼，你且放心去戰場，家中一切有我，我等你。」

直到現在，他都能清晰記起她眼中的情誼。也不是不感動的，那時的自己攥緊馬鞭，自知大婚之日要去戰場對不住她，也是存了回來後好好待她的心思的。

為什麼會鬧成現在這樣？

是在戰場上被同袍調笑，說沈家七娘真是好喜歡他，讓他羞惱？還是她對他百般的好，讓他當成了本就該如此？

可世上沒有本該如此，到底是他負了她，物是人非。

他垂下眼，握著齊映雨的手，一筆一畫寫下「妻」字。

齊映雨盯著手下成型的「妻」字，又悄悄同桌角上那封書信上的字做了對比，發現一模一樣後，一邊書寫練習，一邊忐忑地問：「塵郎，你和少夫人之間真的沒有轉圜餘地了嗎？」

尚滕塵被問得嘴裡苦澀，「嗯」了一聲。

「當真？當真要和離？」她眼神飄忽不定，聲音緊張，好在尚滕塵瞧不見她臉上神色，心思也不在她身上，沒有發現任何不妥。

「是，她要與我和離。」

欣喜的齊映雨沒發現他話裡的問題，他說的是她要和離，而不是他想和離。

齊映雨磨著尚滕塵，將「放妻書」三個字不著痕跡地全學了個遍，待將人重新送至金吾衛，過了幾日，她裝作以往練字的樣子，又進了書房。

待婢女磨好墨後，她道：「出去吧，不用陪著我，我自己練練便好。」

婢女退了出去，房門關上的那一剎那，她立即走到書桌一角，拾起那封放妻書，偷偷打開看了一遍。她識字有限，並不能看得懂，但零星幾個相熟的字，足夠她猜測出意思了。

她將其放在衣袖中，衣袖鼓囊出一塊，便又拿出來捲了捲，將其整個覆在小臂上，用抽繩綁了，又心不在焉地練了會兒字，方才離開。

尚虎嘯和王氏禁了尚滕塵的足，可沒禁齊映雨的足，她向王氏請示想出門走動一圈。

王氏不願在這個時候惹自家兒子不快，也就准了。

這還是齊映雨第一次出門，被尚滕塵帶回來後，她便一直待在尚府中，此時驚奇地瞧著街市上長相怪異的外邦人。

婢女介紹，頭髮金黃、眼呈藍，或是頭髮黑栗色，充滿異域風情的是波斯人；皮膚偏黑，頭上圍著絲巾的是天竺人。

香味撲鼻，卻是街邊叫賣東西的兒郎挑著擔過來了，正賣著胡餅。

街邊上的小娘子騎馬歡笑而過，她們自信又張揚，讓齊映雨看得羨慕不已。

一切的一切，都與她長大的小山村不一樣，熱鬧、繁華。摸著手臂處的放妻書，她那雙楚楚可憐的眸子綻出堅定之色，這長安城啊，她不想離開！

「我想吃剛才拐角處賣的芙蓉糕，妳去給我買些。」

婢女擔憂地回頭看了一眼。「娘子，那糕點離得遠了些，不如我們先回府，回頭奴婢來買？」

齊映雨不說話。

婢女沒法子，只能百般叮囑，讓她在原地等著。

那賣芙蓉糕的糕點鋪子是排隊的人最多的，一時半刻買不到，待婢女的背影消失在拐角處，她立即轉身叫了輛牛車，拉她去鎮遠侯府。

越往崇仁坊走，房屋便越精緻，朱紅大門一扇接一扇，可齊映雨全然沒有心思左顧右盼，她將放妻書拿出擺弄平整，心跳如鼓。

「娘子，到了。」

「哎，稍等我一下。」

齊映雨下車，站在鎮遠侯府門口，深吸了口氣，剛鼓足勇氣將手放在吊環上，就聽見身後一陣馬蹄聲傳來。她驚得回頭，只見一襲紅衣的矜貴男子揚起手中皮鞭，「啪」的一聲，白馬飛躍而出，那張妖冶的面容連個眼風都沒有給她，很快就消失在了街口。

她轉身，按住吊環，「叩叩」聲響起。

齊映雨走在沈文戈的院子裡，滿臉的羨慕又懊惱，本是想只送放妻書來的，也不知怎麼的就鬼迷心竅地跟著進來了。

窗戶被支起，裊裊輕煙從手中茶盞中升騰而起，沈文戈正在品茶。在東市的兩間鋪子，她打算打通了之後，開間茶鋪。

瞧她這副恬靜冷淡的模樣，齊映雨握緊了拳，說道：「少夫人，許久不見。」

在尚滕塵面前一向柔弱不堪的女子，如今就像滿身刺的刺蝟，灼灼目光盯著沈文戈，隱秘的、能夠打擊到沈文戈的快感，讓她忍不住顫慄。

她拿出放妻書，扣到沈文戈面前的几案上，兩根手指推著其往前而去，動作緩慢又帶著炫耀。「這是塵郎讓我給少夫人送的放妻書。」

沈文戈一抽便將放妻書拿了起來，似笑非笑地看著齊映雨，這個被尚滕塵當作珍寶的女子。

與她爭了那麼多年，自己都快成了最熟悉她的人了，甚是無趣啊！

沈文戈淡淡道：「妳不是尚府的人，倒也不必稱呼我為少夫人，何況我與尚滕塵已要和離。回去轉告尚滕塵，讓他務必不要忘了在他們尚家的族譜上，將我除名。」

齊映雨看著沈文戈，突然道：「映雨真的不知道，會因為我導致少夫人和塵郎和離，若是知道，映雨絕不會跟著塵郎歸來的。」

沈文戈笑了，看著齊映雨明裡暗裡地顯擺自己才是尚滕塵的最愛，低頭笑了一下，才緩緩說：「齊娘子不必在我面前挑釁，不然我若後悔，回去了，齊娘子可要不開心了。在此，我祝齊娘子得償所願。」

像是一拳揮在了雲朵裡，沈文戈不接招，齊映雨自己憋得難受。

齊映雨還欲再說，一旁倍檸得了沈文戈的眼神，已經上前趕人了。

「放妻書都已經送來了，齊娘子走吧。」

齊映雨咬緊貝齒，恨恨地瞪了倍檸一眼，又看了看放妻書和沈文戈，終是只能不甘不願地走了。

在她要踏出門的那一刻，沈文戈開口道：「齊娘子，我還有一句話。」

齊映雨倏而轉頭，希望能看見沈文戈落敗的不忿，可惜未能如願。

沈文戈望著她，好像透過她看見從前一幕幕揪心的場景。「三年前的雪夜，在小村莊照顧尚滕塵的人，妳猜，會是誰？救命之恩，希望妳坐得牢固。」

「妳什麼意思？」齊映雨瞪圓了雙眼，因受驚過度，那雙眼好似要從眼眶中掉出來一般。她用急切的聲音掩蓋自己的慌張，道：「塵郎的玉珮還在我手裡，我就是救他的人！」

沈文戈不與她爭辯，只是頷首。「當然是齊娘子說什麼就是什麼了。倍檸，快送送齊娘子，齊娘子身子不好，可別讓她昏厥在我們鎮遠侯府。」

「是，娘子。」倍檸拉扯著害怕不已的齊映雨出門，兩人推搡間，弄翻了院裡的金菊，倍檸就又叫了好些人來，才將齊映雨請了出去。

在這亂糟糟的背景下，沈文戈打開了放妻書，熟悉的字跡撲面而來，她重生歸來後一直想要的東西，終於拿到了。

讀著尚滕塵寫給她的放妻書，瞧著一字字回憶兩人夫妻生活的美好句子，雙瞳覆上的一層水霧漸漸退去。

「將放妻書送到長安府衙領取公牘，日後，便一別兩寬，各自歡喜吧。」

而被請出府的齊映雨，從腳底板一直涼到頭頂，恍恍惚惚爬上牛車，回了原位，被著急壞了的婢女找到。

擔驚受怕出了一身冷汗，又被風吹著，齊映雨回了府，直接就發起了高熱，燒得人神志不清，一直在說胡話。

找大夫瞧過，又開了藥給她喝後，王氏氣惱不已，這什麼身子？出去一趟能得了風寒！還得讓她照顧著！她又囑咐齊映雨身邊的婢女，別到處亂說，將尚滕塵招了回來。

可尚滕塵終究還是知道了齊映雨生病一事，當即請假從金吾衛回家。

一進門，他就看見齊映雨手裡一直握著他給她的那塊玉珮，自顧自流著淚。

齊映雨恍惚間瞧見他，身子晃了晃，蒼白乾裂的嘴唇笑了開來。「塵郎……」

尚滕塵看她那副樣子，心疼得無以復加，以為王氏又搓磨她了，連忙詢問。

她搖頭，淚水一滴一滴落下，臉上帶著哀求的表情。「塵郎，我好像做了一件錯事，你會原諒我嗎？」

「我當然會，我這條命都是妳救的。」

齊映雨淚眼汪汪地看著他。「塵郎，映雨這輩子做的最對的事情，就是救了塵郎。」她下意識坐實了自己救人的事。

尚滕塵看她那張柔弱憔悴的臉，趕緊道：「快別說了，好好休息。」

屋外，尚虎嘯咆哮的聲音震天響起——

「尚滕塵，你給我出來！這個節骨眼你敢請假！」

尚滕塵安慰地抱了抱齊映雨，快速說：「妳等我回來，我先去見父親。」

尚虎嘯是在巡邏的間隙抽空回來的，他一聽說尚滕塵回來，就趕緊追了過來。他已經聽見了風聲，聖上有心要調一部分人去身邊當禁衛軍。

臨近天子，那可是多少人都求不來的福氣，這個時候不好好表現，等什麼時候表現？

他那面為了尚滕塵鋪路，上下打點了許久，這面尚滕塵卻給他撂挑子，說請假回家就回家了，怎麼這麼扶不起來！

尚滕塵出了屋，叫了聲。「父親。」

尚虎嘯指著他，厚重的皮質護腕都帶著煞氣。「趕緊給我回去！我已經說好了，只算你在外當差，回去之後多幹點活兒，和同僚打好關係。」

尚滕塵呼出一口氣，終還是將自己先前聽到的話說了。「父親，聖上選拔進禁衛軍的名單已經出了，上面沒有兒。」

「什麼？」自己打點之人還未回話，他是從哪裡聽說的？尚虎嘯一把揪著尚滕塵進了書房。「給老子說清楚！」

尚滕塵苦笑，他自然是聽同屋的那幫官二代、官三代說的，消息準確可靠，他們都已經開始收拾東西準備換地方了，而他還被好一番奚落。

這次調動，就連幾個西北軍出身的都位列名單之上，偏偏沒有他。

尚虎嘯聽聞，哪裡還能待得住？當即就出去尋人了。

本還想跟父親說自己與沈文戈的事情，下次吧。尚滕塵這段日子在金吾衛當真是過得苦不堪言，尤其是心裡，累得很。

他嘆氣一聲，眼睛掃過曾經放置著放妻書的位置，那裡空蕩蕩的，唯有成卷的書堆放著，哪裡有放妻書的影子？他當即就開始翻找了起來，將整間書房都找了一遍，還叫小廝進來詢問，都有誰進過書房，結果腦裡猛然浮現出學字的齊映雨的身影，還有她剛剛說自己做了錯事，求他原諒的樣子。

大步走了回去，甚至沒注意到自己的嗓子都是啞的，他問道：「映雨，那放妻書，妳拿走了？」

齊映雨望著他淚流滿面，駭得不知該如何是好。

瞧她的樣子，還有什麼不明白的？他又問：「妳給沈文戈了？」

她喏喏地點頭。

尚滕塵心中彷彿堵上一塊巨石，連呼吸都不順暢了。也罷，給了……也好，反正她也不願意留在自己身邊了。

「我會跟母親和父親說，放妻書是我給的，妳安心養病。」

齊映雨哭道：「塵郎，我……」

「別說了，映雨別說了。」尚滕塵坐在她床榻前，端起藥餵她。「這樣也好。」也不知是在勸她，還是在勸自己。

未出一個時辰，裹挾著寒風、一臉鐵青的尚虎嘯便歸來了，他手裡還拎著上下打點的孝敬，全被退了回來。

不光有尚滕塵調動進聖上禁衛軍的一份，還有他多番預謀，希冀官職再進一步所花費出去的銀錢。

這些銀子倒是解了家中錢銀不夠的問題，但他們父子倆的官位，在這次調動中，竟是誰都沒有成功。

王氏攏著銀錢，蹙眉問：「這是怎麼了？」

尚虎嘯解下佩刀，重重拍在几案上，几案搖晃幾瞬，險些散架，他咬牙切齒道：「不知是誰在背後害我，將塵兒帶回齊氏、沈氏鬧著要和離的事情捅到聖上耳中了。若不是我今日去問，堵得那些人回不了家，他們還不願意告訴我！拿錢的時候一個個稱兄道弟，現在倒是怕得恨不得不認識我！」

掌管府上大小事宜的王氏，怎會不知夫君這幾個月都在走動官職的事情？聞言擔心道：「也不知都跟聖上說什麼了？會不會對你們以後有影響？」

這是問到點子上了，尚虎嘯恨恨地捶了下拳頭。「據說聖上特意問了塵兒帶回的齊氏一事，再加上長安城之前的風言風語，妳說聖上會如何看待我與塵兒？惹了陛下厭煩，日後如何還能再精進一步？就連現在的官職能不能保住都是個未知數！」

王氏緊張得手腳冰涼。「這可如何是好？不能讓聖上厭煩啊！」

「他們倆絕不能和離，一旦和離，豈不是坐實了外面的傳聞？」王氏唸叨著。

尚虎嘯沈思著。

王氏焦躁不已地來回走動，而後下定決心道：「我再去鎮遠侯府一趟吧，就算跪下來求，也要把沈氏求回來！至於齊氏，直接將她扔到莊子上，再找個人家將她嫁了！」

「母親，不可。」在門口聽到這句話的尚滕塵推門而入，他眼底盡是紅血絲，說道：「我已負了文戈，不能再負映雨了。要是沒有她，焉能有我今日在母親面前說話的一天？」

王氏指著他，氣道：「那齊氏說什麼你都信！你知不知道，根本不是齊氏救你的，她騙你——」

「母親！」尚滕塵打斷自家母親的話。「母親不必為了趕映雨出府，編出這樣的謊話。」

我是不會同意你們趕她出府的，她要是走，兒就跟她一起走。再說了，兒已經把放妻書給文戈了。」

「什麼？放妻書？你、你……」

「夠了！」尚虎嘯被吵得頭痛欲裂，盯著自己兒子看了半晌，而後失望地轉頭對王氏道：「當務之急，是轉變陛下的看法。如今全長安的人都認為是塵兒的過錯，如果是沈氏錯在先呢？

「我多年巡邏，曾遇過很多女子不守婦道，被夫家發現，差點打死的事情。」

王氏立即懂了，點頭道：「我這就去辦！」

尚虎嘯起身。「多找些乞兒，不要自己出面。我這就去長安府衙，攔截沈氏的放妻書。如今這種局面，寧願得罪鎮遠侯府，也不能讓聖上對我們有意見。」

兩人齊齊出門，忽略尚滕塵的阻攔，直接命人將其押回自己院子，重新禁足，並安排了層層人員看管。

隨著冬季的到來，天黑得一天比一天早，夜幕低垂。

去長安府衙等著拿公牘的倍檸，一路跑回了鎮遠侯府，早已沒了鎮定。「娘子，出事了！長安府衙說您給的放妻書是假的，不給發公牘！而且奴婢回來的路上，聽到好些謠言，說您水性楊花、不守婦道、不敬父母，只裝了一副深情的樣子！娘子……我們該怎麼辦？」

四嫂陳琪雪怒道：「尚家真是沒一個好東西，肯定是他們四處散播謠言！文戈，妳別怕，我們幾個嫂嫂都站在妳這邊，我這就歸家去尋我父親！」

母親陸慕凝更是道：「沒事的，賞菊宴請了我，屆時會幫妳澄清，順便去拜訪長安府尹的夫人，娉娉不怕。」

沈文戈是真的不怕，她看著面前一張張擔憂的臉，手不知怎地就鬆了，雪團「喵嗚」一聲跳了出去。

屋裡人太多，嚇到牠了，牠豎著毛喵喵叫地跑遠了。接著隱隱聽見院子裡婢女們的呼喊——

「雪團，快回來！別跳！」

她突然笑了一下，真是的，本想要好聚好散的，他們卻偏偏非要鬧一場，那就別怪她傷了他們的顏面了。

她定了定神，同陸慕凝道：「母親，我有一個想法……」

與此同時，雪團成功翻過了牆，只留下一串梅花印給鎮遠侯府的人。牠直奔廊下沒有雪的地方舔毛，將自己打理乾淨後，便抓著門「喵、喵、喵」地叫了起來。

「哎喲，我的小祖宗，可不好再叫了！」蔡奴蹲下身想將雪團抱走，只得到了牠一爪子的回應，幸好他手撤得快，並沒被抓到。

雪團喉嚨裡發出呼呼的警告聲，警戒地看著他，見他沒有其他動作，這才轉過越發圓潤的小身子，不光對著門叫，還伸爪子撓了起來。

屋內水氣繚繞，水流聲潺潺，可這催眠的聲音中，突然夾雜了貓叫和撓門聲。

「嗯……」沾了水的黑髮如蜿蜒的小路貼在胸膛上，隨著王玄瑰的甦醒而動，留下片片水跡。朦朧中還不清醒的眸子睜開的瞬間，眼角小痣就活了過來，他伸手扶額，串串水珠四濺。「來人。」

門被打開，蔡奴的聲音傳來——

「阿郎，你醒了？」

與此同時，一團黑的貓兒快速從門外往裡面衝去，在看見那滿池水的時候想要緊急停下，奈何水氣太重，四肢小爪子就算扒著地面也依舊往前滑動著。「喵——」

一隻修長的手擋住，將貓團子接了個正著，王玄瑰整隻手陷在貓毛中，忍不住輕輕蹭了下，又趕緊將其推遠了，盯著牠，語氣不善地道：「本王真是欠了你們鎮遠侯府的，不是被她沈文戈弄醒，就是被你叫醒，你們真是一對好主貓！」

雪團謹慎地後退幾步，歪著脖子看他，身後長尾一甩一甩。

「喵嗚、喵嗚……喵喵喵……」牠說了一長串話，看著好不可愛。

蔡奴幫王玄瑰絞乾頭髮，為他穿衣，低頭一看，忍不住笑著說：「阿郎，你瞧，牠像不像在跟你告狀？」

王玄瑰睨了蔡奴一眼。「有話直說，可是鎮遠侯府又出事了？院子裡吵吵嚷嚷的，煩死了！她沈文戈難不成和離成功了，在宴請呢？」

「非也。」安沛兒一臉凝重地站在門口，她斗篷上全是細軟的白雪，輕輕將其抖落下去，才走進來，繼續說道：「阿郎，七娘出事了。右將軍至長安府衙，說放妻書乃是假的，長安府尹退回放妻書不認，不予發公牘。而且，我從府衙回來的這一路上，聽到了許多關於七娘紅杏出牆的謠言。」說到此處，安沛兒的聲音不由自主地揚了起來，她氣道：「想毀了一個小娘子，真是再簡單不過了，隨隨便便往她身上潑一盆她不守婦道的髒水，全城人的唾沫星子都能淹死她！阿郎，幫幫七娘吧！」

王玄瑰嗤笑一聲，將護腕繫好，才開口說：「她沈文戈嫁至尚府後，那可真是大門不出、二門不邁，被王氏管得死死的，說她與旁的郎君有染？笑話！」他眼角挑起。「這事長安府尹若是早受理了，沈文戈和離完，尚府又能如何？這長安府尹還真是老樣子，推諉扯皮是一把好手，定是怕出問題，才一拖再拖，正巧拖到尚府說放妻書是假的。」金冠束髮，由著蔡奴給披上大氅，他手握皮鞭，邪氣四溢。「先替她處理了長安府尹吧，礙事！」

他低頭，丹鳳眼饒有興致地看著地上的小東西。「你還真是來告狀的啊！」

「喵嗚……」

雪團走過去蹭他。「喵嗚、喵喵……」

「看好牠，鎮遠侯府一時半刻顧不上牠，別讓牠跑丟了。」

安沛兒彎腰將雪團抱起來。「阿郎放心，府中有我。」
王玄瑰頷首，和蔡奴一前一後走著。
安沛兒抱著雪團跟在二人身後，等他們上了馬車，方才道：「阿郎。」
「嗯？」皮鞭挑起車簾。
安沛兒道：「別見血，那可是朝廷命官。」
冷風捲起驟然被放下的車簾。「囉嗦！」

白銅馬車路過一扇扇朱紅大門，最先停在御史大夫家門口。
御史大夫不是乾瘦老頭，亦不是大腹便便的老者，而是個一身正氣的中年美男子，此時他坐在王玄瑰的馬車上，氣得手都在抖。
「宣王殿下，你將我從家中擄出來成何體統？我要彈劾你！」
王玄瑰斜靠在馬車上，皮鞭有一下、沒一下地敲著自己的手心。「沒關係，田御史儘管彈劾，我可是每年給田御史提供了不少政績。」
「你、你……宣王殿下！」田御史左右低頭找尋馬車上的重物。「分明是你行事過於乖張，聖上寵著你，我要是不規勸你的行為，誰知道你會做出什麼更惡劣的事情來？我要跟你決鬥！」
蔡奴適時地捧著一卷紙，恭敬地遞到御史大夫手邊。

田御史拿過就要擲出去，眼尖地瞧見上面「冤假錯案」幾個字，又立刻收手拿了回來。趁他看東西的工夫，蔡奴盯著百般不耐煩的王玄瑰喝了薑湯，這才解釋道：「此均為長安府尹在位期間產生的錯案，其中幾樁百姓為賺些辛苦銀錢而犯了宵禁，差點被打死的事情，真是讓人唏噓啊！」

田御史從頭到尾看完，是越看越平靜。

「怎麼樣，田御史可看完了？」王玄瑰笑道：「本王看不慣那長安府尹許多年了，這也只是搜集到的一部分。田御史可敢彈劾？長安府尹可是蘇相的人。」

田御史冷笑連連。「本官有何不敢？本官連你都敢彈劾了！」

王玄瑰鼓掌。「別擔心，本王會給你找幾個同僚一起的。」

於是，接下來馬車沿路停下，一位又一位面帶怒容的尚書們出現在馬車上，有吏部尚書、禮部尚書、戶部尚書等人，除了兵部尚書執意自己騎馬走，車廂裡集齊了五部。

王玄瑰用皮鞭拄著下巴，悠然道：「諸位尚書難道不想和聖上一塊兒泡湯池？一起吧！」

晨曦放曉，天光大亮，鐘聲傳遍長安城每一個角落，熱氣騰騰的胡餅、包子等等被一籠屜、一籠屜地擺了出來，白煙縹緲，長安城醒了。

早起吃食的食客們，一個個嗦著熱湯聊天。

「我昨天聽說沈七娘在尚郎君不在的日子裡，有男人了！」

「我覺得是假的，七娘當年多喜歡尚郎君啊！不可信、不可信！」

「裝還裝不出來嗎？這些小娘子一個個房中寂寞，那還巴不得……呦，小心點，湯都灑身上了！」

煮餛飩的婦人用抹布擦放湯碗灑出來的湯汁，邊擦邊往那說話的郎君身上擦去，又給他的身上灑上了新的湯汁。

她插著腰，呸了一聲。「哪兒都有目中無人的狗男人，口無遮攔！」

眼見著要吵起來了，食客們紛紛勸阻，此時就聽見旁邊一家攤位的食客喊道——

「快去看，鎮遠侯府的人將尚府圍起來了！」

「什麼？」

此時此刻，尚府門口，四夫人陳琪雪帶著身後的小尾巴五夫人崔曼蕓下了馬車，手一揮就說道：「給本夫人喊！喊好了回去找七娘領賞錢！」

二十餘個沈家人齊聲高喝。「好咧！」

「尚滕壐，縮頭烏龜！放妻書敢寫不敢認！」

「王曦，惡毒心計，搓磨七娘，枉為婆母！」

「尚虎嘯，縱容夫人、兒子，任謠言滿天飛！」

「我們要求放七娘和離歸家，向七娘道歉！」
「向七娘道歉，還七娘一個公道！」
王氏從府裡出來，氣得指著陳琪雪。「你們這是做什麼？陸氏呢？還不快給我停下！停下來，別喊了！」
陳琪雪哪裡慣得王氏？她雙手抱胸道：「母親才不會來你們這裡找晦氣，自然由我們幾個小的代勞就好。我們夫君都在西北，你們是不是覺得我們鎮遠侯府沒男人在家，好欺負？竟膽敢往七娘身上潑髒水，也不看看妳自己是什麼樣子！我們七娘嫁到你們尚家後，任勞任怨、辛辛苦苦，還外男呢？妳給我找一個，把名字說出來啊！我們來當面對質！」
五夫人崔曼蕓站在她身後，跟著點頭道：「對，對質！」
「對不出來，看我不打斷他的腿！」
「對，打斷他的腿！啊，這不好吧？」崔曼蕓拉住陳琪雪的袖子。
陳琪雪白了她一眼，小聲道：「妳閉嘴！」
王氏氣得胸口起伏不定，再觀之周遭圍觀的人越來越多，急得說道：「潑婦、潑婦！她沈文戈——」話沒說完，又讓四夫人陳琪雪給截住了。
陳琪雪喊道：「大家都看看啊，這尚府是個什麼德行！我們七娘那可是鎮遠侯府的掌上明珠，什麼香的臭的都敢往我們七娘身上招呼？我跟你們說，根本就沒有的事！來呀，接著喊！」

「金吾衛呢？快去找金吾衛，讓他們過來管管！」王氏衝身邊人就是一頓喊。「快，關門！」大門轟隆關上，叫喊聲仍不絕於耳。「金吾衛怎麼還不過來？」

此時的金吾衛衛所，陸慕凝剛下馬車就被恭恭敬敬地請了進去。昔日鎮遠侯府威名還在，金吾衛從上到下不知有多少人受過恩，哪敢對其夫人不敬？

甚至負責掌管左、右金吾衛的大將軍都親自接待，態度和藹。他馬上就要卸下這身鎧甲了，誰知臨到末了，還能有事沾身上，一時也是心情複雜。

「夫人來意，某知曉了。尚府門前之事，均屬私人恩怨，金吾衛不插手。」

陸慕凝沒給半點好臉色，冷笑一聲。「若單為此事，何須我親自前來？」她話沒說透，給彼此留了顏面。就算大將軍下令讓金吾衛去管，人精般的金吾衛會管嗎？一面是鎮遠侯府，一面是右將軍府，他們去管，嫌命長了不成？

「那夫人何意？」

陸慕凝端的是一身雍容富貴的氣度，她道：「小家不平，何以平大家？將軍得管管手下人啊！」大將軍不接話，她也就笑笑，一雙眸子望向外面將澄藍天空遮擋住的烏雲。

她在等，等沈文戈。

車輪壓過白雪，留出一道轍痕，倏而停在長安府衙門口。

一紙訴狀、堂鼓驟響，長安府尹開堂審理。

驚堂木一敲。「堂下何人？所告何事？」

沈文戈渾身素雅，連耳環都沒有戴，走上前去。「民女沈文戈要狀告婆母王氏，在家中虐待民女，民女不堪忍受提出和離，其又散播謠言，辱民女名聲不說，還誣衊放妻書為假。民女今日要為自己討個公道，請官府判民女和離！」

跟在沈文戈後面過來看熱鬧的百姓頓時倒吸一口涼氣，紛紛討論起來。

堂上的長安府尹也是一驚，冷汗直冒。

與他為人處世圓滑一樣的圓潤身材，在椅子上動了動，他拿袖子擦了擦額上汗水，定了定神才道：「雖妳主告婆母王氏，目的卻是和離，繞不開妳夫君。按律告男方杖二十，妳可知？」

沈文戈露出今日來的第一個笑容。「我知。」她如何能不知？

昔日躺在尚府病榻之上，曾聞言有一小娘子，其夫君吃酒、賭錢，對她動輒打罵，她婆母更是不遑多讓，寒冬臘月讓她懷著身孕在外洗衣裳，最終導致孩子流產。小娘子一氣之下，拚著命狀告母子二人虐待於她，她要和離！一樣的二十大板，虛弱的身體險些撐不過去，那小娘子硬生生忍了，而後在鄰居等人出言作證她飽受毒打下，終是和離了，可那小娘子也是香消玉殞了。自此律法改，除和離、休妻外，又增了一條義絕，意即由官府判定有危害生命之嫌，男女雙方強制和離。

今生，就讓她沈文戈來開這個先河！

圍觀的民眾議論紛紛，看沈文戈會如何決定。

「民女……依舊要告！」

同一時刻，陶梁上朝的太極殿內，御史大夫手持笏板出聲。「臣，要彈劾長安府尹，為官期間草菅人命、懶政怠政、與人狼狽為奸……等共八十一條罪！」

朝上已經聽木然的官員們無語。長安府尹這是捅了御史的老窩了？八十一條罪？好傢伙！

就連聖上都忍俊不禁，差點笑了出來，看來田御史對於昨晚的事情確實是氣狠了。他看了在下面坐得歪歪斜斜的王玄瑰，問道：「宣王，你如何看待？」

王玄瑰抬手遮住自己的哈欠，跪坐端正了，方才道：「比微臣的罪都多，微臣自愧弗如。」

「噗哧！」不知哪個官員沒忍住，笑出了聲。

田御史幽幽地看了過去，眼下那因為跟聖上泡了湯泉又連夜整理罪責，導致一夜沒睡的一片青黑非常明顯，他咬牙道：「臣也不介意再彈劾一下宣王，宣王的馬車——」

「好了好了，」識時務者為俊傑，王玄瑰立即道：「臣認為田御史所奏是真是假，尚須查驗，但長安府尹德不配位，長安府衙卻不能空懸著。」

吏部尚書出言道：「不妨趁此開啟今年的歲末考核，臣正好有一人選可暫代長安府尹一職。」

聖上頷首。「善。」

長安府衙這裡，長安府尹聽到沈文戈斬釘截鐵地說寧願挨打也要上訴的話，頓時騎虎難下。

律法是死的，人是活的，這二十大板到底打不打，都是他長安府尹作主。原本是不想打的，畢竟誰願意得罪鎮遠侯府？他不過是想逼退沈文戈罷了，誰知道她還巴巴地湊上來！

他又重新翻開訴狀，說道：「來人，帶被告王氏和其子。」

被四夫人和五夫人堵在家中的王氏，及以請假為由被關在家中禁足的尚滕塵，一點懸念都沒有的，就被帶到了堂上。

兩人一臉茫然，被帶到滿是衙役的長安府衙大堂上。

王氏嚇得連連喘氣，面色都白了。

尚滕塵則望著沈文戈的背影，喚了句。「文戈。」

沈文戈為母子二人讓開地方，微微側頭，落入眼中的便是整個人都顯得十分落寞的尚滕塵。他的精氣神好像都被抽走了，眼還是那雙眼，臉還是那張臉，甚至衣裳都是他慣愛穿的，就是整個人不對勁。她訝異了一瞬，隨即轉過頭去。他再如何，都與她無關了。

王氏的喊冤聲響起。「她要告我？我可是她婆母！我何時虐待過她？我不服！」
驚堂木起。「安靜！」
長安府尹復又問沈文戈。「沈氏，如今王氏拒不承認，妳可還要告？妳要知道，妳告他們，要挨二十大板。」
沈文戈堅定地道：「告！」
沒能逼迫成功，長安府尹一句「打」，在瞧見外面聚集了越來越多看熱鬧的人時，硬生生卡在了喉嚨中。
沈文戈見此上前一步，白色的兔毛輕裘微揚起毛絮，道：「民女甘願領這二十杖責罰，不如府尹先行審理，民女稍後再領刑，否則民女也怕，屆時將沒有力氣再開口說話。」
尚滕塵聞言面色微變，終是想起了，如今這世道，女子要告夫家是要受仗刑的。她竟然為了和離，不惜上官府挨板子也要告？
他啞聲出口道：「文戈，妳何必？」
沈文戈側目不理。
長安府衙驚堂木一拍。「如此，准！沈氏，妳狀告王氏，可有證據？」
在王氏憤怒到噴火的眼神中，沈文戈點頭。「民女有，民女的貼身奴婢可為民女作證。」
王氏搶先開口說：「既是妳的貼身奴婢，還不是妳說什麼就是什麼？不能當證人！」

長安府尹看看王氏，再看看沈文戈，說：「王氏言之有理。沈氏，妳可還有其他證人？」

他這話一出，外面的人群就不高興了！

四夫人陳琪雪當先嚷道：「憑什麼叫都沒叫婢女就說不行啊？」

「就是啊，好歹叫人家來說兩句話啊！」

「肅靜！」長安府尹有心和稀泥，堅持說道：「沈氏，若無人證及物證，本官不予立案。」

沈文戈點頭表示自己知曉。「民女還有證人與證據。杏林坊陳大夫可為民女作證，民女嫁至尚家三年，所有病症均由陳大夫相看。」

「傳杏林坊陳大夫。」

陳大夫從外面人群中走出，他早就候在一旁了，到堂上之後不急不緩地回話。「草民可為沈氏作證，在尚家三年，沈氏大病小病不斷，這是草民的脈診錄，上面記錄了沈氏多年來的看病情況。」

長安府尹一邊翻看，一邊摳字眼。「本官看這上面只寫了何時何地、為沈氏開了什麼藥。」他慢悠悠看了一眼王氏。

本焦躁不已的王氏立即接話道：「稟府尹，是沈氏自己身子骨差，才會隔三差五地請大夫，這又怎能證明和我有關係？」

杏林坊陳大夫說道：「便是身體弱的普通人也不會經常請大夫，且所開之藥，每次治症也不同。」

「就算如此，也不能證明和王氏有直接關係。」長安府尹道：「沈氏，若妳沒有其他人證、物證，本官要判妳所訴無效。」

沈文戈蹙眉，終是懂了當年那小娘子為何會拚了一條命才能脫離夫家。

就在她沈思的片刻工夫裡，王氏高喊。「府尹，沈氏該訴的都訴了，二十大板必須打了！」

外面圍觀民眾聞言，群情激憤。

「妳這毒婦！」

「不能打！怎麼就不算數呢？府尹你好好審理啊！」

王氏堅持該打，百姓喊著不能打！

兩種聲音交錯，長安府尹猶猶豫豫，終是下定決心。「來人，行刑！」說完，他暗暗掐了食指指尖一下，意味著打得越輕越好，兩邊都不得罪。

沈文戈挑眉，她話都沒回，就這麼草草決定了？

「慢著，我還有一證人……」

「慢著，本王帶了新上任的長安府尹來！」

兩道聲音一前一後響起，原本想上前拉沈文戈的衙役悉數停了手，驚駭地看著突然說話之人。

沈文戈若有所感地回過頭，只見身著緋衣的王玄瑰穿過人群向著堂裡走來，所過之處人人迴避，默契地讓開道路。

手指上的白玉扳指被他轉了一圈，狹長的丹鳳眼掃過，無人敢與他對視。

他便那麼囂張又不可一世的，噙著怪笑，踏入公堂，路過沈文戈時，低頭看了一眼，好似在看她身上兔毛輕裘上柔軟的毛毛，很快便又收回目光。

長安府尹笑呵呵地起身下來和他拱手。「王爺今兒怎麼有空來？可是鴻臚寺又出了什麼事？」

王玄瑰看也沒看他，繞過他，坐在了他的位子上，斜靠著椅背，單手拄在扶手上撐著臉，這才輕飄飄地抬起另一隻手道：「你們兩人交接一下公務，這是負責你後續工作的新任長安府尹。」

長安府尹面色驟變。「這……這是何意？」

大拇指抵在喉結上，王玄瑰低聲一笑。「長安府尹既不愛管鴻臚寺的事情，也不愛理百姓間的摩擦，身為父母官，做得實在有些失敗，故而遭到御史彈劾，日後便由野府尹負責。」

新上任的長安府尹身型清瘦，拱手拿出任命書，道：「此案便交由我負責了，請。」

長安府尹不動。

野府尹攏著袖子對那些衙役道：「你們還愣著做什麼？還不快將與本案無關的人員送離開公堂？」

衙役們去看王玄瑰，而後駭得連連躬身，請長安府尹先行離去。

長安府尹嘴唇都是抖著的，顯然氣得不輕，最終也只能甩袖離去，不然還能讓衙役將他押出去不成？

外面圍觀的百姓伸長脖子往裡瞅，見他出來，故意大聲說話。「喲，這是怎麼了？我們的府尹怎麼被趕出來了？」

四夫人陳琪雪不嫌事大，接話道：「誰是你的府尹，眼瞎了不成？裡面那位才是啊！」

「對對對！有人不好好判案，被換下來啦！」

前長安府尹氣得伸手指著他們。「刁民、刁民！」

堂內王玄瑰一句「好吵」，將外面的衙役嚇得三魂七魄快沒了一半，趕緊作揖道：「咱快走吧！」

「哼！」喪家之犬般被趕走後，外面終於安靜了下來。

公堂內，野府尹招手道：「給本官拿把椅子來。」而後，他便施施然地坐在了王玄瑰右手處有驚堂木的地方，半點沒有被王玄瑰搶占了位子的不適。輕咳一聲後，他說道：「自現在起由本官負責審理你們之間的案件，給本官從頭講述。」

翻看狀紙的王玄瑰看了一眼沈文戈，正巧和她微仰著頭看向自己的目光對上，倏而冷了臉，將狀紙準確扔進了野府尹懷中。
沈文戈收回目光，正了正神色，重新開口說話。
見她侃侃而談，一一訴說，另一旁的王氏反而鎮定了下來。初時被叫到公堂上，她嚇得幾乎肝膽俱裂，可經過剛才一番長安府尹明裡暗裡的幫助，她反而多了信心，尤其是，現在公堂上還有宣王殿下呢！
幾乎是在沈文戈話音剛落下，她就迫不及待地開口了。「殿下，我乃新陽王氏之後，沈氏所說全是假的，我不認！殿下您可還記得新陽王氏？」
她拽過在一旁沈默的尚滕塵，低聲呵斥。「快叫人！」
尚滕塵看了母親一眼，只能拱手道：「見過殿下。」
「我不是讓你叫這個！」王氏看似低著聲，實際上卻用公堂上所有人都能聽見的聲音在說話，邊說邊推搡。「快叫小舅舅！」
尚滕塵深吸一口氣，偏過頭去，叫不出口，臉上更是慚愧得一片通紅。母親何意，他如何還能看不出來？這是想和宣王攀關係，好讓主判官野府尹有所忌憚！
只可惜，他們全然沒看見王玄瑰在聽見「新陽王氏」這四個字時的陰森表情。
那股子暴戾情緒，讓在他旁邊的野府尹連頭都不敢側，重重拍了下驚堂木，喝道：「安靜！被告王氏，本官未讓妳說話，需得閉口不言。」
話都說完了，王氏自然點頭應是。

野府尹重新叫了陳大夫作證，又得知之前沈文戈的另一證人貼身婢女沒被准許出來作證，便說道：「來人，傳證人。」

婢女倍檸被帶了上來，一出現就扶住了沈文戈。公堂之上，只有沈文戈形單影隻，從外面看著好不可憐。她揚聲道：「奴婢作證，王氏一直在欺辱我家娘子，有言語上的、有身體上的，奴婢發誓所言句句屬實，若有半點為假，天打雷劈！」

在陶梁國，誓言是不會輕易許出口的，是以，她一說，人們就信了個八成。

眼見王氏還想將之前的說辭拿出來再說一遍，沈文戈先一步道：「民女還有一名證人，請府尹准許讓她上堂。此人乃尚家奴婢，民女嫁至尚府三年，她便跟在奴婢身邊，對王氏的所作所為十分清楚。」

野府尹點頭道：「可，帶證人。」

沈文戈看向王氏和尚滕塵。「這回不是我的貼身奴婢，是你們自家的了，自己做的事情，得認啊！」

王氏咬牙切齒。「沈文戈！」

她微笑道：「嗯，我在。」

被帶上來的婢女在尚府毫不起眼，就算服侍沈文戈也只是個二等丫鬟，一到公堂上就腿軟地跪下了。

她哆哆嗦嗦地說：「奴婢、奴婢作證，夫人在家經常搓磨少夫人，故意讓少夫人親自做飯，還不讓其餘人幫忙，等少夫人忙乎完，又讓少夫人站在一旁佈菜，少夫人只能吃殘羹剩飯。夫人生病時，讓少夫人倒恭桶什麼的都是小事情了，奴婢記得有一次，少夫人被罰跪，跪了整整一夜，次日腿都沒有知覺，站不起來了，即便這樣，夫人也沒讓少夫人休息，還讓少夫人去處理商鋪的事情，那次之後，少夫人就大病一場。更不用說讓少夫人學刺繡，刺到手指全流血了，還經常說、說……」

「說什麼？」王玄瑰的聲音冷得像冰碴子。

小奴婢嚇得頭都要縮進肩膀中了。「說少夫人做事能力不行，空有一副美貌，嫁到尚府是她三生有幸，她根本配不上我們家郎君！」說完，她又小聲地補了一句。「夫人說的次數太多了，奴婢都會背了。」

「胡言亂語！」王氏終是忍不住了，頂著野府尹不讓說話的驚堂木聲，呵斥道：「妳這個吃裡扒外的東西，回去就發賣了妳！」

小奴婢咬著唇，躲在沈文戈身後，嘩啦啦地掉著眼淚。她家裡窮，母親生了重病，少夫人知道後不僅找了大夫給看，還給予銀錢救濟，如今更是承諾會將她買回去。

「肅靜！」

公堂上亂成一團，外面圍觀的百姓也沸騰了——

「好一個惡毒婆母！」

不少前來聽審的婦人更是跟著一起掉淚，似是也想到了自己嫁人後被婆母冷待、搓磨的日子，一個個不禁悲從中來，彷彿瞧見了她們自己。孝字壓在身，她們在夫家也是難得很。

「判和離！」

「對！這就是虐待、搓磨！」

外面的聲浪一波比一波強。

王玄瑰的手指在鋪在桌上的狀紙上敲了敲，彷彿只是個不經意想要敲桌子的動作，可他點到的位置，上面赫然是沈文戈上告王氏誣衊、誹謗的一條。

「都肅靜！」野府尹問道：「沈氏在家期間，可有相好？」

小奴婢連連搖頭。「少夫人從未見過外男！夫人不讓少夫人出府，少夫人若想出府需夫人同意，到帳房領了牌子才能出去，這個看帳房記錄就知道了。我們出府也要記牌子的。」

倍檸也趕緊道：「請府尹明鑒，我家娘子恪守己身，又一心愛慕郎君……」她看了一眼尚滕塵，接著說：「絕沒有做出任何不守婦道之事！」她甚是替沈文戈委屈。「都這麼傳，可要是真的有，此人姓甚名誰？家住何方？家中薄產多少？我家娘子好歹也是鎮遠侯府的七娘，可不是什麼香的臭的都能看得上眼的，將人叫來，我們在公堂上對質！」

野府尹點頭。「那妳們可能證明，此謠言是王氏所傳？」

王氏連忙道：「對！妳們可有證據？」

沈文戈搖頭。「民女沒有，但是非曲直，公道自在人心，做過便是做過，沒做過便是沒做過，這些謠言……」她頓了頓，才又說：「簡直是在侮辱我從前的那顆真心。」

在她身旁攔著王氏的尚滕塵身子頓時一僵，他嗓子哽住，只側頭深深看了一眼沈文戈，接著便低聲喝道：「好了母親！」

啪！驚堂木拍響，野府尹再問，問的卻是尚滕塵了。「沈氏說你們出爾反爾，給了放妻書又不認。本官問你，那放妻書是你寫的不是？」

王氏狠狠拽住尚滕塵的衣袖。「兒啊！」

尚滕塵死死咬著牙，將王氏的手從他衣袖上扯了下來。

王氏一驚，立即衝著堂上的王玄瑰道：「請王爺給我們作主啊！」她捧著胸，一副傷心欲絕的樣子，說道：「怎麼就是我虐待她沈文戈了呢？我身為婆母，她孝敬我不是應該的嗎？還有那謠言，可有證據是我散播的？沒有！她沈文戈才是誣衊之人，我沒反告她就不錯了！放妻書不放妻書的，她沈文戈既沒有犯七出之罪，兩個孩子還有感情基礎，怎麼就非要鬧到和離這一步？我們怎麼可能寫放妻書？王爺明鑒啊！」

既求到了王玄瑰跟前，一時間無人敢多言，外面的百姓紛紛擔憂地看著裡面。

裡面的王氏見王玄瑰不說話，心中一喜，可緊接著對上王玄瑰的眼，驀地嚇得打了個激靈！那是一種讓人毛骨悚然的目光，讓她不禁退到尚騰塵身後。

白玉扳指被王玄瑰轉掉，落在地上「叮叮噹噹」地滾了許久，最後停在沈文戈腳邊，藏進了她的兔毛輕裘內。她蹲下身，在一群人敬佩的目光中，準確摸出地上的白玉扳指，走上前去放在王玄瑰面前的桌上，而後沒有任何事地退了下來，低頭看著自己蓋住腳面的兔毛。

王玄瑰碰都沒碰那沾了灰塵的白玉扳指，反而問向野府尹。「為何還不繼續審問？」

野府尹小心地看了一眼王玄瑰，而後說道：「尚郎，回答本官的話，那放妻書究竟是否出自你手？」

尚滕塵望著自己前方披著白裘的沈文戈，她除了剛才睨了他一眼，再沒有賞過半分眼風給他，甚至不如他母親得到的注視多。那種自己終究要失去她的痛，來得猝不及防。已經鬧得這般難堪了，他不想再違心欺騙了。「是。」

至此，沈文戈終於回頭看了他一眼，瞧見了他通紅的眼眶，而後緩緩轉過了頭，只留給了他在空中飄蕩的流蘇簪子。

一滴淚從沈文戈眼中墜下，唯有看著她的王玄瑰看見了。

她擦了淚，便又是那個無堅不摧的沈文戈。

野府尹一直關注著尚滕塵，在他說完「是」之後，不再給王氏說話的機會，直接宣佈判決。「經本官審理，王氏確實在沈氏嫁至家中期間，以婆母身分欺壓，但沈氏所告謠言出處並不能證明為王氏所為。沈氏，妳可要索討賠償？」

沈文戈笑了笑，隨即搖頭。

野府尹繼續道：「經尚郎親口承認放妻書為他所寫，可證夫妻兩人已無感情、恩斷義絕，加之沈氏遭受多年虐待，在此，本官判決如下——判沈氏和離歸家！」

第六章

好一個恩斷義絕，好一個恩斷義絕！她沈文戈，可不就是和他尚滕塵恩斷義絕嗎？無法自已的淚水奪眶而出，昔日有多愛，如今便有多痛。

瞧她低著頭無聲哭泣的模樣，尚滕塵也不禁撇過臉，眼眶含淚。他喘著氣，喚了句。

「文戈……」

沈文戈接過倍檸遞給她的汗巾，擦淨臉上淚水，方才用一雙春水洗過的明眸望過去。

他深深俯首作揖。「文戈，我尚滕塵今日有負於妳，願來日——」

「不必！」沈文戈被他一句「有負於妳」弄得又滴下淚珠來，她苦笑了一聲。「不必，不必有來日。祝你和齊娘子，幸福恩愛兩不疑。」

聽到「齊娘子」這三個字，尚滕塵啞然，只能將腰彎得更低些。

「你我夫妻情分已斷，尚郎君日後便稱我為七娘吧。」沈文戈側過臉不願再看。「倍檸，我累了，拿上公牘回府吧。」

「是，娘子。」倍檸心疼地攙扶著沈文戈。

沈文戈擦著淚，就聽王氏冷嘲熱諷道——

「都已判和離了，哭什麼？那二十大板，還有人沒挨吧？」

沈文戈往外走的步子一頓，眼淚頓時被逼退了回去，轉過身欲要回去挨板子。沒關係，她可以挨，只要能推動立法。

野府尹看向王玄瑰。

王玄瑰鬆開拄著的下巴，從椅子上站了起來，狹長的丹鳳眼與堂下那含著一包淚水的秋眸對上，皺眉道：「案子已判，既無事了，本王回去了。」

沈文戈福身恭送王玄瑰，白色的兔毛裘在地上開出一朵花來，如她濁濁而獨立。

緋衣從她身旁而過，只留孤零零的白玉扳指被他嫌棄地丟在桌上。

王爺都走了，還打什麼打？野府尹當即決定，因沈氏並非誣告，是以，二十大板不打了。

外面圍觀百姓歡呼。

王氏一臉挫敗，心知大勢已去，出言諷刺道：「沈文戈，妳好生歹毒！」

沈文戈頷首說：「不及妳對我的十分之一。」好言好語與你們商量和離，甚至過往種種不再追究，你們卻偏以為我好欺負，那便也只能用此方法，讓全長安人都瞧瞧，你們尚府的本來面目！她最後看了一眼尚滕塵，提著裙襬往外走去，她的兩位嫂嫂正推開衙役，奔向她而來，一個個滿臉帶淚。

「文戈……不，七娘。」

身後的尚滕塵叫她，沈文戈未回頭，只聽他道——

「我也替母親向妳說聲對不起。」

「滕塵！你在說什麼？怎麼連你也這麼說？我是為了誰？還不是為了你！你——」

尚滕塵低喝道：「夠了母親！官府都判您欺辱為真了，還嫌鬧得不夠嗎？」

頭一次被兒子訓斥，王氏不敢置信，她一個對兒子不願放手、時時刻刻保持好母親形象，甚至認為兒媳是搶了她兒子的人，自食惡果。

他追上去，不敢看她的眼，只敢與她保持一步之遙，只在她背後道：「文、七娘，其實妳應寫信給我的，我會阻止母親。」

沈文戈不想去追究尚滕塵說出這句話的心理，只是哂笑一下。「你遠在千里，說了何用？屆時唯有我承受你母親的怒火罷了。不過那時也是願意為了你忍著，現在不願了，祝君安好。」

他望著越走越遠的人，情不自禁伸出手去想再碰一碰她，挽留一下。會失去她的那種椎心之痛，也是他沒想到的。

四夫人陳琪雪是最先趕過來的，一瞧他那副失魂落魄的樣子，就警戒起來了，狠狠瞪了這個負心漢一眼，一把摟過沈文戈，讓他的手落了個空。

她邊說邊警戒地回頭。「七娘，妳受苦了。若是早知道妳在尚府過的是那樣的日子，早就將妳接回來了，王氏太不是個東西了！我看以後誰還敢嫁進尚府？妳這是一戰成名，還洗刷了冤屈。我看她王氏的名聲，可就要臭不可聞了！」她的嘴像連珠炮似的，一張就停不下來。

在後面聽著她罵自家母親的尚滕塵無法反駁，便只能落寞地停在原地，看著她被簇擁而走。

五夫人崔曼蕓緊趕慢趕終於迎了上來，她對沈文戈道：「我已派人去通知母親，說這裡案子審完了，讓母親不必再攔人。」

陸慕凝攔的自然是尚滕塵之父，尚虎嘯。

沈文戈上告王氏，而不是尚滕塵，皆因他有官身，而王氏無官無職，更加方便。攔住尚虎嘯，也是為了讓府尹沒有顧慮，大膽審判。

只是沒料到，之前那位府尹膽小如鼠，兩面都不想得罪，險些就敗訴了。

想到這兒，沈文戈扭頭朝四周看去，要不是宣王殿下今日出現，帶著新上任的長安府尹，她只怕沒有這般痛快就和離了，少不得要磨上幾回。

在一片圍著她說「恭喜七娘和離」的人群中，她踮起腳，看見了離府衙不遠處的白銅馬車。宣王殿下早就出來了，可馬車一直停在那兒？也不知是不是她的錯覺，總覺得是到了此刻，發現她出來了、沒有任何問題了，才緩緩動了起來。

四夫人陳琪雪護著沈文戈穿過人群，這邊說「哎，多謝大家來捧場，我們七娘可不是受罪了」，那邊道「你家女兒也受婆家欺負，想和離離不了？告告告！我看這新上任的府尹是個好人」，甚至還能一心三用，問沈文戈在看什麼呢？

沈文戈回過神，微微搖頭。「沒什麼，我們回家吧。三嫂如何了？」

「妳放心，我都盯著呢，現在還沒發動。哎？弟妹，蕓蕓？」四夫人陳琪雪另一隻手抓過差點被擠出人群的崔曼蕓的手。

她們被婢女、僕從們相護，一路平安到馬車旁，對百姓們道了謝，方才駛回家。

四夫人陳琪雪放下車簾。「哎呀，我的天，大家也太熱情了，嚇死我了，生怕妳們兩個出了什麼事！」說著，她又氣憤地捶手。「大嫂竟然真的連面都沒露一下，她可是世子夫人呢，怎麼能這樣？還是我們蕓蕓好，都知道回家求幫助。」

五夫人崔曼蕓靦腆地笑了笑，又甜甜地對沈文戈道：「恭喜七娘。」

沈文戈這時臉上終於露出笑容，她一隻手握緊一位嫂嫂的手。「娉娉也多謝二位嫂嫂相護。」

她改口稱自己為娉娉，兩位嫂嫂對視一眼，也跟著親密地喊道：「娉娉的福氣還在後頭呢！」

她用力攥了攥二位嫂嫂的手，她們為了她上告一事忙前忙後，三嫂更是察覺到胎動了還想強撐著出主意，被母親制止，如今在府中待產。

她們對她的好，她都記著，也更讓她堅信，這樣為她好、為鎮遠侯府好的嫂子們，前世肯定是遭受蘇清月或者親人的什麼威脅，才會不得不跟母親提出和離。

馬車飛快駛回鎮遠侯府，正好在門口與陸慕凝的馬車相遇，遙遙與眼中如被淚水洗過的母親相視，沈文戈下意識屏住了呼吸。

陸慕凝看了她一眼，恨道：「愣在那兒做什麼？還不趕緊進府看看晨昕。」

三夫人言晨昕自有了要生產的跡象便被推入了產房，昨晚推入的，現在都快晌午了，才剛剛發動。

沈文戈欲要陪在房門外，被母親和兩位嫂嫂趕走了。

在她們心中，她雖嫁給了尚滕塵三年，可新婚之夜新郎官就遠赴戰場了，所以她還是個什麼都不懂的小丫頭。

可其實……她摸著自己的小腹出神。她前世曾與尚滕塵有過一個孩子的，可惜胎死腹中，她沒能生下來。

抹掉臉上的淚，她接過了母親的活計，穩住大後方。

直到明月高懸，一聲嬰兒啼哭才響破天空。言晨昕生了，生下一個女兒，和三兄兒女雙全了。

陸慕凝對幾個庶子都是很好的，當即就賞了全府上下兩個月的月錢，一為慶祝府上添子，二為沈文戈成功和離，整個府裡喜氣洋洋。

沈文戈聽著耳邊的恭喜話，笑了。

她和離了，鎮遠侯府也有了新寶寶，而且還是個健壯的寶寶，不再是像個病秧子一樣的小丫頭了。

欣欣向榮，未來可期。

忙乎了一整天，終於能鬆口氣，她喝了口水，隨便填了兩塊糕點，任由倍檸為她捏肩解乏，將她藏在衣服中防止挨板子的薄墊抽出來，這才問倍檸，可有覺得中意的小婢女？如今她身邊只有倍檸一人，忙不過來。

倍檸道：「娘子可記得雪團失蹤那次，心疼得哭出來的小婢女？奴婢觀察一陣子後，覺得可以培養。」

「叫什麼？」

「音曉。」

沈文戈點頭道：「那便提到妳身邊，當個二等婢女，我且看看。」說到這兒，她閉著的眸子猛然睜開。「雪團！」

刻著牡丹枝葉捲草紋的床榻，造型華麗，封閉的床幔中，一人一貓各睡一邊，涇渭分明。

雪團是隻乖巧的貓仔，夜晚時從不在人身邊吵鬧，甚至已經養成了白日玩鬧、晚上睡覺的習慣，此刻將貓頭蜷在胸前，睡得正香。

睜著一雙眼，毫無睡意的王玄瑰側頭便能瞧見睡得呼嚕嚕的小黑貓。

他面無表情地盯著牠，貓兒全然沒有察覺到危險，依舊呼呼大睡。在他睡不著的時候，看見旁邊的貓睡得這般香甜，心情著實不美妙。他伸出手慢慢靠近黑團子，在牠附近不遠處停下，而後倏地抽動牠身下軟墊。

雪團的尾巴動了一下，翻了個身後，趴著繼續睡。

王玄瑰說：「你沒人要了，沈文戈都不要你了，你還睡得這麼香，沒心沒肺！快給本王醒醒！」他坐起身，繼續盯視雪團，見牠沒有要甦醒的跡象，索性抓住了牠身下軟墊左右搖晃。

「喵，喵……喵！」雪團不堪其擾，終於睜開了翡翠綠眸，雙爪做出攻擊狀。

王玄瑰以極快的速度避讓，就見雪團翻身拉長身子「喵嗚」一聲，這是正式被鬧得清醒了。

牠醒了，王玄瑰就滿意了。他不管牠，施施然躺下，任貓兒不甘心地上前踩他，他都不予理會。

「喵喵喵！」

柔軟的貓頭蹭在他脖頸處，他手指微動，雪團選擇拿他的身子當軟墊，扒抓得他衣領大敞，肌膚與貓毛貼合的部分也就更大了些。他嘴角翹起，十分好心情。

外面守夜的蔡奴聞聲而入，他自是知道王玄瑰不易入睡這個毛病的，說話便沒有壓低音量。「阿郎，七娘來尋雪團了。」

帳內的王玄瑰哼了一聲，索性起身坐起。他起得突然，雪團便從他身上骨碌碌滾下。

「喵！」

他睨著衝著他喵喵叫的雪團。「你主子終於想起你了。」

蔡奴掀起床幔，拿著一條黑色兔皮製成的黑裘過來，這還是王玄瑰今日回家後讓他找出來的。也沒給王玄瑰清理裡衣上沾染的貓毛，反正披完兔皮黑裘，也會沾一層毛。他主動抱起雪團，為牠順毛，跟在王玄瑰身後走了出去。

黑夜裡，燈火通明的宣王府就像是不曾眠的怪獸一般，一盞燈籠自蜿蜒小路而來，足以讓人忽略其他，只將目光定在他一人身上。

走得近了，才發現他披散著髮，神情慵懶，想來是早就睡下，又被她折騰醒了，沈文戈十分不好意思地趴在牆頭。

但夜已深，她若是去敲響宣王府大門只為找貓反而不好，易引人誤會。更何況，她今日和離，王爺出了大力，她還沒道過謝。所以，只能厚著臉皮來尋貓兒了。

王玄瑰攏著黑裘站在原地不動，示意蔡奴將雪團放在樹下，讓牠自己跑回去。

夜裡睏倦的雪團被蔡奴放在地上，喵了一聲就不動，連尾巴都不怎麼掃了。

幾人的目光全集中在雪團身上，牠也有所感似的，又喵喵叫著，繞著王玄瑰轉了一圈，接著趴在他腳上，眼睛一閉，加上黑夜、黑裘，若不是看著牠走過去的，還真不容易找到牠。

王玄瑰抬腳，雪團穩睡如泰山。

沈文戈為自家貓兒的大膽行徑汗顏，乾巴巴地叫了聲。「王爺……」

蔡奴乘機退下。

王玄瑰抬眸，燈籠的暖光打在他身上，為他驅散一身陰霾。

她道：「今日之事，多謝王爺。」

王玄瑰頷首，接了她的謝，然後指著自己腳上的雪團道：「妳下來，將牠抱回去。」

「嗯？」沈文戈愣然，千言萬語想問他為何相幫，最後又只匯成一句謝，此時聽他讓自己翻牆過去，一時不知該怎麼接話。

王玄瑰已經不耐煩了。「怎麼？不會翻牆？麻煩！」他轉頭叫蔡奴。

蔡奴躲得不算遠，偏生就像聾了般，就是沒聽見王玄瑰喚他。

蔡奴指望不上，沈文戈趴在牆頭又下不來，所以能送貓的只有王玄瑰自己。

他抬頭就見沈文戈趴著的地方下面有一架早放置好的梯子，無語半晌，終還是蹲下身，動作僵硬地將雪團掐了起來。

是掐不是抱，雙臂伸直舉著拉成了貓條的雪團，他一路皺著眉走到梯子前，因無法用手，便動作緩慢地往上爬。

他這樣沒有扶著梯子，讓人心都揪起，生怕他摔下去，等人快爬到時，提著一顆心的沈文戈趕忙伸手去搆貓。

將貓交出，王玄瑰明顯如釋重負地鬆了口氣。

雪團都已經在宣王府混吃混喝這麼久了，怎麼宣王爺還一副不敢抱牠的樣子？腦裡閃過第一次王爺送貓的場景，似乎也是如此躲避貓兒，都是雪團主動貼上去，他被動被蹭。

在人要下去之際，沈文戈下意識將手拍在牆頭，激起上面的一層落雪，紛紛揚揚灑下。

王玄瑰側臉閉眸躲避，細小落雪沾在他睫毛上、眼下，化成點點晶光，他伸手揮散落雪。

再一睜眸，入目的是怕他摔下去，伸到他面前欲要抓他的纖細手指。

「不冷？」沈文戈在牆頭趴了許久，縱使身上穿著皮裘，也寒氣滲人，尤其剛剛又拍了雪，此時手指都凍得通紅。

「還好。」她縮回手，將手放在貓兒細軟的毛中，雪團任她動作，只顧著酣睡。

兩人雙雙沈默，在王玄瑰又想回去之際，沈文戈趕緊道：「王爺，真的多謝。」

王玄瑰挑眉。「不必，妳謝過了。」

她抿了抿唇，突然展顏一笑，雙手托著雪團，遞到他面前，問道：「王爺可要摸摸？」

低頭看了一眼雪團，王玄瑰眉間皺得更緊，眼裡明晃晃寫滿了「妳在說什麼？這貓可是本王剛送還給妳」的話。

一牆之隔，能有多遠？近得沈文戈稍微伸長胳膊就能碰到人，是以，她托著日益變大的雪團，將貓兒送到了他手邊，在他那隻剛才用來揮雪的手上蹭了蹭。

貓耳抖動，手心裡便傳來清晰的觸感，王玄瑰倏地收回手，丹鳳眼都微微睜大了些許。

見此，沈文戈臉上笑容更真切了，她道：「雪團很乖，不會咬人的。」

王玄瑰攥緊手，再沒有比溫熱的、耳朵會動的貓兒更能告訴他，雪團是活著的。

近距離看見王玄瑰眼底的血絲，她又道：「王爺可是睡不著？我這裡倒是有個辦法，王爺可以試試將陶瓷枕換成軟枕，耳裡塞上棉絮，興許會好些。」

王玄瑰定定地看了她半晌，方才道：「本王知道了。」

說完不再給她挽留說話的機會，直接下了梯子回到院內，繃著一張臉撿起被他丟在地上的燈籠，也忘記還給蔡奴，就這麼一路執著走了回去。

到了屋內，蔡奴為他撤下黑裘，又換了一身乾淨的裡衣，催促道：「阿郎，快睡吧。」

王玄瑰摩擦著手心，站在床榻前，突然道：「給本王換成軟枕。」

蔡奴。「嗯？」

「再給本王拿兩朵棉絮來。」

蔡奴含笑道：「是，王爺。」

至此，王玄瑰才反應過來，剛才一直對著蔡奴叫自己「本王」，隨即扶額低笑一聲。

一牆之隔，沈文戈已經帶著雪團爬了下來，她親了親貓兒毛茸茸的額頭，回頭看了一眼，說道：「你面子還挺大的。」

雪團不耐煩地甩動尾巴。「喵！」

次日，烏雲退去，澄藍天空高懸，長安府衙外排滿了小娘子，堂鼓敲響了一次又一次。

想來新上任的野府尹也沒料到，上任之後處理最多的竟然是和離案。

如審沈文戈和離案一樣，小娘子若拿不出有力證據證明夫家毆打、折辱，是誣告，那就要打上二十大板；可若能證明，官府判決強制和離，那這二十大板就不用打了。

這般人性化的方式，讓百姓稱好的同時，也讓從沈文戈案獲得信心的小娘子們爭先恐後來了府衙。

小娘子覺得自己有手有腳，哪怕賣身為奴，也養活得起自己，憑甚受夫家打罵？

於是一樁樁和離案解決，一位位小娘子淚灑府堂。

此事自然也被搬上了朝堂，朝臣們議論沈文戈的和離案，說起如今長安府衙外排隊等判決的小娘子都排出了街道，便有人提議，是否應修繕律法，增加對女子的保護？

每一個涉及郎君們地位的條款，都是不容易被挑戰的，朝堂為此吵了好幾日，吵得王玄瑰直接煩得稱病不上朝。

同時學他的，還有蘇相及六部尚書。

領頭的官員沈默，就相當於認同修改婚姻法制一事，於是修法被正式提上了日程。

有望可以被公正對待的小娘子們，無不感謝沈文戈踏出了第一步，給了她們勇氣。

這日，一輛馬車經過長安府衙門口，車簾掀開一條小縫，然後左拐右走，停在了一處隱蔽的別院前。

頭上戴著冪籬的小娘子由身邊婢女護著，徑直入了府，剛一開門，便撲進了對面郎君懷中。「表兄！我聽我爹說，朝廷確認要修改婚姻制度了！我想跟他和離，嫁給表兄你好不好？」

冪籬被輕柔摘下，裡面那張本不可一世的高傲面龐，現在充滿了柔情蜜意，可不正是鎮遠侯府的世子夫人——蘇清月。

一團黑影以幾乎看不清的速度躥上牆頭，然後翻了下去。

若是院裡還有盛開的金菊，方能遮掩牠一二，可如今院裡遍布白雪，牠那一團黑毛就顯得極為突出，至少，跟著雪團過來的陸慕凝看得真真切切的。

她站在院牆前打量著，院牆上的貓踏板從低到高斜釘了一溜，簡直就像是為了方便雪團翻牆而量身訂做的。

院牆後，雪團歡快的喵叫聲，在此刻略顯安靜的小院中是那麼明顯，明顯到讓陸慕凝幾乎一瞬間就記起，隔牆是何人的府邸。

宣王府。

陸慕凝驚疑不定，怒道：「沈文戈！妳好大的膽子！」

沈文戈追在母親身後，緊趕慢趕地趕了過來，賠笑地摟過母親的一條手臂。「母親，這是意外。」

「意外？」陸慕凝看著自家女兒長開後褪去稚氣的花容月貌，又看看牆面，一口氣頓時梗在胸口。怪道從來不理事，一出手就見血的宣王，竟然會閒來無事地幫忙沈文戈和離！

她臉色嚴肅，顧忌著院裡的婢女，悄然瞪了一眼沈文戈，待兩人回了沈文戈的閨房，她才打發走婢女，說道：「給我從實招來！妳與宣王是如何相識的？」

這話問的，簡直就像在說「快說，你二人何時私相授受的」。沈文戈好笑的同時，又有一絲絲酸楚，解釋道：「母親多想了，我與宣王可真是清清白白，嗯，若真說與宣王有關係的，是雪團。我歸家沒幾日，雪團就偷跑到宣王府了，我命人左攔右防都沒用，又怕牠跑丟，便也只能由著牠了。我觀宣王……」腦子想起男人想讓雪團蹭，又不敢主動的模樣，淺淺笑了起來，說道：「宣王甚是喜愛雪團，母親見了就知曉，那邊啊，雪團可有專門吃飯的金碗呢！」

陸慕凝沒說信，也沒說不信，只是在沈文戈含笑的臉上停頓了片刻，說道：「宣王畢竟住得近，和鄰居處好關係也是應當的。」

沈文戈立即點頭。「可不正是如此！」

瞧她那副樣子，陸慕凝簡直不想看，省得自己氣出病來，於是偏過頭去不想理她。

今日在家，兩人都穿得簡單，衣衫上相同的蝴蝶金繡栩栩如生，湊到一起，要沒人說，只會認為這是一對姊妹花。

沈文戈和離後有意無意躲了陸慕凝幾日，生怕因為和離的事情挨訓，如今實在躲不過，這才用「給母親做了糕點」為由將人請了過來，哪想到母親一到，雪團就來了個翻牆而逃。

陸慕凝側目見她一副要說不說的樣子，實在礙眼，便道：「有什麼話，說。」

「母親，」沈文戈端端正正地坐好了，一副自己要說重要事情的模樣。「我想去西北。」

「去西北？」陸慕凝蹙起眉。「西北苦寒，妳怎麼又想回去了？待過了年，妳兄姊就能回幾人，妳要是想他們，且再等等，如今天寒，路不好走。」

舔了舔唇，沈文戈深呼吸了幾下，不可控制地緊張焦躁起來。有些事，她必須讓母親知道了。「女兒……女兒前段日子作了夢，夢中……夢中兄姊盡數戰死，我鎮遠侯府被人栽贓陷害，朝中無人支援，被人喊打。」她抹了把淚。「不僅如此，大嫂威逼母親討要放妻書，幾位嫂嫂也不知為何，除了三嫂死也要死在鎮遠侯府，其他全都和離了，府上只有幾個小孩子，母親……」她說到此處，簡直泣不成聲。「母親遭受不了打擊，一夜白頭，還強撐著身子教養他們，最終……我則是被關在尚府後院，不得出門，鎮遠侯府就這麼衰敗了。母親，這夢太真，真得女兒心頭發慌。」

沈文戈伸手握住陸慕凝的手，手冰得讓陸慕凝心驚。

她一字一句道：「夢中戰事發生在新年後元宵節，正值團圓喜慶之時，燕息國大舉來犯，兄姊死守，但沒用，城破了，全城人都死了。女兒放心不下，現在出發，可以趕在年末前抵達，也能早做準備。母親千萬別說不過是作夢，就算是夢，女兒也要確認夢是假的才行！如果是真的，女兒情願與兄姊共存亡！」

陸慕凝伸手為沈文戈擦去臉上淚水，半晌才道：「妳二姊寫信給我，說妳長大了，嫋嫋確實長大了。」

沈文戈眼中噙著淚珠，控制不住地撲進母親懷中，像還未出閣之時那般，抱著她哭了起來。「母親，嫋嫋怕死了，真的怕死了！這要是真的……這要是真的，我們可怎麼辦？」

撫著沈文戈的髮，陸慕凝嘴上說的勸慰之語和面上的神情截然相反。她失去夫君的那一晚，也作了一個充滿血色的夢……

她一邊撫著她、拍著她，一邊輕聲問：「此事，想來妳同妳兄姊說了？」

「說了……」沈文戈哽咽著，將自己這段日子來所做之事盡數告知，又拿出大兄和二姊的信件，跟陸慕凝講他們在城中的發現。如今偷工減料的城牆已經被修繕，軍糧也備充足了，就連山洞中都存了部分糧食、乾柴、藥物。天寒地凍的，他們還往城牆上澆足了冷水，凍成冰又是一層保護，可以說確實是做足了準備。但沈文戈眸中依舊滿是擔憂，一天沒到戰事發生的時間點，她就一天放心不下。「但女兒還是憂心，想趕去西北，親自看著。」

陸慕凝沒說「妳去有什麼用」的話，她只是用欣慰又憐惜的目光看著自己的小女兒，說道：「妳和離之後，我時常後悔，當初就應該讓妳同妳二姊一起學武，寧願妳戰死沙場，也不願妳在後院被人搓磨。妳要想去，便去吧，母親不攔妳。」

此一言，讓沈文戈再也控制不住淚水，決堤的淚沖刷而下。

抱著在懷中哭得撕心裂肺的女兒，陸慕凝的眼神略有些空洞。她不能倒下，更不能懼怕。「妳做得很好，嫂嫂，第一時間通知兄姊讓他們提前準備，又將我喚了回來，非常好，嫂嫂。」

「那母親，我還有什麼疏漏的地方嗎？」

陸慕凝沈思片刻後說道：「藥、衣、糧，歸根究柢一個字：錢。」她相信她的兒女，從小在戰場上跟隨父親廝殺，絕不會不懂這些，甚至在給嫂嫂的信中也寫到囤積了糧食，但是這些軍需本應該由朝廷發下的。「母親尚且還有些人脈，會拜託他們向聖上提出足額發放軍需的，嫂嫂放心交給母親就是。妳想去西北，一定要準備妥當才行，母親再給妳調二十名護衛。」

「嗯。」沈文戈哭得嗓子都啞了，又問：「那大嫂呢？我懷疑夢裡嫂嫂們會和離，同大嫂脫不開干係，是否應該將她叫回府，把人看在眼皮子底下？」

一提起蘇清月，陸慕凝腦仁都有些疼，只道：「不必理會，妳和離這般大的事情她都沒出面，相府不會由著她任性，定會將她送回來的。」

果然如陸慕凝所料，不出三日，蘇清月被她自己的母親帶著送回了府。相府夫人雖人也清高，卻不是蘇清月這般不通人情往來的，當即就藉口蘇清月是得了病，才沒來得及趕回。

陸慕凝也就給個臺階，讓她們下了。自知道女兒夢中蘇清月這個世子夫人非要和離，她也就暫且斷了培養的心思。

若是戰事沒發生，陸慕凝還能睜一隻眼、閉一隻眼；若是戰事發生，再讓蘇清月插手府上事，豈不是給她遞上一把捅鎮遠侯府的刀子？

對此，沈文戈樂見其成。她如今正忙著要去西北，懶得理蘇清月。

這段日子，沈文戈陸陸續續也又收到了幾位兄姊的家書。

三嫂生了個小娃娃的信想來還在半途，三兄並不知情。三嫂同她說，三兄在信中起了許多名字，男娃的、女娃的都有，三嫂想等過年之後，三兄回來了，再同他商量。

看著抱著孩子的三嫂，沈文戈去西北之心就更急了。

同時間，陸慕凝也有所動作，她將她夫君的兩位姨娘全接回了府，就連被她留在江南的嫡孫沈嶺遠也派了人去接。而後她清點庫房，帶著禮品去了一位位與她有交情的人家。她的分量可與沈文戈不同，說的事情也不是沈文戈最初所想，如果出事讓他們相幫一二，她說的是，她擔心兒女，希望大家能與聖上提提，為西北發放軍需。

本來每年發放軍需都讓戶部愁禿了頭，今年可好，催得更早，頓時和軍部扯起皮來，要錢就兩個字：沒有。

這可把軍部氣壞了，軍部侍郎是位儒將，真要開口罵人，不僅嗓門大，還陰陽怪氣，成功氣倒了好幾位戶部大臣。

氣倒了大臣，聖上可就不能再看樂子了，他早就在和王玄瑰泡澡時就提過一嘴這事，問了王玄瑰看法，王玄瑰直接回他「燕息國今年遭遇水災，糧食不足，恐會攻打而至」。人家都要打來了，還能不給錢嗎？軍需必須到位！

朝廷開始運轉，戶部只能忍痛割錢，比沈文戈速度還快地將軍需盡數運送至了西北。

再次收到西北信件時，因軍機不可洩露，大兄和二姊只能含糊告知，就算燕息國真的來犯，他們也不怕，準備充足了。

而三兄也為自己的小千金取了「沈玥婷」的好名字，她於月夜出生，希望她能像嫦娥仙子那般，長得亭亭玉立。

因被和離耽誤了一段日子沒能走成的沈文戈，也終於要動身去往西北了。

車駕、人馬、吃食，足足有十大車東西。

夜幕低垂，一匹全身棗紅卻因連日奔跑而覆上厚厚一層黑灰的駿馬，越過山川河流，馱著士兵向著長安城急奔而至。

「西北墨城急報！」

沈寂的黑幕被驚動，點點燈火燃起，如一條威武火龍盤旋在宮中。

宣王府，蔡奴叫醒好不容易熟睡的王玄瑰。「阿郎，速起！燕息來犯，墨城急報，聖上急召！」

王玄瑰驟然睜眼，眸中迷茫瞬間退去，起得過猛，腦中如針扎一般，他以手用力按住不斷跳躍的太陽穴，問道：「敗了？」

「勝了。」不待王玄瑰皺眉相問「既然勝了，為何急報」，蔡奴低聲道：「墨城確實保住了，但鎮遠侯府兒郎及兩萬沈家軍悉數戰死！此事蹊蹺，燕息國就圍困了半月，而後全部退去。聽聞聖上已摔了最愛的夜光杯。」

猛地看向蔡奴，王玄瑰揉揉眉心。「更衣。」

緋衣加身，腰帶纏起，金冠束髮，狐狸毛領的大氅披到身上，他帶著蔡奴疾步而出，在彎腰上馬車那一刻，他回頭看向鎮遠侯府。「去把沈文戈給我叫出來。」

這個節骨眼？蔡奴憂心道：「阿郎？」

「去叫！」

深更半夜，沈文戈被倍檸推醒，腦子還矇著，衣裳已經被穿好了，冰涼的汗巾蓋在她臉上，激得她瞬間清醒了。

抱起在屋內打盹的雪團，她邊走邊問：「宣王在大門前喚我出去？」

息。

倍檸點頭，因只叫了沈文戈，故而被宣王叫門吵醒的嫂嫂們，只敢披著衣服在屋內等消息。

掂了掂雪團，沈文戈心跳得飛快。明明可以通過雪團與她隔牆交談，偏生在大半夜叫她出府，出什麼事了？餘光看見母親跟在自己身後，她定了定神，幾乎是小跑著出去了。

一出門就見王玄瑰背對著自己站在白銅馬車前，聽見動靜轉身看她，一臉嚴肅。似是有什麼緊急的事情，他邁著大步朝自己走來，竟連她懷中的雪團看都沒看一眼，甚至連一點喘息的機會都沒給她，直接開口——

「燕息大舉來犯，妳兄姊盡數戰死，你們做好準備。」

沈文戈只覺得自己耳中嗡鳴一片，下意識道：「什、什麼？」她搖著頭往後退。「怎麼可能？現在還沒到年末，明明應該是新年過後啊，我們做了那麼多準備呢……」

「妳在說什麼？」宮中本就催得急，王玄瑰緊皺的眉一直沒放下。「跟過年有什麼關係？」

「不、不不，不應該的……」沈文戈後退著踩到了裙襬，整個人往後倒去！

王玄瑰上前本想抓她的衣領，可前面被貓兒占領，只好移到後面，就這一個錯手的工夫，便沒抓住她。她腿軟摔倒在地，他只來得及堪堪摟住她的腰，讓她不要摔得太實。

他喝道：「沈文戈！」霧濛濛、沒有焦距的眸子虛虛地望著他。「戰場瞬息萬變，生死有命，妳應早知道才是。」

連雪團的重量沈文戈都再也承受不住，將牠放在了腿上，她噙著淚，也不知哪來的勇氣，伸手抓住了王玄瑰的大氅。

白銅馬車旁的小宦官們齊齊嘶了一口氣，而後在蔡奴威嚴的目光中低下頭。

沈文戈半仰著頭，問道：「殿下在拿我尋開心是不是？西北沒有戰事對不對？嗯？對不對？」

王玄瑰一點憐香惜玉的想法都沒有，他抓住沈文戈的手將之拽了下來，站起身，居高臨下地望著她。「沈文戈，妳聽見本王說什麼了。」

眸子裡漸漸漫上滿滿的淚水，只待輕輕一眨，就會決堤而出。她又抓住了他的衣襬，直勾勾地盯著王玄瑰，艱難地問道：「墨城破了？」

「並未。」王玄瑰道：「此戰大捷，城中百姓沒有傷亡，唯妳兄姊和兩萬沈家軍葬身敵軍之手。沈文戈，起來。」

她搖搖晃晃站起身，費了半天勁兒才抱起雪團。雪花簌簌而下，將她籠罩其中，她扯了扯嘴角，又重複了一遍。「城沒破，人死了……哈，城沒破，他們卻死了？還沒過年呢……」

她單薄脆弱得好像要凍死在這個雪夜，看著她沒有一絲血色的唇，王玄瑰「嘖」了聲，唸了句「麻煩」，伸手解下身上大氅，將其披到了沈文戈身上。就這一件大氅，差點又將她壓回地上。他伸手撐住她，單手執起她的下巴，看著她巴掌大的小臉藏在厚實的狐狸毛領中，語氣不自覺溫和下來。「什麼時候戰爭也能被控制了？沒人能預料、能操控。妳現在要做的是打起精神，保全鎮遠侯府，為死去的將士們討一個說法。」

不遠處的蔡奴催促道：「阿郎。」

王玄瑰瞥了他一眼，扶著沈文戈，將之轉到了後面，輕輕推了她的背一下。「回去。」

沈文戈望著門上的牌匾，唸著「鎮遠侯府」，唸著唸著突然笑出了聲，臉上卻是一片淒苦。「為什麼？為什麼還是死了？城破了，浮屍遍野；城沒破，戰死沙場……為什麼啊？」

燕息攻打的時間也提前了，明明應該是新年後的，都做了那麼多努力了！難道……難道是因為她回來了，所以改變了什麼？沈文戈看著從門口走出的母親，落下兩滴淚來，掉落進毛領中。

「喵？」雪團被吵得早就醒了，牠伸直身子，舔著沈文戈臉上的淚水。「喵嗚……」

陸慕凝自然已經聽見了兩人的對話，她紅著眼眶，強自鎮定地道：「回府，關門。」

沈文戈回頭，望著白銅馬車向著宮中那個食人的怪獸而去，越走越遠，雪花驟然變大。她多希望，今日沒有被殿下叫出過府門……

屋內，炭盆內銀炭噼哩啪啦燃燒著，陸慕凝和沈文戈兩個人靜默而坐，被叫來的四夫人、五夫人坐立不安。

而蘇清月則是一臉不耐煩，但在家中被母親耳提面命過的她，也終於學會收斂一二了，開口問道：「母親、七娘，宣王深夜登門想來不是好事，妳們將我們叫來，到底所為何事？」說完，她忍不住打了個哈欠。這對一直以世家之女要求自己的蘇清月而言，簡直是不可思議的不雅動作。

沈文戈已經沒有心思關注她了，聞言笑得淒慘，淚珠子斷也斷不住。她望向母親，卻意外看見了母親藏於披帛中的雙手不自覺地顫抖，導致披帛都跟著顫的一幕。於是，她拿出汗巾擦乾淚水，開口道：「宣王前來只為告訴我們西北戰事八百里急報……」

四夫人、五夫人無不坐直身子，等待她的下一句話。

「燕息圍困，陶梁將士迎敵，我鎮遠侯府兒郎悉數……悉數戰死，連同兩萬沈家軍，命喪西北。」

風聲呼嘯，屋內燭光忽明忽滅，將屋內幾人的表情定格住了。

誰也沒想到最先開口說話的是崔曼蕓。

向來膽小的她，猛地站起身，大聲道：「這不可能！五郎還說等他回來要帶我去爬山呢！不可能！只要一天沒見到他的屍骨，我就一天不相信！」說完，她就往屋外跑，卻是平地摔了一跤，「咚」的一聲，摔得是結結實實，嗚咽聲從她嘴裡傳出來，她趴在地上，用手捂住眼睛，哽咽道：「我不相信……我不信。」

她這一哭，就好像帶起了什麼似的，沈文戈扭過頭不願再看，淚水一直沖刷，眼睛早就哭紅了。

陸慕凝默默坐在那兒，淚如雨下。中年喪夫又喪子，老天何其不公！

四夫人陳琪雪平日裡看著風風火火、大大剌剌的，這回卻是跟個木頭人似的。聽見五夫人崔曼蕓的哭聲，她才跟著啞聲道：「對，未見屍骨，我也不信……」說完，再也忍不住，和五夫人一同哭了出來。

與她們同哭的，還有拿汗巾遮臉的蘇清月，但汗巾下的嘴角翹起，偶爾透露出的眼睛都是有神的。

屋內哭聲一片，陸慕凝開口道：「我比妳們更不願意相信，我懷胎十月，悉心教養長大的兒女，全部陣亡於西北。但我們必須做好準備，鎮遠侯府不能倒。首先便是世子之位，將由舒航嫡子嶺遠繼承，待……」她深呼吸了一口氣，才繼續道：「待陣亡消息由朝廷正式下發後，我會進宮請封。其次，沈家軍陣亡的兩萬將士，我會請人向聖上諫言，給予發放陣亡補貼，至於舒航他們幾個的這些錢，我們不要。」

沈文戈點頭。

四夫人陳琪雪帶著哭腔道：「我們不要，都給他們。」

「好。」陸慕凝看了大家一圈，才道：「回去都把孩子們照看好，需知家中還有幼兒要妳們照顧。還有，妳們姨娘剛歸家，又喪子，妳們要好好安慰一番。哭歸哭，日子還是要過的，今日哭過了，明日都給我打起精神，不要叫外人看我們鎮遠侯府的笑話！」

幾人抽抽搭搭地應了。「是，母親……」

「都退下吧。」

寒風灌入，打著旋兒地將人送走，陸慕凝撐著的一口氣也跟著散了，她背脊彎了下去，好似白髮又添了許多。

「母親，我給您請個大夫來吧？」沈文戈啞聲道。

陸慕凝搖頭。「我沒事。嫿嫿，反倒是妳，不要怪自己，不是我們任何一個人的錯。」

沈文戈抬手擦去臉上淚水。「可是母親，我想不通，我們已經做了這麼多準備了，按理來說不應該啊！我不會記錯日子的，分明就是新年之後的元宵節！」

「嫿嫿！」陸慕凝重聲道。「一如宣王所言，戰事瞬息萬變，要怨也應怨那來犯的燕息國！都是命，這是他們的命啊！叫廚房給妳煮碗安神湯喝，回去好好睡一覺吧。」

叫她如何能睡得著？沈文戈睜眼到天明。她不信命，她要是信，現在還在尚府後院和齊映雨爭寵呢！

鎮遠侯府上下愁雲慘霧，烏雲罩頂，不只沈文戈一人無法安眠，勸她入睡的陸慕凝沒有睡，四夫人和五夫人抱著孩子在三夫人那兒枯坐一夜沒有睡，就連宮內聖上發了好一通火，官員跪了一地，也無人敢睡。

這是一個不眠夜。

蘇清月倒是睡得足，睡得飽，睡醒後容光煥發，肌膚吹彈可破，她還好心情地想染個指甲，想了想隨即放棄了。

望著鏡子裡的美人，她道：「給我敷粉，越白越好。」

「喵嗚……」雪團拱拱沈文戈的下巴，不吵不鬧，安靜地蜷縮在她手邊能搆到的地方，見她哭了就上前舔舔她的淚。

「娘子，世子夫人去了三夫人那兒，勸她們和離，說她們還年輕，不要耽誤了，結果讓四夫人給趕出來了。」倍檸邊說，邊要抱雪團去吃飯，被雪團躲了。

沈文戈攏著雪團搖頭，示意倍檸不要抱了。她嗤笑一聲，果然如她所想，是蘇清月自己想和離，又怕太扎眼，所以攛掇其餘嫂嫂一起和離。

被勸說和離這種事，三位嫂嫂定是不能同母親講的，要不是母親和她早有提防，派人日日盯著蘇清月，只怕還被她蒙在鼓裡，一心想著鎮遠侯府還有世子夫人撐著呢！

她問道：「嶺遠他們走到哪兒了？」作為她大兄和蘇清月的嫡子，嶺遠這個孩子才真是可憐。

倍檸回道：「娘子放心，說是傳話快到長安了，夫人已經派人去接。」

沈文戈點頭，又想起一事，頓時就要下地，腿一軟差點跌倒。

倍檸嚇得趕緊扶住她。「怎麼了，娘子？」

她拍著倍檸的手臂。「快去警告家中人，誰也不許將昨晚的事情說出去！」

「娘子放心，昨日夫人就下了封口令，誰敢多嘴，直接打死或發賣！」

沈文戈這才鬆了口氣，還好家中有母親。

這時音曉端著廚房剛熬出的魚粥過來。

倍檸舀了一勺，餵到沈文戈嘴邊。「娘子，您多少也吃點吧？」

沈文戈想著自己不能倒下，便順從地張嘴，誰知剛嚥下去，就推開倍檸，嘔出聲，將吃的連帶胃裡的水全吐了出來。

雪團在她身邊焦急得喵喵叫，她拿汗巾捂嘴，不住地喘著粗氣，渾身出了一層虛汗，被倍檸扶著躺下了。雪團躍上床榻，小心地趴在她的脖頸處。

倍檸偷偷擦了淚，擔憂道：「娘子，我去跟夫人說，請個大夫來吧？」

沈文戈搖頭，她這是心病，大夫有什麼用？她恨自己、怨自己，為什麼非要先跟尚滕塵和離，就不能先去西北嗎？

又一想，她去了西北能做什麼？豈不是拖累兄姊，他們還得護著她。

林林總總，越想越自責，心頭有座石頭山堵著，越發壓得她喘不過氣。

摸著雪團光滑細軟的毛，她問：「不是讓音曉把雪團送到宣王府嗎？牠怎麼還在這兒？」

雪團聽見叫自己名字，立刻抬頭，尾巴搖擺。

倍檸跟著也摸了兩把貓兒才說：「抱著去了，雪團上了木板就又跳下來，往屋裡跑回來。」

沈文戈揉著牠的貓頭。「小東西，還挺有良心的。」

「喵嗚！」

「宣王回府了嗎？」

「尚未。」

已經去宮中一夜了，還沒回府？沈文戈沈默地垂下眼瞼。

宮中，聖上寢宮飛霜殿內，王玄瑰跪坐在榻上，撐著頭昏昏欲睡，聖上在他耳邊翻來覆去咆哮的聲音，簡直成了最好的催眠曲。

「他們當孤是傻子嗎？鎮遠侯的世子會是通敵之人？十萬軍隊，怎麼就偏偏是鎮遠侯府那一支陣亡兩萬人？孤的鎮遠侯就這麼幾個後代，一場戰事，全沒了！啊？燕息國圍困墨城半月，怎麼就沒有人給長安送一封急報？孤就不信了，一個人都跑不出來，非要等到人全死了、有空了，才給孤送信！膽敢在孤的眼皮子下算計鎮遠侯府，孤還沒老沒死呢！他們想幹什麼？把孤的左膀右臂斷了，想謀朝篡位嗎？」

聖上越說越生氣，在寢宮內來回走著，氣得圓潤的肚子好像都癟了一點。

寢宮外，有宦官小心傳話。「聖上，蘇相昏倒了。」

「昏得好！個老匹夫！」聖上停了下來，繼續對著王玄瑰道：「玄瑰你怎麼看？這事跟太子有沒有關係？是蘇相自己的主意，還是太子授意的？」

殿內無人回話，聖上轉頭一看，頓時氣笑了，指著已經垂下脖子徹底睡著的王玄瑰，重重嘆了口氣。

自將王玄瑰從其生母手中接出後，就一直養在他手下，雖是兄弟，卻也是當兒子養的，還是不能覬覦他皇位的「兒子」。有些話，不能對別人講的，就可以跟王玄瑰說上一說，說完他自己也能鬆快些。

隨手拿了自己的一件衣裳給王玄瑰披上了，這才輕手輕腳走出寢宮。蘇相昏倒了，也別回家了，就在宮裡治，太醫多得是！

聖上走後，王玄瑰眼皮下的眼球動了動，隨即他調整了一個舒服的姿勢，撐著頭繼續睡。睏意好不容易來了，要珍惜。涉及太子，誰沾誰死。

燕息國攻打西北墨城，致鎮遠侯府一門六人悉數戰死，聖上在大朝會上大發雷霆，官員們風聲鶴唳、三緘其口。

只一日就變天了。

王玄瑰睡醒時，已經是日暮時分了，他再多睡睡，都可以在宮內過夜了。

他負責的鴻臚寺跟這場戰事沒關係，他到鴻臚寺溜達一圈，以安他們的心，便回了府。

府內安靜得只餘落雪聲，他將聖上給他的大氅扔給蔡奴，轉而問向安沛兒。「鎮遠侯府可有吵鬧？我今兒晚上想好好睡一覺。」

安沛兒搖頭。「非常安靜。」

王玄瑰挑眉，又問：「那隻貓今日可有過來？」

「也沒有。阿郎是想雪團了？可要奴婢將其接過來？」

「誰說本王想牠了？給本王備水，本王要沐浴！」王玄瑰的語氣頓時惡劣起來，率先往湯池房而去。

蔡奴捧著大氅與安沛兒對視一眼，在宣王府能聽見聲音的也只有七娘的院子了，又問人家的動靜，又問人家的貓，口不對心。

白日睡得多了，晚間自然也是睡不著的，軟枕上都是被熏的沉香香氣，黑髮披散，床榻上之人伸手抵住自己的喉結把玩起來。

喉結滾動，他突然道：「本王的大氅，沈文戈還沒還吧？」

在外間剛睡下的蔡奴驚醒後，打起精神道：「尚未。」屋內許久沒有聲音，蔡奴便追問道：「阿郎可要奴去討要大氅？」

「嗯，那你就去吧。順便提醒她，小心蘇相。」

「是。」

第七章

屋外樹上枝椏支撐不住，一叢雪墜落在地，四散開來。

鎮遠侯府蘇清月房內，一支珠釵落於几案之上。

她眼帶期待地問向自己的貼身婢女。「表兄他如何說？」

婢女期期艾艾，從自己袖中掏出一包藥來。「世子夫人，郎君說讓您三思。這裡有他去藥坊特意為您抓的藥，一定不會損傷您的身體。」

蘇清月兩條柳葉眉瞬間蹙在了一起，將藥包打開後只略略看了一眼就扔在一旁，沒了笑意的臉，更顯清高無情，冷聲問：「他什麼意思？妳可跟他說了沈舒航戰死西北，只要我拿到放妻書，求求父親，便能和他在一起？」

婢女點頭。「奴婢說了，但觀郎君的意思，此事沒把握，更不知會拖到何時，他自是願意娶世子夫人的，可萬一世子夫人肚子顯懷了，就什麼都藏不住了，屆時如何還能在一起？」

蘇清月氣性稍減。「他最好如此！」將藥包扔進婢女懷中，她道：「燒了它，不要留一點殘渣。不過是和離出府而已，表兄也太小看我了！沈文戈既然開創了女子狀告夫家和離的先河，想來不介意我也告一告。」

婢女一聽，急忙道：「世子夫人不可！此法只會讓外人誤解世子夫人不肯與鎮遠侯府共進退，有累聲譽啊！而且我們也沒有證據。」

「那便弄些假證！」話是這樣說，蘇清月還是扭過頭去，一條汗巾被她攥成一團，此法實乃下下策。她氣道：「我與表兄兩情相悅，卻所嫁非人，身陷牢籠，如今沈舒航身死，難不成我還要為他守寡？」

「世子夫人慎言！」婢女左右看看，唯恐隔牆有耳。

蘇清月伸手將珠釵拂到地上，上頭的花瓣頓時四分五裂，這是沈舒航送予她的。她盯著那珠釵，半晌才道：「可恨那幾個是傻的，竟然一個個都不和離！她們若是先提和離，我才好跟著提。如此，那我便幫上一把吧！鎮遠侯府出了這麼大的事，她們的娘家可不能被蒙在鼓中，理應知道才是。妳便替我逐個走上一遭，勸一勸，現在可不是講情誼的時候。」

婢女應是後退下，卻沒將懷中的墮胎藥燒了，而是妥貼地藏了起來。她總要為自家娘子留條後路，萬一沒有和離成，孩子萬不能留，這墮胎藥可不好弄。

四夫人和五夫人均為家中庶女，但與不受寵卻意外嫁給四郎、算是高嫁的四夫人不同，五夫人是家中唯一一個女兒，打小就教養在嫡母手下。也正是家裡和睦，兄長寵著，才將她寵出了一副天真、膽小的性子。

在聽見嫡母前來看她的時候，她嚇得跟罰站一樣地站在崔母面前絞汗巾，哪像個嫁了人、生了孩子的婦人？活脫脫一個沒出嫁、備受寵愛的小娘子，可見五郎平時對她有多好。

崔母當下愛憐地開口道：「蕓蕓。」

一同響起的是崔曼蕓擲地有聲的話。「母親，我不和離！」她紅著眼眶搖頭，也不敢瞧崔母。「我不和離，我還沒看見五郎的屍骨呢！就算五郎真的出事了，那我也得親自送葬才行。再說，家裡孩子還得照料呢，那是五郎唯一的血脈了。我當年就不應該聽他的鬼話，早幫他納兩房姨娘就好了，省得就茂明那麼一根獨苗苗……」把自己心裡話都說出來後，她又不敢開口了。

崔母嘆息一聲。「五郎是個好孩子，可惜了。」見崔曼蕓拿汗巾擦眼淚，崔母拉她。「好了，不哭，蕓蕓，母親沒說一定讓妳現在和離。」

「母親？」

「妳呀！」崔母嘆息。「母親是來幫妳婆母忙的，妳可能不知道，前幾日妳婆母親自登門，將五郎的事告訴我們了，還說，待事情平息後，妳要是想，絕不攔妳二嫁，她放妻書已經備好了。妳有個好婆母啊，蕓蕓。」

崔曼蕓受不住了，趴在崔母懷裡哭出聲。「我想五郎了，母親，我想五郎了……我不和離！我不要放妻書，別給我！」

「說傻話，妳才多大，哪能……」崔母見她哭得太過慘烈，剩下的話也說不出口了。

「好，妳現在不和離就不和離，莫哭了、莫哭了。母親今日來，還有一件事。」

崔曼蕓悶聲問道：「什麼事？反正我不和離！」

崔母好笑地為她擦去臉上的淚花，鄭重道：「我今日過來是來提點妳，小心你們府上的世子夫人。妳可知道，妳婆母來了後，她又派人去了家中，話裡話外都是在勸我們趕緊替妳和離。若不是妳婆母已經親自跑過一趟了，照妳父親心疼妳的態度，定是綁也要綁妳回家，幫妳和離的。」

崔曼蕓被嚇住了。「母、母親！她、她怎麼這樣啊？母親妳可要告訴婆母和七娘！這什麼人呀！」

崔母自然是已經告訴過陸慕凝了，不然她何必登門。「總之，防人之心不可無，妳離世子夫人遠點兒。」

「嗯！」

崔母見過女兒，看她痛哭一場後精神好些了，便回了府。

崔曼蕓心裡七上八下的，便決定去尋嫂嫂們拿主意，一進三嫂言晨昕的屋子，就見四嫂陳琪雪眼睛腫得跟個核桃似的，見她過來，還不好意思地躲了躲。

她小心地坐在床榻邊上，先是看了看熟睡的小玥玥，才問向三嫂。「誰的眼睛不腫啊？四嫂今日這是怎麼了？」

四夫人陳琪雪瞪了她一眼，可惜眼睛太腫，一點威懾力都沒有。「我就在妳身邊呢，妳問什麼三嫂！」

「那妳到底是怎麼了嘛？」

陳琪雪看了言晨昕一眼，見她點頭，才道：「我家裡派人過來了，說是先讓我好好待在鎮遠侯府，把放妻書拿上。母親已經跟他們說了，只要我要，放妻書就給。家裡人還說……」她抹了把淚。「還說，萬一侯府倒了，就把純兒扔給侯府，讓我二嫁，人都給我看好了，進府就能當續弦！妳說，他們這是拿我當什麼了？他們賣錢的工具嗎？」

聽她這樣一說，崔曼蕓心疼地抱了抱她。「四嫂別哭，我母親剛才也來找過我了。」見兩人都看向她，她將崔母跟她說的話全盤托出，然後疑惑道：「妳們說，大嫂這是圖什麼啊？三嫂，大嫂找過妳嗎？」

四夫人陳琪雪哼了一聲。「妳還叫她大嫂，她不配！她圖什麼？她自己想和離唄，我呸！她是世子夫人，就算大兄死了，她都是要綁死在鎮遠侯府上的，只有我們先鬧起來討要放妻書，她才好裝作一副『我也沒辦法，大家都要走，那我只好也走、也要和離』的樣子唄！我看啊，我家裡人這麼說，沒準也有她攛掇的影子，不然以他們死要面子的性格，得了母親的話後，根本巴不得我留在府上，三嫂，妳說是不是？」

三夫人言晨昕點頭道：「應是如此了。」

崔曼蕓小聲說：「她怎麼捨得？嶺遠都不要了嗎？」

四夫人陳琪雪罵道：「有些人就是冷情冷肺的！」

此時，屋外三位夫人的婢女齊齊大聲喊道：「見過世子夫人！」

陳琪雪索利地給言晨昕捂緊了被子，又將小玥玥抱到床榻最裡側，這才沒好氣地對進屋的蘇清月道：「世子夫人怎麼過來了？」

蘇清月一進屋就聞到了一股子濃濃的藥味，拿汗巾捂著鼻走了幾步，就不願意再靠近了。聞言也不惱，她都聽說了，陳琪雪已經哭了一晚上，崔曼蕓的母親也剛走，所以現在她心情好得很，就不計較她們不敬的這些小事了。

「本想逐個與妳們談心的，可妳們又聚在一起，索性就過來了。」

三夫人言晨昕沒理她，只轉身拍了拍睜著眼睛的女兒。

果然蘇清月說出了她的目的。「妳們還年輕，不該困在此處，想來妳們內心現在也有了成算，我可以做妳們的後盾，妳們只管去要放妻書，我會勸母親給妳們的。」

四夫人嗤笑一聲。「然後呢？然後妳也順便將妳的放妻書要了？」

蘇清月面上掛不住了。「妳說的這是什麼話！」

崔曼蕓拉了拉陳琪雪的手，眼眸晶亮。聽蘇清月話裡的意思她完全不知道母親早就承諾過，放妻書只要開口要就給，不然不會說出這種話，還攛掇她們打頭陣。也就是說，整件事母親全然是知情的！如此，也就沒什麼好與她說的了。

崔曼蕓弱弱地道：「我們都不想和離，世子夫人請回吧。」

蘇清月高傲的臉徹底沈了下來，看向她們的目光就像在看不可救藥的臭蟲，她不可思議地道：「妳們不和離？妳們想留在鎮遠侯府一起死？妳們知不知道，已經有人懷疑世子通敵叛國了？」

三夫人言晨昕突然道：「對，我們知道，母親早就同我們說過了。我們絕不信自家夫君會跟著一起通敵，就算死，也要和鎮遠侯府死在一起！世子夫人呢？」

這樣一比，顯得她們深明大義，與鎮遠侯府共進退，蘇清月反倒成了小人！她看著三夫人那張恬淡的臉，面上露出嫌棄。「三弟妹自然說得出這樣的話，除了鎮遠侯府，妳還能去哪兒呢？」她笑了一聲，非常看不上地道：「我們三弟妹要不是被三郎從樂坊贖出來，只怕還過著討郎君歡心的日子呢，這要是和離了，再回樂坊幹老本行嗎？」

「世子夫人！」四夫人、五夫人雙雙開口制止。

三夫人言晨昕原為官家之女，因受父累，入賤籍，沒入樂坊。若非有此遭遇，她會成為當年長安城最受歡迎、被百般求娶的小娘子。蘇清月這話，簡直句句扎在言晨昕的心口上！

言晨昕卻是眉目溫柔起來，絲毫不生氣地說：「世子夫人說得對，要是沒有三郎救我出樂坊，給我良身，我只怕早已變成一抔黃土。三郎對我的好，我幾輩子都還不清，所以他這樣好的人，讓我如何能相信他叛國呢？他要是去了，我就將兩個孩子養大之後，再隨他而去，這裡是他的家，我不能讓他沒有家，不能讓他找不到回家的路。」她輕輕拭去滴落在女兒小被上的淚珠。「所以世子夫人請回吧，不用在我這兒白費力氣了，我死也要死在鎮遠侯府。對了，我在樂坊從未討好過任何郎君，我賣的是手藝，一曲千金，不比任何人低賤。若是當年我還在樂坊時，世子夫人想聽曲子，也是要排隊看我心情的。」

她說得傲氣，可四夫人和五夫人卻聽得辛酸無比。

四夫人陳琪雪是最先沈不住氣的，直接起身去拽蘇清月的胳膊。「世子夫人走吧！」

蘇清月何時被人這樣趕客對待過？「妳放手！我可是世子夫人，是妳大嫂，妳眼裡還有沒有尊卑了？」

「尊卑？那是給配得上的人的！」

「陳琪雪！」

眼見兩人要推搡起來了，五夫人崔曼蕓提著裙襬攔在二人中間。「好了，這是三嫂的屋子，她才剛出月子沒多久呢，四嫂、世子夫人，都消消氣吧！」

她的勸說就像是助長了火焰的風，陳琪雪氣不過，伸手推了蘇清月一下，就是那麼巧，蘇清月腳下被拖尾長裙一絆，身體頓時失去平衡。

崔曼蕓見此趕忙拉住她，結果隨她一起跌落，更因怕她受傷，將自己墊在了她身下。

兩聲「哎喲」疊在一起。

陳琪雪愣在原地，還是身後的三夫人言晨昕喚她，她才回過神來，望著捂住小腹半天都沒能起身的蘇清月，瞬間白了臉。

「還不快把蕓蕓扶起來！不要碰世子夫人！」

陳琪雪趕緊將崔曼蕓扶起，兩人再看蘇清月一副出氣多、進氣少的模樣，齊齊慌了神。

言晨昕望著蘇清月身下蔓延開的紅色，眼眸驀地縮緊，喝道：「快去請大夫！再將母親和七娘喚來！」

「母、母親出門了。」

「去叫七娘！」

蘇清月氣若游絲地道：「別請大夫……」

但沒有人理她，她很快就被抱到了言晨昕屋中的軟榻上。

得了信，趕緊派人請來大夫後，沈文戈被倍檸攙扶著，緊趕慢趕地趕了過來。

沈文戈剛一進屋，想找她說明情況的三個嫂嫂齊齊驚了。「七娘?!」

在她們面前的哪裡還是之前那個秀麗無雙的七娘？她形容枯槁，瘦得臉頰凹陷，一雙眼睛極其大，看人的時候都瘮得慌！幾日不見，她怎麼就變成這副風一吹都能颳倒的樣子了？

沈文戈舔舔乾裂的唇瓣，搖頭道：「我無事。世子夫人怎麼樣？傷哪兒了？」

三夫人言晨昕小聲地在她耳畔解釋了一番來龍去脈，又道：「她身下出了血，我怕她小產。」

黝黑的瞳仁動了，直勾勾落在她身上，沈文戈說：「妳是說……她懷孕了？」

心頭一跳，三夫人點頭道：「我猜的。」

沈文戈喉嚨滾動，死死咬住後牙。

等大夫來了之後看診，果真是懷孕受驚出血了。她閉了閉眼，氣得連喘息都是斷斷續續的。

一碗安胎藥灌下去，血止住了，孩子也保住了。

險些傷了世子夫人的孩子，還是遺腹子，這可不是一般的小打小鬧了！言晨昕對兩位弟妹道：「妳們放心，妳們是為我出頭的，不管世子夫人傷得多重，都由我一人承擔。」

陳琪雪搖頭道：「不不，怪我衝動了！」

崔曼蕓握住陳琪雪顫抖的手。「一起的錯，一起擔！」

慌了神的三位嫂嫂，誰也沒注意到胎兒月分的問題。

沈文戈送走大夫後，克制著自己內心的怒火，將手臂從倍檸手中抽出來，對屋內婢女道：「妳們全都出去。」

蘇清月的貼身婢女險些連碗都拿不住，在沈文戈的逼視下，被倍檸帶了出去，沈文戈道：「看住她。」

嫂嫂們不明所以。

沈文戈站在蘇清月身旁，咬牙切齒道：「蘇清月，妳肚子裡的孩子是誰的？」

三雙眼睛震驚地看向沈文戈，又倏地落在蘇清月身上。

崔曼蕓小聲問：「剛才說幾個月來著？」

四夫人陳琪雪下意識重複了大夫的話。「不到兩個月，月分淺，所以易滑胎。」

不到兩個月，那不正是蘇清月回娘家的時候？而且小半年內，家裡都沒有人從西北回來啊！崔曼蕓伸手捂住自己的嘴，像一隻受驚了的兔子，躲在三夫人言晨昕身後。「那不是世子的孩子啊！那我們這也算是能功過相抵吧？」

三夫人豎起一根手指。「噓。」

「我問妳話呢，蘇、清、月！回答我，孩子是誰的？妳對得起我兄長嗎？」沈文戈幾乎要崩潰了。怪不得前世蘇清月一心要和離，就是因為她在外面有人了，懷了人家的孩子吧？

蘇清月孤注一擲，狠狠地盯著沈文戈道：「妳在說什麼？這就是妳兄長的孩子！」

邊疆將軍無詔不得入長安，蘇清月這是要把錯都推到她兄長身上啊！沈文戈使盡渾身力氣，恨恨地搧了蘇清月一巴掌！

蘇清月嘴角帶血，但仍不鬆口。「我肚子裡的孩子就是妳兄長的！」

「妳不要臉！」一巴掌打完，沈文戈脫力，險些站立不住。

四夫人陳琪雪趕緊上前扶住她。

沈文戈胸膛不斷起伏著，淚珠子如同斷了線的珍珠般滾落，她為她的兄長不值！

「蘇清月，妳不光是我們侯府的世子夫人，妳還是一個孩子的母親，妳瘋了不成？我兄長到底哪裡對不起妳？」

蘇清月梗著脖子，凌亂的髮絲貼在發了汗的臉上，從沒這麼狼狽過。「妳讓我說幾遍，這當然是妳兄長的孩子！妳這樣對我，就不怕妳兄長寒心？」

見她還嘴硬，沈文戈點點頭。「好、好，妳不承認是吧？」她側頭看向四夫人。「四嫂，幫我叫倍檸，讓她將我房中專門放信件的匣子拿來。」

陳琪雪應了，扶著她好像渾身只剩骨頭的身子不敢放手，給五夫人崔曼蕓使了一個眼色，崔曼蕓當即出去叫倍檸。

匣子很快就被送到，這等私密事，當然不能讓婢女們聽見，沈文戈對拿著匣子的五夫人道：「從上往下數第二封信、第三封信、第六封信，拜託五嫂唸給蘇清月聽。」

崔曼蕓飛快點頭，拿起第二封信唸了起來。「見信如晤，娉娉，兄長已有近一年未歸家，但西北戰事頻發，恐今年也無法回長安，還要拜託妳多照看嶺遠。另，若妳嫂子做了什麼惹妳不開心的事，兄長替她向妳致歉⋯⋯」

「好了，」沈文戈帶著哭腔道。「不用唸了。第三封信是詢問三嫂可有生產？說三兄在軍營日日唸叨；第六封信是說他在墨城為戰事做準備，整日裡忙得無暇分身。蘇清月，妳聽見了嗎？我兄長已經快一年沒有回過家了！兩個月前，他正在墨城忙著佈置防守！」大大的眼睛裡滲出淚水，沈文戈任由它們順著面頰掛在下巴尖上，哭道：「妳還有什麼好說的？」

蘇清月背著眾人的手死死抓住身下的軟布，堅持道：「不過幾封信而已，我不認！妳兄長偷跑回來還會告訴妳不成？」

「死鴨子嘴硬！」沈文戈道。「那妳信不信，我現在就書信一封，去詢問西北士兵，問問他們，他們的將軍有沒有棄過城，回過長安！」

「隨妳怎麼說，我只有一句話，我肚子裡的孩子就是妳兄長的！」彷彿是讓自己也相信，所以蘇清月說得極其大聲。

「妳肚子裡的孩子是誰的？」

房門突然打開，一身寒氣的陸慕凝被身旁的嬤嬤攙著走了進來。這段日子她也消瘦了，兩鬢白髮都多了起來。她在外聽聞府上請了大夫，生怕家中人出事，忙趕了回來，結果在門口就聽聞蘇清月懷了身孕！

見她進屋，蘇清月惡人先告狀地說道：「母親可要為我作主啊！我被弟妹們推搡摔在地上，險些將孩子摔流產了，如此，七娘還要冤枉我，說孩子不是舒航的！」

三位嫂嫂面白如紙，不管如何說，確實是她們的緣故導致她摔跤的。

陸慕凝先是安撫地看了幾位兒媳一眼，而後心疼地看著瘦得快脫了相的沈文戈，最後視線才落到蘇清月身上。「怎麼回事？」

蘇清月懷了別人的孩子這事，幾個嫂嫂都不好插手，沈文戈只能自己開口。

沈文戈身子虛，強撐著說話的樣子讓陸慕凝更加心痛。「好了，母親都了解了，不用說了。」說完，她冷漠地看向蘇清月。

蘇清月被她看得渾身發虛。「母、母親，您得為我作主，這真的是舒航的孩子。」

「是嗎？」陸慕凝反問。「妳既然一口咬定肚子裡的孩子是舒航的，那想來也不怕我會搜查出妳和外男的信物。」她驀地揚聲道：「來人！去給我搜世子夫人的院子，掘地三尺都不能放過任何一個可疑的東西！」

「是，夫人！」陸慕凝身邊的嬤嬤親自領命前去。

三位嫂嫂對視一眼，略微放寬了心。

等待搜查的過程分外煎熬，蘇清月緊張地往外看去，她的貼身婢女被堵了嘴，押在院子裡不能動彈，她沒有任何可以幫她的人。

「夫人。」

是嬤嬤的聲音！蘇清月立刻抬眼望去。

嬤嬤見慣了後院陰私，蘇清月藏東西的那點小伎倆根本騙不過她，她捧著一籮筐的東西回來，滿臉晦氣地道：「奴婢找到了世子夫人和人私通的證據，這裡有陌生男子寫給世子夫人的纏綿詩歌，名章上印為李欽瀚。還有相思紅豆一串，紅豆上刻著世子夫人和這位男子的姓名。另有世子夫人寫廢的書稿若干。奴婢甚至還找到了一樣東西，」見所有人望過來，嬤嬤立刻將藥包拿了出來。「是墮胎藥。只要順著開藥的藥坊，就能找到是誰去買了。」

說完後，嬤嬤將所有東西放在地上，然後退到陸慕凝身後，不再出聲。

蘇清月含恨地看著那一籮筐東西，面如死灰。她捂著小腹，瑟瑟發抖道：「母親，妳容我解釋……」她張張嘴，在鐵證下，一時竟沒想到什麼好的理由，只能憋出一句話來。

「這、這是有人陷害！」

沈文戈嗤笑一聲。「誰啊？這麼大本事，能陷害到妳的臥房中？蘇清月，都到這分上了，妳還不認？」

蘇清月恨恨地看著沈文戈。「妳閉嘴！」

「好了。」陸慕凝臉上一點蘇清月真的和人私通了的驚訝表情都沒有，彷彿早就知曉了。看蘇清月死不認帳，她緩緩道：「安興坊綠柳巷，妳還想讓我說得更明白嗎？」

安興坊綠柳巷，蘇清月和表兄的私會之地！

蘇清月的臉當即就白了，血色退去，驚恐地看著陸慕凝。

「蘇氏，妳太讓我失望了。」陸慕凝早在沈文戈對她說夢中蘇清月要和離時，就在蘇清月身邊安插了眼線，蘇清月的小婢女三番五次去安興坊找那個野男人的時候，她就收到了消息，不過是本著家醜不可外揚，不想讓嶺遠早早失去母親，這才隱瞞了下來。然後西北戰事起，打得她措手不及，就沒顧得上蘇清月了。哪知，蘇清月竟是懷了那男人的孩子！想想她的兒，她是心如刀割啊！「我兒戰死，妳倒是長了一百個膽子，誣衊我兒回長安不說，還想讓腹中野種叫我兒一聲父親？」

大勢已去，情勢所逼，蘇清月抖著身子從軟榻上起身，跪在陸慕凝面前。「母、母親，我、我……」

「不用說了，妳為人歹毒，我鎮遠侯府容不下妳這座大佛！妳不是一心想離開嗎？我給妳這個機會。」

「母、母親？」

陸慕凝道：「我今日就替我兒休妻，送妳休書一封，妳回蘇家吧！」

休書和放妻書可不一樣，後者是和平分手，前者是女方犯了錯，被夫家休棄回去啊！

想到家中的父母和長姊，蘇清月終於知道怕了，她在軟榻上向陸慕凝磕頭。「母親，饒了我這一次吧！舒航……舒航的棺槨還需要我扶棺呢！」

「扶棺？妳還有臉提舒航？妳放心，」陸慕凝想到兒子戰死，頓了頓，才道：「舒航的棺，自有他兒子來扶！」

「母親！」蘇清月從軟榻上翻下床去，跪在陸慕凝腳邊。「母親，別休我！我父親可是蘇相，我阿姊是太子妃啊！妳休了我，要如何向他們交代？不如給我一封放妻書吧，我保證歸家後，再也不出現在鎮遠侯府面前，就連嶺遠我也不會看的！嶺遠馬上就要回來了，妳讓他怎麼想？」

陸慕凝低頭道：「妳在威脅我？」

蘇清月搖頭說：「母親，舒航涉及通敵叛國，我可以讓我父親幫忙的！」

陸慕凝冷笑，對身後的嬤嬤道：「將她帶回她的院子，別髒了老三的地方！那墮胎藥搜得正好，給她灌下去！」

「母親?!」蘇清月驚叫，下意識護住自己的小腹。「別……」

沈文戈及三位嫂嫂也齊齊看向陸慕凝。

陸慕凝看著蘇清月護孩子的動作，更加怒不可遏。「拖下去！她肚子裡的孽種不能留！」

蘇清月連連搖頭，這年頭女子墮胎可謂是一隻腳踏入鬼門關，她終於知道怕了！在粗壯嬤嬤的控制下，她瘋狂搖頭。「求妳了，母親！」

陸慕凝揮手。「帶下去！」

蘇清月眼見孩子保不住，事情敗露，什麼都完了，當下也不裝了，恨恨地道：「我做錯什麼了？夫妻本是同林鳥，大難臨頭各自飛！他沈舒航一去西北就是兩年，我平日裡連個說話的人都沒有，他回來後，整日裡又只會舞刀弄槍，我和他根本說不了兩句話！我也不過是個弱女子，想有個人陪伴保護！」

沈文戈聽不下去了，說道：「好，妳看不上我兄長，我倒要看看，妳的姘頭什麼時候八抬大轎把妳娶回家！」

蘇清月屋內環顧一圈，冷笑道：「總比妳們當寡婦強！」

「拖下去！」

燕息國某一處地牢中。

嘩啦！一桶冰水澆在了一個渾身是傷的男人身上，男人吐出一口血水，仰頭倒在木椿上，喘著粗氣。

燕息國三皇子走到男人面前，憐惜道：「世子何必強撐，受這般罪？只要世子點頭投靠我，榮華富貴、功名利祿全是你的。」

沈舒航閉上眼，並未理他。

三皇子執起沈舒航的手，上面的指甲全被拔了，他捏著其手指的骨節道：「世子可知外面是如何說你的？說你和你的弟妹們通敵叛國。我估摸著，消息已經傳回長安了，你說鎮遠侯府還能保住嗎？護著那些人值得嗎？你呢，今日不投靠我，我就折你一根指骨，明日不投靠我，我就折你第二根指骨，之後是小臂、大臂……你全身上下有那麼多塊骨頭，我倒要看看，你能硬氣到幾時？」

「唔！」手指突地被折斷，沈舒航弓起身子，又被穿破琵琶骨的鐵鏈勒了回去，他咬緊牙關，青筋蹦起。

三皇子欣賞著他的痛苦，笑著拍手道：「瞧我這記性，我來是為了告訴世子一個好消息的，據我的探子回稟，世子的夫人懷孕了呢，真是可喜可賀啊！哈哈哈……」

在靠近燕息國邊境的小路旁，多了一批攔路只劫貨物、衣裳的劫匪，他們一個個血氣沖天，滿臉焦急，也不傷人，交出東西就給過。誰也沒發現，他們帶頭的是個女子。

她坐在路旁林中，毫不在意傷勢疼痛，用布條將傷口重新纏上，一雙明亮銳利的眼倏地注視著發出動靜的地方，手上握緊砍刀。

一個穿著不合身的燕息國服飾的人在林中冒出了頭，語氣激動。「瑤將軍，我們在白玉城看見了燕息國三皇子，將軍、將軍一定在城裡！」

沈婕瑤立即道：「換衣服，我們裝作商隊進城！」

像是翻滾著黑霧的天空，漸漸露出絲絲光亮，一夜就這麼過去了。

沈文戈和陸慕凝就坐在偏房中，一夜未眠。

沈文戈將頭靠在母親肩膀上，愣愣出神。蘇清月腹中胎兒墮了，不然冒充兄長血脈，真的太噁心人了。

可前世她兄長是沒有什麼所謂的遺腹子的，那想來蘇清月上輩子也是沒有保住這個孩子。發生了什麼事呢？挺著大肚子嫁人不好看？還是發生了意外？抑或者是她那個和離後二嫁的夫君、現在的姘頭，根本也不是個靠得住的人，還是讓她將孩子打掉了？她扯扯乾枯開裂的嘴角，露出一個譏諷的笑。

蘇清月看不起她兄長，可她兄長在母親與父親的共同培養下，武能排兵布陣、上馬殺敵，文能附庸風雅、吟詩作對，若不是鎮遠侯府需要兄長，兄長即使去考科舉，也能一舉中第，她蘇清月從來沒有真正了解過兄長。

陸慕凝摸摸她的頭。「可是嚇到了？蘇氏的事我早就知曉了，是我讓人先別告訴妳的，妳養好身子才是最重要的，這種骯髒事，不用污妳耳朵。宣王提點妳小心蘇相，母親也想了許久，這個時候和他們家撇清關係，對我們有百利而無一害，尤其還是蘇氏犯錯在前，他們挑不出理。所以妳回去後好好吃飯，養足精神。」

沈文戈啞聲「嗯」了一聲，她這段日子簡直錯得離譜，將自己沈溺在自責的海洋中，險些溺死。她還說要保護鎮遠侯府呢，可她都做了些什麼？都是母親在勞累奔波。

她不該，也不能再頹廢喪志了。她望向發亮的天際，眸光幽深。

回了自己的屋子，雪團便纏了上來，在她腳邊喵喵叫著。

倍檸小心問道：「娘子，這次我讓廚房給煮了雞湯麵，雞湯都是吊了一夜的，油脂全撇了出去，定能吃得下去。」

沈文戈道：「端上來吧。」

倍檸一喜，趕忙給音曉使眼色。

音曉立刻將雞湯麵從食盒裡拿出來，濃郁的鮮香味頓時充滿整間屋子。

雪團扒拉著沈文戈。「喵嗚……」

沈文戈坐下，避過倍檸想餵的手。「我自己來就可以。」

入口一瞬，便又想乾嘔，在倍檸緊張的注視下，她忍著那股反胃的勁，將麵條嚥了下去。麵條已經入味，因等了她許久，吸足了湯汁，被泡得更加軟，方便她的吞嚥，她便一口接一口往嘴裡塞，偶爾控制不住想要嘔出來，就用手將嘴捂上，過了那個噁心勁後繼續吃，直到一碗麵條見了底。

倍檸喜道：「娘子，能吃下東西就好！」

沈文戈只覺得麵條都堆在了嗓子眼，艱難地喝水去順。

雪團伸直身子，腦袋直往几案上探。「喵喵、喵喵……」

在牠想往几案上跳時，被沈文戈一把抱住。碗已經空了，牠想吃也沒得吃。

「喵！」

沈文戈看著手裡的小黑貓，轉頭問平日裡負責照顧雪團的音曉。「牠是不是在罵我不給牠吃的？」

見娘子都能開玩笑了，音曉和倍檸喜不自勝。

音曉接話道：「剛餵過牠呢，想來就是嘴饞！娘子您瞧，牠是不是又胖了一圈？」

可不是？現在的雪團就像一大顆絨毛團子，手一摸就能陷進牠豐厚的毛裡。

為沒能吃上雞湯麵的雪團順著毛，沈文戈嘴角帶著一抹淺淺的笑意。「應是到了冬季，開始長絨毛禦寒了。」

肚子裡有食，整個人暖和起來就開始犯睏，將雪團放到地上，沈文戈躺上床道：「我睡一會兒，妳們別叫我。」

「好，娘子。」

見沈文戈呼吸漸漸平穩，倍檸和音曉輕手輕腳地往外退。

趴在沈文戈身旁的雪團弓起身子直接越下了床榻，在兩人關門前衝了出去，徑直往院牆那裡跑。

倍檸制止住想要追貓的音曉。「無妨，牠應是去宣王府了，都許久未去了。」

雪團熟門熟路地翻過牆，蹲在自己專屬的小金碗旁舔爪子。「喵……」

宣王府每日專門過來看雪團有沒有來的小宦官聽見貓叫聲，頓時激動壞了。「哎喲，雪團，你可來了！快快快，雪團來了！廚房有專門為雪團備著的新鮮肝臟，快叫人煮上！」

雪團沒來的這段日子，他們家王爺又開始喜怒無常了，弄得他們平日裡大氣都不敢出，更不敢在王爺面前露面，這回好了，牠可終於來了！

聞訊趕來的安沛兒抱起雪團，摸了摸牠的小肚子後，對負責投餵牠的小宦官說：「只給牠一塊肝臟甜甜嘴就好，這小傢伙是吃飽了才來的。」說完，她就抱著雪團往府裡走去。

雪團「喵嗚」一聲跳了下來，在她前面優雅地走著，直接走到了王玄瑰的房門前。牠上一次和王玄瑰一起睡，記著路呢！

候在門前，正在心裡掙扎著一會兒如何進去叫王玄瑰的蔡奴，一看見雪團就像看見恩人般。他家阿郎近日脾氣不小，有時連他都怵，便趕緊給小祖宗開了一條門縫。

床幔之內，趴在床榻上，整個人呈大字型的王玄瑰絲毫沒有察覺屋內多出一隻貓兒來。白色綢衣之上，黑髮披散，掀開的衣襬下，更是露出了勁瘦的腰身，可惜這一幕無人欣賞。

雪團整隻貓向後蹲坐，前爪蓄力，「喵嗚」一聲躍了出去，重重砸在王玄瑰後背上！

「嗯……」王玄瑰只覺得後背被重物襲擊，連帶胸腔都在震動，且那重物還在移動，在他後背上亂踩一通。手指微動，他百般不耐地睜開眼，連眼角下的小痣都充滿著戾氣，結果映入眼簾的是一顆毛茸茸的黑貓頭。

翡翠般的綠眸探到他面前注視著他，牠軟軟「喵嗚」一聲，蹭了他的臉頰一下，便翻了個身，在他旁邊露出了軟乎乎的肚子。

王玄瑰瞇起眸子，嘴角抑制不住地上翹，沙啞著嗓子道：「你來了。」

「喵……」

聽見王玄瑰動靜的蔡奴適時進入。「阿郎，今日需要去鴻臚寺坐班。臨近年關，鴻臚寺要商討留在長安的外邦人應怎麼辦。」

王玄瑰起身，從床頭摸出一根繫著鳥兒尾羽、五顏六色的棒子，一邊在雪團眼前晃悠，逗牠玩，一邊道：「去年如何做的，今年就也如何做，給他們發些肉菜不就得了？」說完，他自己反應了過來，今年不一樣。燕息國來犯，聖上怒火未消，長安城裡的外邦人不好處理，且城裡百姓可能會對他們有很大的意見。他「嘖」了聲，道：「麻煩。」卻還是任由蔡奴為他穿上衣裳，臨走時讓蔡奴將雪團也給抱上了。

「你主子也顧不上你了，索性便跟著我吧！」

千盼萬盼終於把宣王給盼來的鴻臚寺官員發現了，今日的宣王爺分外好說話，於是他們趕緊將積攢的、拿不定主意的事，紛紛搬到宣王面前，硬是拖到了快下衙的時間，宣王都沒有罵他們！

王玄瑰回府時，安沛兒就快步迎了上前。「阿郎，七娘等了你好一會兒了。」

他皺眉。「怎麼不去鴻臚寺找我？」

「七娘不讓。」安沛兒擔憂道：「阿郎，七娘她……」

見到人的那一刻，王玄瑰便知道了安沛兒的未盡之言是什麼意思。沈文戈就跟風裡的小草似的，可憐巴巴地趴在牆頭，眼睛出神，也不知在想什麼。

她瘦削了許多，精氣神好似隨著她兄姊盡數戰死而全部被抽走了，現在牆頭上的這個人，只有一口氣撐著。他大步走近。

今日在鴻臚寺見了太多人而煩躁的雪團見到人，就立刻跑了過去。

雪團的突然出現驚醒了她，沈文戈任由雪團軟乎乎地蹭她，看見了立在下面的王玄瑰，縱然難以啟齒，她也是張口求助了。

「今日前來，是想麻煩王爺一件事，王爺可否將朝中有關西北戰場之事，及時告知我？」

王玄瑰盯著她快瘦沒了肉的臉，在沈文戈以為他不會同意，含著希冀的眸子慢慢暗淡下去時，開口道：「妳不必如此客氣，在本王面前，妳可以放肆，本王給妳這個權利。」

寒風捲起地上的飛雪，不知迷了誰的眼。

王玄瑰立於燈影之下，又重複了一遍。「妳不用求本王，如有消息，本王會告知妳的。」

沈文戈攏著貓兒的手蜷了蜷，眼裡有層淡淡的水霧浮起。在孤立無援之時，有人說會幫她，這番話所能帶給她的慰藉真的太多了。

愕然過後，她不欲探究過多，也沒心思想太多，只能說：「多謝王爺。」

王玄瑰看她說了幾句話，乾裂的嘴唇就滲出血來，眉頭皺得更緊了。「正好本王也是要找妳的，聖上已派人去墨城徹查，妳兄姊的屍骨棺材將會被運送至長安。」破天荒的，他又道：「以後叫這貓多過來幾趟，妳要找本王就在牠脖子上掛根繩，省得天冷，妳出來等本王。」

沈文戈露出了這些天來的第一個笑容。「謝謝王爺。」

「嘖！」王玄瑰揮手。「說了不用道謝。回去吧……等等，待他們出發前往西北，消息便捂不住了，妳們做好準備。」

「好。」

她緊緊地抱著雪團，彷彿想從牠身上汲取力量一般。

燕息國與陶梁國交接的深山老林中，群鳥振翅，野兔奔跑。

某一處山洞中，疲憊不堪的沈家軍擠擠挨挨地坐在一起，他們幾乎沒有一個人身上是乾淨的，受傷的更是數不勝數。

他們如同被人放棄的喪家之犬，在燕息國軍隊的圍剿下東躲西藏，最終進了連燕息國都不敢進的老林中。

兩萬將士，就只剩洞裡這五千了。

好在他們找到了這個四通八達、延伸極深的山洞容身，將洞口用雪封住可以抵擋寒風，不致凍死。

「我們要這樣逃到什麼時候？」不知是誰在人群中發問。

一個泛著哭腔的聲音喊道：「反正我就是死也不回墨城！」

大家頓時沈默了，在洞內最深處的四郎沈桓宇、五郎沈錦文和傷勢嚴重到無法行走的將士們也都沈默了。

五郎沈錦文抹了把淚，低頭去看躺在他腿上的兄長，像是怕驚擾了誰一樣，輕聲道：「三嫂剛生產，三兄你可要撐下去。你不是說要回家給小玥玥辦百日宴嗎？你活下去，我回家給小玥玥打個金鎖。」沒有人回話，三郎血肉模糊的斷臂看著無比瘮人，豆大的淚滴在三郎沈念宸的臉上，五郎趕緊用手將其擦拭掉。「我們能回家的對吧？我家小蕓蕓那麼膽小，沒有我，她可怎麼辦啊？」

「閉嘴！」四郎沈桓宇喝道，壓低聲音說：「什麼話該說、什麼話不該說，你不清楚？再讓我聽見這種擾亂軍心的話，我軍法處置！」訓完，他不捨地看看弟弟。「我們的糧食不多了，需要派人出去尋找食物，總不能沒死在敵軍手中，反而先餓死了。你組織一下人，分小隊隨我出去。」

喜氣洋洋、過年氣息濃重的長安城中，生意最不好做的便是賣棺材的，可今年他們賺的比往年多了太多，甚至他們都不想賺。他們賺的，是鎮遠侯府的訂金。

沈文戈盯著人將紅燈籠撤下，府內上下全部掛上白綢，又吩咐人將設靈堂的東西備好，便開始籌備讓人弔唁的事宜。

彷彿一夜之間她就從悲慼中走了出來，她如第二個陸慕凝一般，沈著冷靜，有條不紊地吩咐事情。

陸慕凝放心地將家中大小事交給她，自己在外打探消息，籠絡西北將領，還要去拜訪蘇府。

母女兩人就是鎮遠侯府的定海神針，不管大家心中多忐忑，只要夫人和七娘在，他們就安心。

沈文戈忙碌得很，甚至都沒注意到自己身後跟了一個小尾巴——大兄的嫡子嶺遠已經被接了回來。

回來之後陸慕凝就將他喚去，把對他母親的懲治、前因後果悉數告知，還告訴了他，父親叔姑均陣亡的事情。

他是鎮遠侯府的下一片天，即使他尚且八歲，肩膀還稚嫩，也必須以最快的速度成長起來。

「這是誰家買的香燭？換一批，煙太嗆了！廚房能做什麼，單子列出來了嗎？讓他們盡快！對了……」沈文戈突然轉身，腿上便撞上了個軟團子。

小大人的嶺遠向沈文戈行禮道：「姑母，有什麼是嶺遠能做的嗎？」

看著嶺遠與大兄七分相似的臉，沈文戈恍惚一瞬，而後並沒有糊弄地說道：「姑母這裡還忙得過來，嶺遠幫姑母盯著府上眾人，但凡有一個敢嚼舌根的都告訴姑母，由姑母來處置他。」

嶺遠拱手道：「好，嶺遠領命。」

還領命呢，當自己是被將軍賦予軍令的士兵嗎？沈文戈笑著點頭。「好，若是發現哪裡忙不過來了，嶺遠便去搭把手。」

「嗯。」

待孩子走遠後，沈文戈臉上收了笑。這麼小的孩子怎麼可能不戀母？可他從始至終沒有替他母親求一句情，已然是個懂得是非分明的好孩子了。

蘇清月今日之果，全是自己作下的孽。

她問道：「蘇清月吃飯了嗎？」
倍檸湊到她耳邊道：「還是不吃，在鬧絕食，被夫人安排的嬤嬤給灌了粥。」
她想了片刻後道：「讓嬤嬤盯著點，我怕她開始自殺。」
「是，娘子。」
蘇清月墮了胎後，就被關在房中，她也算是小產了，陸慕凝還沒有那麼心狠，讓一個已經去掉半條命的女子，未養好身體就頂著寒風暴雪歸家。
而沈文戈打起精神後，也同母親商量了蘇清月能起到的作用。
宣王讓小心蘇相，母親和她幾乎沒有多加思索就信了，蓋因這些年來蘇相一直在幫太子拉攏鎮遠侯府，從父親到兄長。但鎮遠侯府一直認定他們是聖上的人，拒不站隊，不參與從龍之功，可能因此引了忌憚。
她幾乎可以想像到蘇相的心理——得不到就毀掉，不能讓鎮遠侯府被其他皇子拉攏走了。
雖種種均是猜測，但蘇清月敢做出紅杏出牆的醜事，就要能承擔這個後果，如不利用她打壓一番蘇府，還真當他們鎮遠侯府好欺負。
所以，陸慕凝帶著從蘇清月房中搜出的東西，去了蘇府。
陸慕凝沒見到蘇相，只見到了蘇母，東西給了之後便道：「我所求，夫人只怕無法作主，還望夫人告知蘇相，讓他衡量。」

蘇母被她之言驚到了。「親家母說的什麼話，可是清月又犯了什麼錯？怎麼還要請出夫君來？」

陸慕凝示意蘇母翻看東西。

蘇母驚疑不定地看著紅豆，還有一封封纏綿悱惻的信件，上頭赫然是女兒熟悉的字跡！

「這些東西我只拿來了一半，還剩一半在侯府。休書我已替我兒寫好，清月剛小產，身體太弱，不宜移動，人暫且在我鎮遠侯府上將養著，想接人，請蘇相親自上門。」說完，陸慕凝起身欲走。

蘇母邊罵著蘇清月「這混帳東西」，邊去攔人，連連賠禮道歉。「親家母，是我教養無方，妳放心，我這就將她接回來好生教養！」

陸慕凝似笑非笑地看著蘇母，四兩撥千斤道：「夫人之後想如何教育女兒都可以，但我鎮遠侯府不能要她這樣的世子夫人，我在鎮遠侯府等著蘇相。」

他不來，蘇清月偷人被休的事情就會傳遍大街小巷；可他來了，在外人不知道真相的情況下，只會認為蘇相在這風口浪尖之際，仍堅定地站在鎮遠侯府一邊。

接下來，端看蘇相如何選擇了。

第八章

風兒吹起沈文戈的髮絲，雪團不知愁滋味地朝她跑來，黑色綢緞的皮毛上，一條雪白髮帶綁在脖頸處，分外顯眼，也異常可愛。

她蹲下身，將雪團抱進懷中，解下生怕雪團脖子痠而拆卸流蘇的髮帶。

上面只有三個字：已出發。

由御史大夫領隊，共計十名官員前往西北，調查燕息攻打墨城，致鎮遠侯府兒郎及兩萬沈家軍陣亡的真相。

聖上根本沒有低調調查的想法，御史大夫他們走的是朱雀街，穿的是正式的緋衣官袍，一個個威風凜凜。

燕息圍困墨城，墨城保住，陶梁戰勝，可鎮遠侯府上下全部戰死的消息，伴隨著鎮遠侯府世子作出錯誤決斷，很可能通敵叛國，才會害得兩萬沈家軍一同戰死墨城的風言風語，席捲大街小巷。

還不等長安城百姓反應過來，產生「墨城沒有城破，我們勝利了」的喜悅，便被鎮遠侯府世子可能通敵一事吸引了全部的注意。

自沈文戈和離一事，就已經在百姓心中掛上號的鎮遠侯府，又一次站在了風口浪尖。

寒風驟起，雪花簌簌而下，天變了。

鎮遠侯府就像上一世一般，又變成了被人人喊打的存在，可有很多地方都不一樣了。例如蘇清月不再管理侯府，坐鎮的是陸慕凝。

陸慕凝成功地用蘇清月請來了蘇相。當天，蘇相並沒有直接帶走女兒，這對他們的名聲無益，反而只會給人留下蘇府膽小怕事的印象，這對於將名聲看得比什麼都重的世族來說是不能忍的，這也是蘇相會登門的重要原因之一，不能因為他一個人的女兒，拖累全族。

有了蘇相登門，就像是發出了一個信號，陸慕凝和沈文戈曾經走訪過的西北將領，鎮遠侯的同僚、手下的士兵、陸慕凝的手帕交，他們均為鎮遠侯府說了公道話——

「既然說世子通敵，證據呢？」

「什麼人這麼傻，通敵不說富甲一方，反而賠了性命，只得到了白骨一堆？」

兩種聲音交織著，這個年過得「熱鬧」無比。

尚府，王氏聽著種種關於鎮遠侯府的消息，心裡暢快極了！

自沈文戈被官府強制判了和離後，她惡毒婆母的形象便在大家心中根深蒂固了，不說她為尚滕塵求娶女子會被女方家裡人嫌棄，就連平日裡跟她有聯繫的官夫人們，都與她斷了交往。

府裡幾個庶出的，婚事更是艱難了。不過這些都是小事，尚虎嘯和尚滕塵在私底下被同僚恥笑，名聲不佳，日後再難升遷才是大事。為此，尚虎嘯還用家法懲治了王氏與尚塍壓。一個只會搓磨兒媳，一個從外面帶回不三不四的女子，逼得沈氏和了離，讓他們尚府成了笑柄。

王氏自然怨懟，尚虎嘯只會伸手要錢，當初他怎麼不管管？

尚府裡烏煙瘴氣的，尚塍壓默不出聲地領了罰，被齊映雨小心照料著。他自與沈文戈和離後，就變得沈默許多，還經常會愣神。

就比如他穿一件衣裳時，會不禁想到，這是沈文戈給他置辦的；他吃蓮葉羹又會想到，沈文戈曾在信中對他言，等他回長安，親自做給他吃。

都是些不起眼的小事，現在被一一翻了出來。

愣神的次數多了，齊映雨也開始心慌了。

這日，她為尚塍壓上好後背的藥，不小心扯到他的傷口，趕緊道歉。「塍郎，對不起！弄疼你了吧？」

尚塍壓無所謂地動動肩膀，傷口都已經快結痂了。「不礙事，這倒是讓我想起了當年妳照顧我，給我換藥的場景。映雨，妳還記得嗎？」

齊映雨握緊藥瓶，輕輕「嗯」了一聲。

他回身，眼裡滿是回憶的溫柔。

齊映雨怕被他看出端倪，窩進了他的懷中，小心試探道：「塍郎，夫人還在為你聘妻嗎？」

回憶被打斷，又聽聞娶妻之事，尚滕塵皺了眉。「此事我已回絕母親了，但她一意孤行。不過，現在應也無人敢嫁我了。」

齊映雨趕緊搶話。「塵郎，我、我願意啊！」

尚滕塵一聲「好」怎麼也發不出來，他低頭看著滿眼期待的齊映雨，只是道：「如今我與文戈剛和離，此事再議吧。」

「好，塵郎，我聽你的。」

不敢看她那張失望的臉，他藉口要回金吾衛處理事情出了府，他自己也不知道，明明是他之前所求，如今為何會猶豫？

等尚滕塵回過神時，發現自己已經站在了鎮遠侯府門前。

如今的鎮遠侯府雖未達到被人扔石頭的地步，但也可以說是門可羅雀，冷冷清清，非至親好友不登門。

尚滕塵像個木頭樁子似地立在門口，可當真是顯眼極了。

沈文戈本在前院忙乎，將手裡的事交給四嫂後，自己便抱起蹭到她腳邊的雪團出了府。

一出門，她就瞧見立在風雪中的尚滕塵，也不知他站了多久，頭上、肩上積了一層雪。

沈文戈自認對簿公堂和了離後，兩人應該老死不相往來才是，因此說出口的話也就刺人。

「你來做什麼？看我們鎮遠侯府笑話的？」

尚滕塵那顆飄忽在半空的心，在看見沈文戈的那一刻落到了實處，有一種滿足的踏實感。他仔細看著她，她穿了一身白衣，頭上只插了一支白玉簪子，神情冷漠。沈穩的氣勢，比之前在公堂之上更甚。她變了，從裡到外像是換了個人。「妳清減了許多。」

沈文戈挑眉。

他也知自己討人嫌，就趕緊解釋。「我聽說鎮遠侯府的事情了，我幾乎不敢相信，以妳兄姊的本事會……節哀。另外，我是絕不信大兄會通敵叛國的。」

鎮遠侯府出事，雖有人支持，但對她兄姊還留有敬意的人太少了，所以沈文戈接受了。

他立刻道：「如果有需要我幫忙的地方，文戈妳儘管開口，我義不容辭。」

這回沈文戈不知該說他天真還是什麼，笑了。

她摸著懷裡雪團的毛，不自覺想起前世自己去寺廟的路上撿了一隻小野貓，那是一隻漂亮的小狸花貓，她為牠洗毛，餵牠吃飯。可被尚滕塵護在懷中的齊映雨一到院子就打了個噴嚏，眸中含淚地對尚滕塵嚶語「夫君，我阿嚏，對小動物的皮毛過敏」。齊映雨一個生活在村子裡，家中靠打獵為生的人，對動物皮毛過敏？可笑的是尚滕塵真的信了。他心疼齊映雨，對小狸花貓十分嫌惡，命她將其扔了。

沒人對她早早前來收拾院子道一句感謝，也沒人在意她是不是真的很喜歡小狸花貓。

過往種種埋藏在心中最深處，不想便不會被翻起，只要想起，自然對尚滕塵如今的作態沒有半分心動。

她的眼裡沒有尚滕塵期待的感動與軟和，只是點頭道：「尚郎君有心了，如果需要，我會告知的。」

好一個疏離的「尚郎君」，尚滕塵張了張嘴，又有些頹然地閉上了。

恰在此時，一聲「表妹」響在沈文戈身後，如青竹般的男子走到沈文戈身旁，動作十分自然地將執著的油紙傘移到了沈文戈頭頂。

有心想自己打傘的沈文戈，礙於懷裡還有隻貓兒占地方，她對聽聞鎮遠侯府出事就過來幫忙的林望舒笑笑，然後看了一眼倍檸。

倍檸立刻上前接過傘柄。「我來吧，表郎君。」

林望舒點頭，後退一步與沈文戈拉開距離。他出來，也只是為了給沈文戈撐腰，怕她受尚滕塵欺負。

沈文戈側頭對林望舒道：「表兄進去吧，馬上就要科考了，不要著涼了才是，我這兒沒事。」

「無妨，不差這一會兒。」

尚滕塵看著並肩而立自顧自說話的兩人，女的沈靜淡然，男的清雋高雅，腦中突然轟的一聲。

他為自己腦中浮現的齷齪想法感到不可思議，又止不住思維發散，臉上就有些猙獰。

林望舒抬步，半個身子擋在沈文戈面前，朝著尚滕塵拱手道：「某在江南聽聞郎君許久，今日終得以見面，郎君果然一表人才，怪不得以前的表妹傾心。」這些話，像軟刀子似地割著尚滕塵身上的肉。是他不知道珍惜，弄丟了沈文戈，現在還來這兒做什麼呢？

尚滕塵被說得臉上臊得通紅。

林望舒一句「尚郎君無事請回吧」，和雪團的一聲「喵嗚」重合在了一起。

雪團可不知道自己破壞了氣氛，牠對著宣王府的方向喵完後，就從沈文戈懷中跳了出去，一路跑至剛走出、披著黑色大氅的男人腳邊，在他腿邊蹭來蹭去地求抱。

宣王少見地戴了一頂白玉髮冠，沒穿慣愛的緋衣，反而從裡到外一身黑，玄衣上銀線勾勒，暗紋隨走動忽明忽暗。衣領立起，鑲有貝殼的盤扣將喉結層層包裹。

少了往日盛開的豔靡，多了矜貴的厚重。就好像他也在為鎮遠侯府陣亡的人默哀一般。

只見他熟稔地站定，對因為怕涼所以踩在他腳面、弄髒了皮靴的雪團寬容任鬧。

「喵嗚……」雪團立起，後肢用力，趴在他的大氅上想讓他抱，鋒利的爪子讓看著的人都生怕牠刮花了貴重的大氅，可男人毫不在意。

他微微側頭，傾聽身邊宦官的話。

蔡奴將前方幾人的身影看在眼中，嘴上卻說著雪團。「阿郎快抱抱牠吧，天冷，雪團想來在外面凍了許久了，好生可憐。」

王玄瑰皺眉，眼下小痣跟著動了起來，拒絕道：「你抱。」

蔡奴退後一步。「阿郎，奴老了，昨日還閃到腰了，雪團最近被阿郎餵得更重了，奴無法抱。」

他盯著蔡奴半晌，見蔡奴目不斜視、神色不變，一副「奴真的不能抱」的樣子，又低頭去看對著他喵喵喵直叫的貓兒。

「快啊阿郎，抱牠。」

僵持半晌，最終無可奈何地將纏人的貓兒抱了起來。

這是他第一次主動抱貓，也不知姿勢對不對，只能穩穩地托著牠。

有力的手臂踩上去讓貓兒更有安全感，縱使僵硬了些，貓兒也歡快，尾巴搖晃。大氅中的縫隙是多麼吸引貓兒，牠一頭扎了進去，在裡面鬧騰片刻，倏而露出個貓頭。

便見豔麗傲人的男人雙手托舉，一顆毛茸茸的黑貓頭在他大氅中探出，翡翠色的貓瞳和男人一起看向他們。

這一幕，讓尚滕塵愣住了，冬日的寒風正在以最快的速度凍結他的頭腦。

沈文戈的貓，對另一個男人大獻殷勤，還和他親密至此，而這個人是在公堂之上，帶來了新任府尹，幫沈文戈與他和離的宣王。

他木然地看向面無表情的林望舒，剛剛對林望舒升起的嫉妒，以及那些懷疑的種子，都隨寒風散去了，又看向托著貓、走過來要送回貓的宣王。

就算不曾養貓，他也知道貓是一種極難撒嬌的動物，何況是對不認識的人？所以，牠為什麼會安穩地待在宣王手中？

幾聲「見過王爺」響起，不知怎麼想的，尚滕塵從牙縫裡擠出幾個字。「見過小舅舅。」公堂之上不曾開口叫，私底下不曾開口叫，偏偏在這時叫了。

幾人全都看向他。

沈文戈蹙眉。

王玄瑰輕蔑地翹起嘴角，剛想開口說話，就聽見身旁的蔡奴對他道——

「阿郎，奴記得七娘子是會說波斯語的，我們不妨請七娘子幫個忙。」

沈文戈又一次成為了話題中心。宣王幫她許多，若只是會波斯語就行，這忙有何不能幫？她問：「不知是何事？」

王玄瑰示意她拿走自己的貓，瞥了一眼出餿主意的蔡奴，說道：「不必，小事。」

沈文戈看他手臂一往自己方向伸來，就知是想讓她將貓抱走，便自然地上前，但雪團卻淘氣地伸爪子撓她，躲著她的手。

兩人中間夾著隻貓，顯得親密無比，看得人分外刺眼。

蔡奴在尚滕塵開口說話前，對沈文戈道：「回七娘，是在長安居住的波斯人打了城內小娘子，因語言不通，波斯人情緒激動，長安府尹怕處理不好，所以請鴻臚寺協同辦案，若是七娘懂波斯語就太好了，能幫上大忙。」

沈文戈沒辦法將雪團從王玄瑰懷裡抱過來，只能歉意地看了他一眼，然後說道：「我波斯語經年不說，恐有些退步，但聽還是聽得懂的，若王爺需要我幫忙，自然義不容辭。」

「當然！」蔡奴直接替王玄瑰應承下來，省得他家阿郎說什麼「本王正要去鴻臚寺揪一個懂波斯語的官員，扔到長安府衙」之類的話。「不知麻不麻煩娘子？府裡事情多吧？」

被搶了話的王玄瑰，幽幽地看了蔡奴一眼。

沈文戈沒發現二人的眉眼官司，她搖頭道：「家中母親和嫂嫂們均在，事情都安排得差不多了，我沒有任何問題。」就算有問題也得是沒問題，畢竟宣王難得開一次口。她轉身先是同剛剛王玄瑰一過來就將背脊挺得板直的林望舒道：「辛苦表兄替我告知一下母親，我跟隨宣王去處理些事情，一會兒回府。」

林望舒道：「表妹自去忙，不必顧慮。」

而後她又看向臉色更加難看的尚滕塵。

尚滕塵滿嘴苦澀，他都不知沈文戈也是會說波斯語的，只好自嘲道：「見妳安好我便放心了，這就歸家，文戈無須在意我。」

沈文戈向他點點頭，昔日夫妻，如今形同陌路。

而他只能在原地看著她跟隨在王玄瑰身側，沒有對待他時的疏離客氣，也沒有對林望舒時的一點點不自在，有的是坦然舒適。不知蔡奴說了什麼，她贊同地點點頭。

上了白銅馬車後，沈文戈和倍檸差點被內裡的豪華閃瞎了眼，只能在心裡唸叨著：不愧是宣王啊！

倍檸不敢動作，小心跪在蔡奴身側，偷偷打量。

沈文戈就少了些許顧忌，可能是因為她在馬車上發現了專屬於雪團的貓墊。

王玄瑰坐下後，雪團就躍了出來，到貓墊上舔毛。

蔡奴從馬車上的櫃子中拿出魚乾，放進專屬於牠的琉璃碗中，又悉心地給牠倒了半碗水。

這待遇，倍檸真想說一句：人不如貓啊！

沈文戈兩手交疊端坐在王玄瑰對面，王玄瑰懶散地靠在車壁上，車內一時間無人說話，她手心都冒出熱汗了。雖時不時在牆頭同王爺說話，但在空間狹小之地，近距離接觸，這還是第一次，沈文戈有些緊張，甚至看了雪團幾眼，希望牠能不要再吃了，過來喵幾聲都是好的。

蔡奴看看這二人，拿出茶壺煮茶，而後倒了一杯先遞給了沈文戈。「娘子請喝茶，暖暖身子。」

他這一弓腰，讓王玄瑰冷哼一聲。

沈文戈嚇得將茶杯放了下來，和倍檸對視一眼，不知自己哪裡做錯了。

只聽王玄瑰陰惻惻地對蔡奴道：「你不是說你腰閃到了嗎？」

蔡奴壓根兒不怕，他「哎喲」一聲，捶了捶腰，搖頭道：「奴真是老了啊，阿郎。」說完，他給王玄瑰也倒了一杯。「阿郎請喝。」滿臉笑意。

王玄瑰接過茶後不理他，蔡奴仍有一搭、無一搭地和王玄瑰說話，王玄瑰也就理了。

這事就算過去了，沒有處罰，也沒有什麼血濺三尺。

緊張的氣氛被打破，沈文戈重新執起茶杯抿著熱茶，悄然注視著主僕二人的相處，隨即想著，外界傳言宣王殺人不眨眼，只怕也是誤傳吧？

馬車穿過鬧市，很快來到長安府衙。

未過幾月，再次來到，卻不再是被審的身分，而是……

王玄瑰介紹道：「我請的譯語。」譯語即翻譯官。

沈文戈立在那裡，輕眨了下眼，說道：「民女沈家七娘。」

公堂之上不可閒聊，野府尹雖認出她來，也只說道：「七娘子還請聽聽這波斯人說了什麼。」

這個波斯人打了人不說，還叫嚷著拽著人家小娘子就到了府衙，嘰哩呱啦地告上狀了。

波斯人對著一來就占了主位的王玄瑰說話，他也能看得出來，主事的肯定就是這位了，奈何對方理也沒理他。

都說有一就有二，這回又坐在一旁的野府尹，十分坦然地對著波斯人指了指沈文戈。

波斯人攤手，完全不知道野府尹的意思。

沈文戈這時用波斯語說道：「請稍等，我會將你說的話先翻譯一遍。」剛剛波斯人對王玄瑰手舞足蹈地說話，她已經全都聽明白了。

波斯人驚異地看著沈文戈，終於安靜了下來。

沈文戈道：「這位波斯商人說，小娘子偷了他花錢買的東西，他想要回來，小娘子不給，他生氣之下，才打到了她，請府尹作主，將東西還他。」

野府尹對堂下跪著的少女道：「唐娘子，妳可聽見了？妳怎麼說？」

「我沒有偷！這是我娘留給我的東西！我沒有賣給他過！」

金髮碧眼的波斯人眼巴巴地看著沈文戈，等她翻譯。

沈文戈看了一眼野府尹，得了他的令，才翻譯了一遍。

波斯人頓時氣得跳起來，抬手就想打人。

沈文戈立即擋在唐娘子身前，衙役也動了，將波斯人制止住。

野府尹頭都大了，他指著唐娘子道：「唐娘子，妳說是妳母親留給妳的物件，那妳說清楚。」

唐娘子先是給幫她攔人的沈文戈磕了一個頭，這才道：「民女姓唐，單名一個婉字，這玉珮是我母親在世時特地打造的，上面刻有『婉』字……」

唐婉？沈文戈緩緩低頭。前世，她母親為六兄配了陰婚，六嫂就叫唐婉。

玉珮右下角確實有一小字「婉」。

唐婉說她家祖籍河南，於前年遷至長安，而後生母病逝，家中姨娘掌家，家中是做生意的。按理她的日子過得不會太差，可寒冬臘月，她卻衣著單薄，手被凍得通紅，雖然衣衫洗得很乾淨，但袖口處已經被磨破抽絲了，足見其父不喜，所以連件過冬的衣裳都沒有。

而她記得，那位六嫂家裡也是做生意的，還因為母親給死去的六兄配陰婚，六嫂家裡人不同意，鬧了沸沸揚揚好一陣子。

倒是巧，名對上了，家世也能對得上。

唐婉緊張地攥住裙角，望著野府尹手裡的玉珮，又焦急地轉頭看向沈文戈，想要尋求她的幫助。

沈文戈也在這時看清了她。

鵝蛋臉、狐狸眼，是一個長相標緻的小娘子。

「七娘子，妳且問問。七娘子？七娘子……」野府尹叫了幾聲，沈文戈都沒有回應。

旁邊的王玄瑰正在人群裡搜索抱著貓的蔡奴，見狀張口喚道：「沈文戈。」

宣王的聲音一入耳，沈文戈便醒了過來。「啊？」對上他那雙略顯不耐的眸子，她定了定神。

王玄瑰說道：「讓妳問問波斯人，他可有憑證能證明玉珮是他買的？」

「好。」沈文戈給了唐婉一個安撫的眼神後，問向波斯人。

那波斯人立刻從口袋裡將買賣憑證拿了出來，極為生氣地用手指指著唐婉。

沈文戈忽略了波斯人的謾罵之語，只道：「波斯商人言，這是他今日剛收到的玉珮，來賣的人是一個年約四十、體態豐滿的女子。」

野府尹核對好憑證後，問向唐婉。「唐娘子，妳有何話要說？」

唐婉趕忙道：「回府尹，這玉珮今兒早上我就發現不見了！賣玉珮的定是我那姨娘身邊的嬤嬤，她偷拿了我的玉珮去賣，請府尹明鑒。」

野府尹一指那波斯商人，沈文戈就將話給翻譯了，隨即皺眉聽著他不依不饒的話。

「如何？七娘子？他怎麼說？」

「他說他不管那些，既然被賣到他手上，那就是他的東西，唐娘子這是偷竊。他想讓府尹將玉珮判回給他不說，還要打唐娘子的板子。」

唐婉咬咬唇就要辯駁。

沈文戈對她搖了搖頭。在公堂之上吵鬧，只會影響府尹對她的印象。如今波斯商人洋洋得意，在府尹面前大放厥詞，只會引人不喜，唐娘子不說話，就更顯可憐，尤其她本身便長得弱小，野府尹會同情她的。

果然，野府尹看了一眼波斯商人，冷冷地道：「偷竊之物，不得作數。」

沈文戈翻譯後，波斯商人激動了，什麼陶梁欺負外邦人、他花了錢買的東西就應該是他的、府尹一點兒都不公平公正之類的話全出來了。

野府尹道：「七娘子，他說什麼妳就翻譯什麼！」

那可真是巴不得呢！沈文戈當即就轉述一遍。

野府尹拍下驚堂木。「安靜！公堂之上豈容爾等吵鬧！」

驚堂木拍響的聲音沒有讓波斯商人冷靜下來，他反而覺得野府尹是在訓斥他，更加生氣了。身材壯碩的他就向沈文戈和唐婉走去，一副要揍人的模樣。

「快，快去制止他！」

衙役聽令而動，又顧忌波斯商人不是本國人，不敢下重手，險些沒能制住他。

王玄瑰冷眼觀看鬧劇一般的公堂，在那波斯人險些要碰到沈文戈的時候，道了句「放肆」，被他把玩的皮鞭脫手，「啪」的一聲打在波斯商人手上，當即抽出一道紅印子。

在眾人還沒有反應過來時，他已走上前去，一腳踹在波斯商人的腳踝上，將其踹倒在地，靴子碾在其脆弱的脖頸之上，寬厚的肩膀擋在了沈文戈身前。

丹鳳眼注視著波斯商人，裡面的暴虐讓人毫不懷疑，波斯商人膽敢再動一下，脖頸就會斷裂。

全場愕怔，野府尹最先回神，忙道：「王、王爺，不可！」

王玄瑰冷笑道：「誰給他的膽子敢在長安府衙放肆？沈文戈，給本王翻譯！妳是嚇傻了嗎？」

沈文戈緩緩搖了搖頭，她只是突然想起尚滕塵從未站在她面前護過她，護著的向來都是齊映雨罷了。她蹲身撿起皮鞭，遞給王玄瑰。

王玄瑰接過，有些嫌惡地看了看，好似上面沾染了什麼不乾淨的東西。

「王爺，」沈文戈將手放在他手臂上，輕聲道：「年關將近，還是不要生事的好。不妨聽聽我的解決方法？」

王玄瑰瞥了一眼在黑色衣服上顯得更加白皙的根根纖指，落下一句話。「隨妳。」

對面，衙役一見宣王收了腳，嚇得一個個使出渾身力氣，將波斯商人死死壓在地上，不敢再讓他動彈。

王玄瑰回到椅子上，有些不自在地動了動手腕，神情更加冷峻。

沈文戈走上前道：「府尹，唐小娘子的玉珮被人偷賣給波斯商人，確實應該物歸原主。但波斯商人也無辜，他不知玉珮是贓物，讓其還回去，也不妥。」

唐婉在身後哭著叫她。「七娘子，那是我母親留給我的唯一一樣東西了！」

野府尹先是看了一眼王玄瑰，而後才問道：「那依七娘子之見，此事應該如何處理？」

「民女有一個建議，不如由民女出錢將玉珮買回，贈給唐娘子可好？」

唐婉驚訝地睜大眼。「七娘子！」

沈文戈笑笑，用波斯語詢問了一遍波斯商人，對他道：「如此，你錢財不損。何況你還毆打了唐娘子，她若反告你，你賠錢讓她看病是一定的，加之你擾亂公堂，少不得要挨板子。若事情解決，就什麼事都沒有了。」

波斯商人想了半晌，又害怕王玄瑰，便同意了，也不敢再鬧，衙役便放開了他。

野府尹沈默了下，問道：「七娘子，妳可想好了？」

雖銀錢不多，可哪有譯語自掏腰包的道理？

沈文戈點頭。「搭把手而已。以唐小娘子家中情況來看，只怕她也無法去向姨娘討要費用。」

如此，此事和平解決，波斯商人撤訴，在王玄瑰和野府尹的見證下，締結新的買賣契約，原價將玉珮賣給沈文戈，她又將玉珮贈送給唐婉。

唯一損失的就是沈文戈的十兩銀子。

唐婉在沈文戈面前掉眼淚，紅著臉，十分不好意思地說：「七娘子大恩，唐婉銘記於心。我、我……我以後會賺錢還給七娘子的！」

沈文戈將玉珮塞進唐婉手中，摸到了一手老繭，明明是個年紀比她還小的娘子呢！「妳母親的東西，這回可要收好了。」

唐婉目光灼灼地盯著她。「嗯！」

跟著王玄瑰走出府衙，府衙外已經聚集了許許多多人，有聽說涉及波斯人來看熱鬧的，更多的是因為鎮遠侯府的七娘過來了，他們要來看上一看。

見他們出來，懾於宣王之威，眾人只敢在他走過後，小聲對沈文戈道：「七娘大義！」

沈文戈搖搖頭。「不敢當。」

「我就說鎮遠侯府都是好人吧！七娘妳放心，我們都站在你們這邊。」

「對，我們支持鎮遠侯府，絕對是有人陷害世子！」

沈文戈福身道：「七娘謝過諸位了。」說完，小跑地追上等也沒等她的王玄瑰，一路小心窺探他的神色，到了馬車上才詢問道：「王爺可是生氣了？」

王玄瑰沒理會旁邊蔡奴的輕咳，直接出聲說：「讓妳來當譯語，不是讓妳當散財女的，怎麼？妳很有錢？」

蔡奴阻止無果，只得接話說：「東市改擴建，七娘在那裡有兩個鋪子，日進斗金。」言下之意——是的，七娘有錢。

王玄瑰氣惱道：「多嘴！」

蔡奴不說話了，眼神示意沈文戈看看悠哉地在墊子上舔毛的雪團。

沈文戈會意，將雪團撈進懷中，雪團軟乎乎地「喵嗚」一聲。

沈文戈抱著牠繞過几案，說：「王爺別生氣了，七娘還沒謝過王爺，信任七娘，將譯語這麼重要的任務交給我。」她說著，將雪團塞進他懷中。有了一遭公堂上共同審案幫忙的事，加之他剛剛還擋在她面前，她也就沒那麼緊張了。「雪團太重了，我都有些抱不動了。」

雪團最喜歡王玄瑰身上的大氅了，當即就鑽了進去，這回只剩一根毛茸尾巴在大氅外愜意地晃悠。

尾巴時不時在王玄瑰手上掃過，他側目瞧見沈文戈交疊在身前的手，白皙細膩又小巧，比自己的手小了一圈。再看她俏生生等他消氣的模樣，氣莫名其妙就散了。

「隨妳，也不是本王的錢。」

蔡奴已將熱茶煮好。「來，七娘喝茶，暖暖身子。今日謝過七娘，不然我家阿郎還不知要如何處理呢。」

王玄瑰沒搭理蔡奴，而後發現蔡奴給自己的茶湯竟然是紅棗桂圓……

又過了幾日，鎮遠侯府依舊忙碌，卻也已經理順了，只待西北歸棺，而這時，唐婉意外登門。

陸慕凝正在府上，之前也有所耳聞自家女兒當了一回譯語，在公堂之上幫助了一位小娘子，引得不少人維護鎮遠侯府的事，當下就將唐婉和沈文戈一同叫進屋。

唐婉眼睛紅著，一進屋就給陸慕凝跪下了。

陸慕凝駭了一跳，趕緊讓嬤嬤將人扶起來，用眼神詢問沈文戈。

沈文戈搖搖頭，示意自己也不知情況，唐婉見了她就只顧著哭了，又一副很不好意思面對她的樣子，她還什麼都沒問出來呢！但她總有種感覺，前世母親為何會給六兄配陰婚的原因，今日就能知曉了，畢竟母親絕不是那種枉顧小娘子後半輩子幸福，非將人娶進來守寡的人。

唐婉重重磕了三個響頭，眼睛哭得都紅腫了，仔細看還能在她手腳上發現被捆綁過的痕跡。她拒不起身，淚水是越抹越多，哽咽地道：「請夫人和七娘救救我吧！」

陸慕凝見她不起身，親自拿汗巾彎腰為她擦淚。「好孩子，這是出什麼事情了？」被如此溫柔相待，唐婉哭得更凶了，話都險些連不成句子。「因為那玉珮的事情鬧到公堂上，家中人知道了，十分生氣，將我關了起來。我、我母親早亡，如今是、是父親的姨娘掌家，她向我父親提議，將我賣給隔街賣胡餅的，能賣一百兩銀子。但是那賣胡餅的，都打死兩任夫人了！第三任夫人去官府告義絕，才得以脫身，那、那還斷了一條腿，至今養在娘家，遭人白眼呢！」她哭得險些抽搐，直喘粗氣，十分傷心。「我父親同意了，因我母親沒能給父親生下個兒子，但姨娘生了，為了那個弟弟，他真要將我賣給人家當媳婦，不管我死活。」唐婉又要磕頭，被陸慕凝阻止了，哭道：「我知道這種請求十分過分，七娘本身就對我有恩，我、我還厚著臉皮過來求妳們……」

「哎……」陸慕凝也是心疼她。「但清官難斷家務事，我們能幫妳什麼呢？何況我們鎮遠侯府如今的境地，妳應該也知曉。」她並非推辭，而是現在沾上鎮遠侯府不是什麼好事。

唐婉眼裡冒著兩泡淚，決絕道：「我是在母親身邊嬤嬤的幫助下才偷跑出來的，既然他們不拿我當女兒，我也不拿他們當父母了。我想請夫人為六子娶我，我知道府上六郎還未成親！若是不行，我賣身給你們！我會算帳、會做生意，家裡的生意都是我管的，我什麼都會，求妳們收下我吧！」

沈文戈嘆息一聲，原來如此。

自西北墨城往長安方向而來的山林內，一個野人正急速奔跑著，他披頭散髮，臉上沾染著泥土和血跡，唯有一雙眸子亮得驚人。

渴了就去找水源，餓了就吃山果，途中還遇見了老虎，險些命喪虎口，拚著一口氣才得以脫身，事後拍著胸脯自言自語道「得虧娉娉給了貼身軟甲，要不小命都得留這兒了」。

他一路上不敢去有人家的地方，生怕被人發現蹤跡，如今跑了幾日，實在疲憊不堪，好在已經摸到了西北的邊緣處。

等出了山林，他就能找人家，再雇頭牛，把自己送回長安了，他真是跑不動了。但如今跑不動也得跑！摸著懷中的行軍記錄，他就是累死，也得在死前將行軍記錄交到聖上手中，墨城所發生的一切，必須讓聖上知曉，真的……太過分了！

鎮遠侯府六郎沈木琛站在巨石之上眺望遠方，願兄姊平安，願戰友平安，他必不負使命，將墨城一戰的真相告知天下。

黝黑的臉上被淚水沖刷出兩條白痕，他眼尖地發現一個到深山處打獵的漢子，趕緊喊道：「哎，大伯！我迷路了，你能不能把我帶出去啊？大伯，我跟你講，我真是長安人士，我這一口雅音聽不出來嗎？等我到了長安，一定讓家裡人感謝你，你就借我頭牛，讓我回家吧！」

讓一個良家女子賣身為奴，陸慕凝不忍心，可讓她嫁給一個死人，陸慕凝更不忍心，要是見死不救，事後又內心難安，真是百般為難。

沈文戈也覺得難選，前世母親是頂著多大的壓力，才將人娶進來的？

「嬸嬸，」陸慕凝突然想到一個法子。「妳說，我替六兒將人娶進府，讓他有個捧牌的人，送他一程，待三年一過，我就給她放妻書可好？」說完，她又搖搖頭。「不不，三年時間太長了，一年正好，我也能為她找個好人家。但嫁給一個亡者，終究還是苦了那孩子……」

沈文戈看著母親，便又開始惱恨起前世鎮遠侯府經歷過的一切，她給了母親一顆定心丸。「在夢中，我記得給六兄娶的六嫂就叫唐婉。」

陸慕凝心下一鬆。「那好，就讓她送妳六兄一程。」

唐婉此時正在偏房等待，腦子裡已經做了最壞的打算——若是鎮遠侯府不能收留她，她就跑出去，離開長安，把自己賣給一個大戶人家當婢女。

房門被敲響，她打了個激靈，是嬤嬤來叫她了！

唐婉身上衣衫穿得單薄，又比沈文戈矮上半個頭，穿不了沈文戈的衣裳，沈文戈便從五嫂崔曼蕓那兒借了一身給她。

嫩黃色的夾襖穿在她身上，整個人顯得有活力又年輕，唯眼裡的忐忑破壞了眼前美感。

見她一來又要下跪，陸慕凝趕忙道：「既是一家人，哪裡有跪來跪去的道理？」

唐婉被巨大的驚喜砸懵了，愣愣地看向沈文戈。

沈文戈向她點點頭，說道：「我該改口喚妳一聲六嫂了。」

「我、我……」唐婉激動地用手抹眼淚。「多謝夫人和七娘！」

「一家人不說兩家話，」沈文戈在陸慕凝的示意下，牽起唐婉的手。「我與母親商議過了，六兄人雖戰死西北，但不能平白娶妳給他送行，該走的禮還是要走的，一切都按照禮數辦。」她制止住唐婉要說的話。「還有就是，當妳想離開鎮遠侯府時，放妻書母親一定會給妳的，這點妳放心。」

唐婉搖頭，急切地表示道：「我不走，我就留在鎮遠侯府！」說完，她遲疑又害怕地說：「我……我家裡人那邊，我怕他們會過來鬧。」

他們肯定會過來鬧的，不過沈文戈沒有這樣說，因為這位新鮮出爐的六嫂像是被獨自要求生活在林子中的小動物般，正瑟瑟發抖著。「這點妳放心便是，妳如今要做的，是認認府裡人，安心做妳的新娘。」

陸慕凝也道：「嫂嫂說得是，一切有我們。」她本是想親自安排唐婉的，可見唐婉對沈文戈充滿了依賴和信任，索性就將這個活計交給了女兒。「嫂嫂帶著妳六嫂安頓下來。」

「是，母親。」沈文戈安撫地看向唐婉。「走吧。」

「七娘子……」唐婉期期艾艾地開口，又不知該說什麼。

沈文戈側頭，說道：「別怕，府上的人都很好相處，妳熟悉過後便知曉了。婚事可能會倉促些，妳還是要多擔待。」

唐婉瘋狂地搖頭，這已經是她所能設想的結果裡最好的了！

婚事還未辦，六兄的房間也沒收拾，沈文戈便先將唐婉帶回自己的院子，讓人收拾出一間偏房給她住，又帶著她認了府上眾人。

聽聞她身世的四嫂，好似看見了以前的自己，為她忙裡忙外，彷彿這樣就能補償自己。有四嫂開頭，其餘人也不排斥唐婉，真心接納了她。

六兄的生母陶姨娘得知陸慕凝給小兒子娶了一門親，即使只是小門小戶的小娘子，還是個商戶，依然欣喜地向陸慕凝道了謝，還親自去看了唐婉，安她的心。

如此，唐婉便在鎮遠侯府住了下來。

唐婉隻身一人前來，除了母親留給她的玉珮，無傍身之物，沈文戈忙乎著找人給她裁幾身衣裳，又先向五嫂借了三身乾淨未穿的衣裙。

除此之外，既然已經是六夫人了，身邊伺候的人也不能少。

六兄院子裡清一色全是小廝，鎮遠侯府有郎君未娶妻時，不能有婢女服侍的規矩，但這事陸慕凝不能插手，所以沈文戈從陶姨娘那兒要了兩個婢女，帶去照顧唐婉。

唐婉感激之下，又從沒被婢女服侍過，便有些不知道該讓她們做什麼。

見狀，沈文戈乾脆將陶姨娘喚了過來，又問陶姨娘想不想讓唐婉到她院子裡去？

陶姨娘是父親在墨城納的，為人低調，從不敢跟陸慕凝爭搶，是以她這次也拒絕了。跟在沈文戈身邊，和跟在一個姨娘身邊可是不同的。何況，這麼年輕的小娘子，怎麼能一直為她的兒子守寡？

沈文戈不多言，自己開始思考起唐婉父母的事情。

前世母親要為六兄配陰婚的事情鬧得頗大，若說有牆倒眾人推、群情激憤之下的謾罵，那也應該還有人在幕後推波助瀾才是，不然小小一樁婚事，怎麼就搞得人盡皆知了？這樣的話，會是燕息國的探子出手的嗎？

她眉目冷凝，手上突然傳來濡濕之感，原來是雪團在用舌頭舔她的手指。

盯著在她手邊撒嬌的雪團，她若有所思，伸手摸了摸光滑的皮毛，自言自語道：「既然涉及燕息國，那找王爺幫忙，沒毛病吧？」鎮遠侯府本來就被潑著通敵的髒水呢，再跟燕息國探子有接觸，那可真是跳到黃河都洗不清了！

「喵嗚……」

她從置物架上拿下專門放著雪白絲綢髮帶的盒子，這是宣王身邊的嬤嬤安沛兒親自拿過來的，說是王玄瑰那天見雪團脖子上掛著普通布條，解下時掉了兩根貓毛，心疼了。

低頭瞥著黑毛蓬鬆的雪團，區區布條就能將毛給磨掉了？

在綢緞上寫字，墨會暈開，哪裡有布條好寫？

她將寫好字的雪白髮帶繫好，蔥蔥玉指點在雪團額間。「奢侈！我還會虐待你不成？」

「喵嗚！」

纏上髮帶後，雪團也不想跑出去，屋裡暖和外面冷，除非是到了去宣王府吃零食的時間，否則牠才不願意動彈。

沈文戈也不管牠，到了點餓了，牠自然就會跑去隔壁。

「喵喵喵……」雪團從牆頭翻了下去後，發出一串喵喵叫，告訴宣王府的人牠來了！

被打掃乾淨的青石板上沒有白雪，自然也沒有貓兒的梅花爪印，牠熟門熟路地從樹上爬下去後，徑直往屋裡跑。

冬天冷了，在廊下吃食還灌風，已經被養嬌氣的雪團才不受這個罪呢！

老遠就聽見貓叫聲的蔡奴將門打開一條縫。

黑色貓兒優雅地邁了進去。「喵嗚……」

王玄瑰在几案後歪坐著，擺滿著吃食的几案上原本放置著雪團的金碗，但蔡奴頂著王玄瑰不悅的視線，將其給拿下放在了榻上，就在几案旁，一樣可以瞧見雪團。

雪團躍上矮榻，因為有過一次著急吃食，將髮帶掉入水中，導致髮帶浸水，讓貓兒難受的事情發生過，這回牠便先竄到王玄瑰手邊，仰著脖子喵嗚叫著。

以往這種給貓兒摘髮帶的活計都是蔡奴的，可抱都抱過了，因此手指動動，王玄瑰伸出手去為貓兒解了下來，換來貓兒的一次蹭。

貓耳靈敏地動著，他手掌頓了頓，終還是第一次摸了下去。

雪團的小腦袋蹭在他手心，喵嗚一聲後，便到几案旁自己吃起來。

王玄瑰收回手，仔細辨認了一番髮帶上的字跡後，將其擱置在了腿彎處。

蔡奴適時問道：「阿郎，聖上今日相邀可還要拒絕？」

王玄瑰嘴角微微翹著。「不了，我也許久沒與他一起泡泉子了，就去聽他嘮叨一陣子吧。」

「是，阿郎。」蔡奴笑著應了。

此時，唐婉的父母正在互相埋怨，兩人還商量著要把將唐婉放走的嬤嬤給賣了。

家裡那麼大一個女兒失蹤了，找尋半天都沒有找到，報官也不好使，一百兩銀子就這麼飛了！

咚！院子裡被人扔進了十兩銀子。

因做生意的緣故，唐父是識字的，他撿起跟銀子一起被扔進來的紙條唸道：「唐婉在鎮遠侯府，將鎮遠侯府要為死去的人結陰婚之事大肆宣揚開，事成後再給二十兩銀子。」

唐父身邊的姨娘搶過十兩銀子，開心道：「那就是三十兩銀子呢！我們去鬧一場，鎮遠侯府難道還能繼續拘著那小賤蹄子？到時候將她接回家，一百兩銀子就又有了！」見唐父猶豫，她道：「你還捨不得啊！讓小賤蹄子嫁人總比嫁給個死人強吧？再說了，你兒子可就等著這錢請媒人登門說親呢！」

提及兒子，唐父將紙條一撕，把十兩銀子又搶了回來。「婦道人家懂什麼？那可是鎮遠侯府，是我們得罪得起的嗎？」

姨娘撇嘴。「不是都說鎮遠侯府通敵嗎？那也風光不了多久了吧！」

「說的也是……」

次日，唐父和姨娘雙雙來到鎮遠侯府門前，「砰砰砰」地砸響了朱紅大門，也不等人出來，就先嗷上了。「你們鎮遠侯府還我們女兒來！」

朱紅大門乃是正門，尋常是不會開此門的，大家經常走的是側門和後門，此時門房剛打開門，呵斥他們不要在門口吵鬧，有事情說清楚。

那姨娘聽也未聽，直接罵道：「你們鎮遠侯府好生不要臉！」她裹得厚實，一屁股坐在地上哭嚎。「大家快來看啊！鎮遠侯府要為他們家死了的兒郎娶活妻啊，這是讓我家女兒嫁去守寡啊！簡直不是人啊！大家快來評評理啊！我家女兒還小，可不能嫁給個死人啊！我們不同意與他們家結陰親！」

她哭嚎聲大，話裡又拽著鎮遠侯府，還有那「結陰親」的字眼，人們聽見了就探頭瞅著，漸漸聚攏過來，不一會兒，府門前就聚集了好大一群人。

門房見勢不妙，趕忙去跟陸慕凝稟報。

陸慕凝是侯夫人，和他們爭論沒得自降了身價。按理出了這種事，應由蘇清月來處理，可蘇清月如今還被關在院子裡，自然只有沈文戈出面了。

要問沈文戈是誰，只怕長安城就沒有不知道的。那是上官府狀告婆母，被官府判和離義絕的第一人；也是會說波斯語，大義救下小娘子的沈家七娘。

沈文戈一出府，府門外認識她的百姓就嚷道——

「七娘，妳家是真要給妳六兄娶妻嗎？長安城可不興結陰親的！」

「對啊，這結陰親也實在是太、太……太不該了，損陰德啊！」

「我們知妳家郎君戰死，心情悲痛，可也不能害了人家小娘子後半輩子的幸福呀！」

雖是聲討，可話裡多多少少帶著維護、提點之意。沈文戈本以為出來後會面對一邊倒的局面，卻沒想到會如此，她抿抿唇對著大家福了福身。

長安城的人都是熱心腸的人，他們路見不平能拔刀相助，遇事爭辯不休亦能舞劍分個高下，自然也不是會聽之任之就跟著瞎起鬨的人。

唐父及姨娘眼見風向不對，連忙喊道：「我女兒現在是在鎮遠侯府沒錯吧？他們要娶我女兒也沒錯吧？你們別被他們騙了，高門大戶多骯髒！」

不知何時混進人群中的人也跟著起鬨道——

「對，鎮遠侯府與那些尸位素餐的人都是一丘之貉，為他們說話，你們腦子壞啦？」

「鎮遠侯府世子都通敵叛國了，你們還幫他們說話？」

「別胡說！不是還沒有證據嗎？去墨城調查的人都還沒回來呢！」

「這分明就是鎮遠侯府仗著家大業大，在欺負我們這些小老百姓嘛，不能讓他們如願！」

「對，不能讓他們如願！結陰親這是多麼令人不齒的事情，別給他們找理由了！」

沈文戈不說話，靜靜看著他們吵，人越來越多，最初說話之人很快就被擠兌得沒了聲音。

這時，不知是誰扔了一個石子。「打死你們這些有錢人！」

小石子沒砸到任何人，滾啊滾地，滾到了沈文戈腳邊，沈文戈蹲下身，執起石子。

她看向人群，收斂了神色，頓時便顯得神情冷漠，不好相處。小石子在她指間，這是明晃晃地告訴大家，剛剛有人想要打她！人群一下子安靜了下來。

在她身後，十多名沈家漢子齊齊上前一步，帶著一身煞氣，將她護在裡面。

沈文戈看向唐父和姨娘，他們二人許是故意的，此時穿的是不合身的舊衣，如此更容易激起大家的憐憫心，但清楚知道他們是如何對待唐婉的沈文戈不會。她緩緩問道：「你們家女兒確實在我們鎮遠侯府，你們不妨說說，她怎麼會跑到我們府上來？」

夫妻兩人早就串通好說法了，姨娘立即便道：「誰知道你們鎮遠侯府怎麼將人騙了進去的？我們還想問你們呢！將我們一個黃花大閨女騙去結陰親，安的是什麼心啊？妳家也沒男人了吧？」

這話簡直誅心！既暗戳戳地說了鎮遠侯府裡恐怕有什麼齷齪之事，又點出鎮遠侯府人丁凋零，家中兒郎全死在戰場上了。

沈文戈倏而沈下臉，眸中冷光直直射向說話的姨娘，沒了和他們周旋的耐心。想來人群中如果真有探子，宣王也能將他們抓出來了。「你們真不知？那唐小娘子是自己跑到我們府上尋求庇護的，蓋因你們父不慈、姨娘毒！」

「哎？妳說的這叫什麼話？」唐父和姨娘急了。

沈文戈揚聲對圍過來的百姓道：「大家可還記得當日波斯商人扭打一個小娘子進了府衙的事？」

「記得！」

「他們便是那唐小娘子的父親和姨娘！因那日公堂之事，他們覺得丟臉，便要將唐小娘子賣給一個打死了兩任妻子的人做續弦！」

人群中有人發出驚嘆。「我記得當日唐小娘子辯駁時，說的便是家中姨娘身邊的嬤嬤偷拿了小娘子生母的玉珮去賣，才鬧出公堂之事的！」

「果然有了繼母，就沒了父親。」

「她算什麼繼母？不過是一個姨娘。」

姨娘氣道：「你們瞎說！」

沈文戈嘲諷地看向她。「是非曲直，大家自會分辨。」

這時，有人湊到唐父身旁低語了幾句。

唐父當即一拍大腿道：「對，我們怎麼對女兒那是我們的事！生她養她，甭管我們怎麼對她！她是我們的女兒，我們可沒推她入火坑，是你們鎮遠侯府要她嫁給一個死人的！將我的女兒交出來，我們不同意她結陰婚！」

「你們既然承認你們做的事了便好。」沈文戈側頭看向倍檸。

倍檸點點頭，從一開始出來她就捧著一個托盤，此時她將上面早就準備好的聘書遞給了沈文戈。

沈文戈將聘書抖開，面朝唐父和姨娘。「我鎮遠侯府出二百兩銀子作為聘禮，娶你家小女唐婉為六夫人。你家若是認，這二百兩就是你們的；不認，我們就到公堂上走一趟，寵妾滅妻，律法不容。」說完，她一手掀開托盤上的白布，露出在陽光下閃閃發光的銀子。

人群倒吸一口涼氣，不少人都是第一次看見這麼多銀子，唐父和姨娘更是將眼珠子都黏在了銀子上。

此時明顯挑事的人還在嚷嚷著——

「二百兩銀子你們就想買人結陰親？真是看錯你們鎮遠侯府了！」

「不能同意！怎麼能為了區區二百兩銀子就將女兒賣了？」

區區？沈文戈暗道，這可不是區區，只為一百兩銀子他們就想將女兒賣了，二百兩可是翻了一倍呢！

果然，唐父和姨娘可顧不得大家的叫囂，在沈文戈作勢要將銀子收起來時，立即大聲說：「我們同意！」

人群中瞬間發出了嗤笑聲，什麼討女兒？這分明是要錢來的！

沈文戈示意兩人走上前來按手印，可在他們按完手印後，制止了他們要拿銀子的手，倍檸更是將白布重新蓋上了。

唐父喝道：「妳什麼意思？出爾反爾是不是？我們聘書都簽了！」

「別緊張，」沈文戈說：「這麼多雙眼睛盯著呢，怕什麼？只是在拿錢之前，希望你們再簽一張字據，自此之後，唐婉與你們無關，這二百兩就當是她孝敬你們的生恩和養恩。」

換句話說，那是唐婉的賣身契。

姨娘眼珠子一轉，立刻道：「那得加錢！」

沈文戈笑了，她用只有他們幾人才能聽見的聲音，輕聲道：「你們真要和我們鎮遠侯府攀親戚嗎？我不怕告訴你們，若是我大兄通敵之責定下，你們應該也算在誅九族之列吧？」

這話當然是嚇唬他們的。

唐父和姨娘低聲商量了一下，如果有二百兩銀子，還能和唐婉斷了聯繫也不錯，可別萬一鎮遠侯府真出事，唐婉還要回頭找他們，因此便應下了。

倍檸拿著他們簽好的字據，給圍觀的眾人看了一圈。

唐父和姨娘在一旁數銀子數得快活，又擔心被搶，所以趁著眾人看熱鬧之際就想跑掉。

沈文戈讓沈家人攔住他們，似笑非笑地道：「著什麼急？不怕路上遇到打劫的？我一會兒親自安排人送你們回去。」而後她才看向人們，說道：「今日，我鎮遠侯府為六郎娶親，在這裡，我沈文戈向大家承諾，六嫂只需為六兄守一年，此後，天高海闊任她躍。」

「好！」

「這哪裡是娶妻？分明是救人啊！」

「就是！瞧他們倆那副看著錢的嘴臉！唐小娘子也算是脫離苦海了，往日裡，鎮遠侯府哪是她能高攀得上的？」

「好了，大家都散了、散了！」

唐父和姨娘也反應過來了，他們這是被沈文戈給算計了啊！

沈文戈手裡拿著字據，在他們面前晃晃，對沈家人道：「送他們歸家，日後若再敢來鎮遠侯府鬧事，直接交給金吾衛。」

一場鬧劇就此落下帷幕。

唐婉鄭重地給陸慕凝和沈文戈行了一個大禮，陸慕凝接了，沈文戈側身避了。

陸慕凝塞給了唐婉三百兩銀子，以及百畝良田並兩間鋪面，說道：「既入了我家門，便是我家人了。這銀子是六郎的姨娘給妳的，鋪面和地契是我給小六娶妳的聘禮。」

唐婉推卻著。「這怎麼行？夫人已經給了我父親二百兩銀子了。」

「拿著，長者賜，不可辭。」

沈文戈也道：「六嫂拿著吧，若是實在拿著不安心，六嫂不是說自己最會做生意嗎？那便將生意做大，日後再還給我們。」

唐婉拿著東西，眼淚在眼眶裡轉圈圈，重重地點頭。「嗯！」

日後我唐婉與你們鎮遠侯府榮辱與共，必不辜負你們！

第九章

事急從權，唐婉與六郎的婚事，沒有接親、鬧喜一說，她穿著一襲紅嫁衣，手裡捧著六郎沈木琛的牌位，在眾位親人的見證下完了婚。

六郎沈木琛的屋子佈置得喜慶，可這紅，也只不過能掛上三日，三日後就會撤下，委屈唐婉了，可唐婉不覺得委屈。

她小心地站在屋裡，屋內到處都充斥著她未曾謀面的夫君的痕跡——牆頭上的小短弓、一套被淘汰下來的盔甲……總覺得，她像是融入了別人的生活中一樣。

晚間，她穿著嫁衣躺在床上，睡不著，聽見床底似有響動，立刻就想到了老鼠。她自然是不怕的，當即就蹲下身，舉著燭臺要去嚇牠，嚇跑了她好睡覺，明日再捉牠。

燭光照耀下，就見床底下有兩本書卷沾了一層灰。

她伸手將其搆了出來，裹著書卷的布帛精美，將書卷抽出打開一看——

香肩畢露的美豔小人，正伸著光滑的大腿去勾那閉眸的和尚！

她眨眨眼，轟的一聲紅了臉，迅速將書卷扔了出去！卷軸滾動，直直開到門口，大大小小的人兒或騎、或貼、或露，上演了一齣齣的「全武行」……

長安城安興坊綠柳巷最裡面的房屋，有幾個人陸續翻牆而入，腳步輕緩，沒有發出一點聲響。

房門被有節奏地敲響，李欽瀚將門打開，側身讓那幾人進來，不悅地道：「你們怎麼來了？萬一被人發現怎麼辦？」

為首之人道：「也不知金吾衛哪裡來的消息，抄了我們的一個窩，先到你這兒暫避。」

李欽瀚不想因為他們而暴露了自己，可人都進來了，再說這些也沒有意義，便道：「最近行事都小心些。」

「嗯。」幾個人或坐或站，將屋子堵得滿滿當當，為首者問向李欽瀚。「你不是說有辦法讓蘇清月往鎮遠侯世子的書房中放證據嗎？可聯繫上她了？」

李欽瀚提起這事就氣。「我與蘇清月的事應是被人發現了，她身邊的婢女久不找我不說，蘇相還派人來了一次，將屬於蘇清月的東西都搜刮走了。」

「一張紙都沒留下？」

「沒有。」

「那豈不是沒有辦法證明蘇清月與你有染？」為首之人氣憤握拳。「你這裡失敗了，我們本想趁鎮遠侯府結陰親一事抹黑他們，也失敗了。鎮遠侯府怎麼這麼難弄？晦氣！」

李欽瀚道：「現在說這些有什麼意義？當務之急是想辦法將罪證送進鎮遠侯府。萬一耽誤了三皇子的大業，你們和我，沒一個能有好下場！」

為首之人冷笑。「鎮遠侯府現在是鐵桶一個，怎麼送？就連送進去的菜都有人檢查！你上下嘴皮子一碰，說的倒是容易，當初不是和三皇子連連保證自己能負責這事嗎？」

「你！」

「我什麼？你和蘇清月要是行事小心些，別弄出孩子來，叫人家發現，咱們的計謀豈有不成之理？」

「那你們抹黑鎮遠侯府成功了嗎？現在滿長安人，你去問問，誰信他們家叛國了？」

兩人互相指責，半晌後齊齊收聲。

李欽瀚發狠道：「不能等棺槨送來，太被動了！墨城那裡已經有動作了，我們什麼都沒做，只怕不好交差。如今我們只能朝金吾衛下手了，籠絡一個，在搜府的時候，讓人乘機將東西扔進鎮遠侯府裡！」

次日，太極殿上，果真有人提議，說西北遲遲沒有消息傳來，調查緩慢，可見沒有有力的證據，不如去搜查鎮遠侯府，興許證據就在府中。

此言一出，見不得鎮遠侯府好的人立即落井下石。

聖上一股氣憋在胸口，冷眼旁觀他們在這件事情上的作為。蘇相、太子……他接連看過一位位朝中重臣，最後視線定到滿臉不耐煩的王玄瑰臉上，這才氣性稍減。

聖上在心中如何盤算，王玄瑰不知，他被吵得腦仁疼，好不容易下了朝，他不理會聖上身邊的宦官，徑自往宮外走去，卻被他母親陸國太妃身邊的嬤嬤攔住了去路。

「殿下，娘娘相召。」

王玄瑰全當沒瞧見她，繼續走。

嬤嬤又道：「殿下何苦為難奴？娘娘說了，今日殿下不去的話，她就跟聖上提議，她出宮搬去殿下府上住。」

他倏地停下步子，用看向死人的目光看著嬤嬤。

嬤嬤早已經習慣，腰一彎。「殿下請。」

王玄瑰咬緊牙關，半晌才開口。「好，本王就去看看，她又要弄出什麼么蛾子來！」

陸國太妃今年剛過四十歲生辰，鬢邊一朵芙蓉花襯得她嬌豔欲滴、風情萬種。作為先皇時期寵冠六宮的妃嬪，她無疑是美麗的。此時她一個人自顧自下著圍棋，似是對王玄瑰來晚的懲罰似的，並不理他，想讓他在廊下一直站著。

可王玄瑰已經不是幼時無法反抗的稚童了，他眼風一掃，周邊打算攔他的人便退了下去。他大步邁進屋子，不委屈自己地坐到了太妃對面，手一伸，棋盤上的棋子就被弄亂了。

「太妃叫本王來何事？」

陸國太妃隨手端起一旁的琥珀酒飲了一口，用通知的口吻道：「崔家嫡女我觀不錯，母族是青陽崔家，家中出過三任宰相，如今兄長在長安任職，還有一位舅父就在金吾衛中，我替你求娶。」

王玄瑰嗤笑。「太妃給本王娶個母族如此厲害的女子想做甚？」他壓低聲音道：「本王這輩子都不可能反，讓妳坐上太后那個位置，太妃不要白費力氣了。」

「混帳！」陸國太妃高高舉起手就要搧下去。

王玄瑰一把握住她的手腕，狠戾道：「太妃自重！」

陸國太妃掙扎兩下沒能掙脫開，倏地笑道：「好，你不肯，我就跟聖上說我要跟你出府單過！魯國太妃、趙國太妃可都搬出去了，聖上沒理由拒絕！」

他將身子壓過去，成年後的他壓迫力已非幼時可比，就那麼一字一句地道：「歡迎，到時候，就看是太妃先死，還是本王先死？」甩開她的手腕，他站起來，居高臨下地望著她，抽出汗巾仔仔細細將每一根碰過她的手指擦乾淨了，才道：「日後太妃無事還是不要找本王的好。」汗巾垂落，他嫌棄地走遠。

身後的陸國太妃生氣地將棋盤掀落在地。

等候在白銅馬車旁的蔡奴，遠遠見王玄瑰陰沈著一張臉過來，趕緊掀開車簾讓他進去。

王玄瑰靠在馬車壁上閉眸，額頭青筋蹦出。

蔡奴見狀，趕緊將自己早已烘熱的汗巾拿出。「阿郎，奴給阿郎按按頭。」見他微微頷首，蔡奴便跪在他身側，將汗巾蓋在他臉上，輕柔地為他按著。

溫熱的汗巾驅散了他身上的寒意，他深深呼吸著，而後出聲道：「去鴻臚寺。」

蔡奴手上動作一頓，建議道：「阿郎，不如我們回府泡泡湯，阿郎再好好睡一覺？」

王玄瑰扯下臉上的汗巾，斜睨著蔡奴。「本王支使不動你了？」

作為照料王玄瑰多年的宦官，蔡奴太懂他一言一行所代表的意思了，知他這是氣狠了，於是先揚聲讓馬車去往鴻臚寺，之後解釋道：「奴也是怕阿郎頭疼，泡一泡解解乏才好。」

王玄瑰不理他，只是有一下、沒一下地用皮鞭敲著掌心。

年末與年初是鴻臚寺最忙的時候，周邊小國進貢均愛挑這個時候來獻禮。他們不光要負責使臣吃住，還要陪玩、陪介紹，恭恭敬敬地請進來，再高高興興送人走。這些東西均要一一給王玄瑰過目才行。

說來也是奇怪，王爺在的時候覺得大氣不敢出，活難幹；王爺不在的時候又怪想他的，因為沒有人再為他們頂著頭頂的天了，出事了沒安全感。

所以就算此刻王爺的臉色奇差無比，該問的還是要問。

王玄瑰懶得看他們寫的東西，只讓他們用最簡單的話說一遍，他闔目，手指撐著額頭，若非手指輕輕點著，都要讓人以為他睡著了。

「往年什麼章程，都照著來就是，這也值得問本王？」

「住的地方不夠了，就按照先後順序來，這點小事還要本王教你？」

「你都在鴻臚寺幹了三年，自己該負責什麼不清楚嗎？你以為你有個三品的父親就可以在鴻臚寺待著享福了？本王都閒不下來，你倒是挺悠哉的，還有空看閒書？」

「去，直接給一直不肯回國的使臣送上回禮，讓他們離開。」

「愣著幹什麼？還不去？」

一群蔫了吧唧的官員們有氣無力地道：「是，王爺。」

鴻臚寺經他調整一番後，高速運轉起來。

蔡奴捧著一碗銀耳梨子湯放在他面前的几案上。「阿郎，天色漸晚，吃茶恐怕無法安眠，奴煮了銀耳梨子湯，暖暖身子，喝完回府吧？」

梨子的清甜浸到湯汁中，王玄瑰三兩口便喝完了，臉色依舊難看。

目光看過去，凡被他掃到的官員紛紛低頭，一副「我很忙」的樣子。

他扯扯嘴角，終是道：「回吧。」

白銅馬車駛過鬧市，誰也沒有聽見外面鬧哄哄說著鎮遠侯府真的叛國了。

清清淺淺的細雪飄舞著，竟是又下雪了，大氅的狐狸毛領上沾了星星點點的白色，蔡奴要打油紙傘為王玄瑰遮雪也被擋了。

知道他們回來的安沛兒出來迎接。「怎麼今日回得這麼晚？可是鴻臚寺忙了？」

王玄瑰冷冰冰地看了她一眼便進了府。

她眉心一跳，小聲問向蔡奴。「出什麼事了？」

蔡奴嘆氣。「還能是什麼事？太妃又找阿郎了。讓府上的人緊緊皮，近日別惹阿郎。」

安沛兒驚道：「遭了，七娘在府上等著阿郎呢！我觀她神色焦急，怕是出了什麼事。」

「這……」蔡奴立刻道：「妳快去尋七娘，讓她趕緊回去，阿郎這裡我來攔著！」

「喵嗚……」雪團蹭著沈文戈，撒嬌讓抱。

沈文戈被牠鬧得回神，彎腰將牠抱進懷中，長長呼出口氣，白色煙圈便在眼前散了開來。冷，這是她現在唯一的感覺了。

今日下午，兵部尚書突然傳口信給母親，說御史大夫在西北墨城查出了不少不利於鎮遠侯府的證據，證據直指大兄叛國。且今日早朝，有官員提議搜府以徹查罪證，當時聖上未應，但如今墨城查出了東西，只怕聖上會下旨徹查。

雪團在她膝上沈甸甸的，她抱住了牠。她真的太害怕了，這種害怕無人可以訴說。她以為自己做足了準備，可兄姊依舊戰死了，那鎮遠侯府又能否逃過這一劫？

為今之計，她只能想到一牆之隔的宣王，盼他看在雪團的面子上，救救鎮遠侯府。他不是說，有任何事都可以向他開口，不用跟他客氣……

「娘子！」安沛兒快步走上前來，二話不說為沈文戈戴上大氅後的帽子。「娘子且跟我來，速速歸府！」

沈文戈跟在她後面往外走。「出什麼事情了？可是王爺回來了？」

安沛兒一邊拉著沈文戈走，一邊道：「今日不是好時機，不論娘子找阿郎有何事，都請明日再說吧！」

看出她的焦急，沈文戈被拉著頻頻後望。「等等，我只跟王爺說兩句話就行。」得不到王爺的答覆，她的心裡靜不下來。鎮遠侯府遭奸人陷害，她必須找個有力的後盾，而不是見勢不妙就跑的人。

「娘子！」安沛兒已經拽著她走到牆邊梯子旁，推著她往上爬。「奴不會害娘子的，娘子將雪團給奴，娘子先回府吧！」

兩人遞貓之際，雪團「喵嗚」一聲，從沈文戈懷裡跳了出去。兩人齊齊「哎」了一聲，眼睜睜看著雪團跑遠了。

安沛兒皺眉。「糟了！」

「嬤嬤，到底出什麼事了？」沈文戈在梯子上就要下來。

安沛兒扶住她，依舊堅定地道：「娘子先回府，我去尋雪團。有何事，娘子先在髮帶上寫好，繫在雪團的脖子上。」

可不就是她寫了也繫了，卻遲遲等不到宣王回覆，這才親自過來的？沈文戈抿唇，向後張望一眼，只得繼續往上爬。平日裡好走的梯子，也不知是因為心緒不寧，還是上面薄雪一層，令她屢屢打滑。眼見著要搆到院牆了，雪團「喵喵喵」的聲音傳來，她下意識轉頭，腳下便是一滑！

幸而安沛兒就在旁邊，趕緊扶住了她，焦急地問道：「娘子可傷到了？」

踩空了兩節的沈文戈搖頭，她輕手輕腳從梯子上爬了下來，微微低著頭。

安沛兒本還想催促，餘光一掃，頓時就安靜了下來，扶著沈文戈恭恭敬敬地立在原地，道了句。「阿郎。」

沾著白雪的黑靴出現在眼前，只聽頭頂之人問道——

「妳怎麼在這兒？」

沈文戈抬頭，而後心跳驟然加速。出現在她面前的宣王宛如一個陌生人，眼神冰冷恐怖，渾身煞氣肆意，若不是雪團還在他懷裡抱著，她幾乎要以為這不是宣王。

她還是第一次看見這樣的他，隱隱明白為何嬤嬤一直催促她走了。

見她不答，他有些不耐，挑起眉梢。「本王問妳話呢。」

沈文戈深吸口氣，先是給他行了個大禮，才道：「今日前來，是想求宣王一件事。」

「何事？」他微微側身，掃過正在用眼神交流的蔡奴和安沛兒。

蔡奴連忙道：「阿郎可累？奴給阿郎搬把椅子來？或者進屋聊？」

王玄瑰道：「就在這兒。」旁邊就是湯池，他懶得換地方。

蔡奴趕緊給搬了把椅子過來。

寒冷冬日，落雪紛紛，王玄瑰卻感覺不到冷似的，倚在椅子上撐著頭。「說吧。」他渾身都透著從心底泛上的疲憊，也只當沈文戈說上兩句便會經由梯子離開，就沒挪地方。
沈文戈正了正神色，看向罕見地穿著緋紅朝服的王玄瑰，突地跪下了。
雪花四散，這結結實實一跪連大氅都沒能壓上，「咚」的一聲砸在眾人心裡。
王玄瑰泛著血絲的眸子直直看向沈文戈。
旁邊的蔡奴和安沛兒都驚到了，兩人對視一眼，暗道不好！
王玄瑰發出了一聲極輕的，又帶著嘲諷的笑。「本王在妳心裡就是這般言而無信之人？還得讓妳下跪來求本王？本王不是說過，會幫妳的？」
沈文戈這一跪也是經過深思熟慮的，宣王憑什麼一直幫她？既然要求人，自然要有求人的態度。何況她所求的是鎮遠侯府的安穩，唯有利益交換，合作才能穩固。
「如今西北已然查出我兄長通敵之證，百張嘴都解釋不清楚，七娘並不是不信王爺，而是此事干係重大，若想洗刷冤屈，還不知要付出多少。七娘現在這一跪，是向王爺明志，我鎮遠侯府上下絕無一人通敵。」冰涼的地面直往上竄著寒氣，針扎似的，她忍著腿疼，道：「我願用虎符，換王爺幫助。」
王玄瑰丹鳳眼微睜，問道：「妳認為，是因為你們鎮遠侯府手握重兵，才會招來此難？那妳將虎符給本王何意？」
「王爺可獻給聖上。」
「笑話！」他怒道。「聖上豈會因你們手裡幾萬兵馬而忌憚你們？還向本王獻虎符？妳父兄恐怕都要氣得從地裡出來找妳了！我告訴妳沈文戈，妳家之事，是人禍也是天災！不要再讓本王聽見虎符二字，再說了，那虎符是妳想拿就能拿的？」

沈文戈輕咬貝齒，她沒想到王玄瑰的反應會這麼大，難道真不是聖上之意？感受到王玄瑰生了怒，雪團從他身上跳下，挨到了沈文戈身邊。

沈文戈定了定神，她唯一能拿出手的東西，對方不要。冷不防想起尚滕塵曾經叫過的稱呼，縱難以啟齒，她也想拉近一番關係。「那便請小舅舅，救救我鎮遠侯府。」

本都已經打算起身離開的王玄瑰聽見「小舅舅」三字，喉頭滾動，幾乎是瞬間便想到他怎麼都擺脫不掉的陸國太妃，手指碰上腰間皮鞭。

蔡奴和安沛兒紛紛開口阻止道：「阿郎！」

「閉嘴！你二人再替她說話，乾脆跟著她一道兒去鎮遠侯府！」

皮鞭被抽出，沈文戈嚇得閉眼，便感覺自己的下顎被皮鞭托住，生疼生疼的。

輕雪紛飛之下，一身緋衣朝袍的王玄瑰手執皮鞭托起沈文戈的下巴。大氅的帽子滑落，露出她精緻的容顏，耳墜在空中晃動，一如她此刻的心。睫毛顫抖片刻後，她輕輕睜眼，王玄瑰的臉近到她足以看清他眼角下的小痣。

「既已和離，誰是妳小舅舅！」

「那……求王爺幫幫鎮遠侯府。」

王玄瑰俯視著她，戾氣叢生。「又是跪、又是求，沈文戈，本王……」他像是想到什麼好玩的話，在她驚懼的目光下緩緩俯下身子，而後在她耳邊低語。「呵，妳既求本王，本王還缺個王妃……」

皮鞭接觸到的皮膚是涼的，他今日帶給她的感受是涼的，唯獨耳邊之語是熱的，沈文戈瑟縮了一下。

王玄瑰瞧見了被皮鞭托住的白嫩皮膚上已然出現的紅痕，頓時覺得索然無味。他收斂了惡意，直起身子，歪著頭觀看自己剛從沈文戈下巴處收回的皮鞭，而後向下睨著她。「本王今日便告訴妳，男兒膝下有黃金，女兒也不能輕易跪。」

沈文戈垂下眼瞼，幾縷髮絲隨著輕雪沾在臉側，她道：「我也只是……只是有些不知所措，鎮遠侯府對我而言太重要了。」

「本王說出的話一向算數，妳且走吧。」

攏著在身邊的雪團，沈文戈抿抿唇，沒動。

王玄瑰冷哼一聲。「怎麼還不走？妳還想跟本王一起泡湯池不成？」

安沛兒彎腰扶起險些站不住的沈文戈。「娘子，先走吧。」

沈文戈木然地被安沛兒帶走，蔡奴則趕緊跟上了王玄瑰。

梯子旁，安沛兒伸手掃著上面的輕雪，低聲道：「嚇到娘子了吧？阿郎說的都是氣話，七娘莫往心裡去。七娘放心，阿郎不會不管妳的。」

沈文戈搖搖頭，自省道：「是我太急切了，做出了不理智的事。」興許今日就不該來。

安沛兒道：「娘子今日確實來得不是時候，阿郎每次見過太妃後脾氣都會不大好。我估摸著七娘收到的消息，只怕阿郎都還不知道呢，若是知道，他定會在第一時間就通知娘子做好準備的。」見沈文戈看過來，她又道：「還有就是，阿郎是被聖上親手養大的，視聖上為父，娘子今日既揣測了聖意，言語間又涉及到了陸國太妃，阿郎心情欠佳下才會做出不理智的事，我替阿郎先向娘子道歉。」待沈文戈小心地翻過牆頭，安沛兒抱著雪團遞給她後，才跟她說悄悄話。「阿郎實在是太過分了，娘子且先晾他幾日，看他下次還敢衝妳發脾氣不？」

沈文戈被她促狹的話逗笑了。「嬷嬷，是我今日唐突了。」

見她笑了，安沛兒才放下心，還囑咐她。「娘子今日可要好好泡泡腿才是。」

想到那句似是而非的王妃，也不知是不是她聽差了，沈文戈的神情略微尷尬。

安沛兒目送她安穩到了鎮遠侯府內，才收了臉上的笑。

蔡奴守在湯屋門口，王玄瑰連進都沒讓他進。

安沛兒清清喉嚨後，揚聲道：「我看這次啊，阿郎將人惹著了，回去的時候娘子都哭了呢！把雪團的東西都收了吧，應該也不會再過來了。」

室內霧氣繚繞，王玄瑰陰沈著一張臉，手臂落下，砸起好大一朵水花。

「如何？王爺怎麼說？」

見到陸慕凝，沈文戈冷靜下來了，她強迫自己不去想剛才發生的一切，說道：「王爺似乎對西北的事情還不知情，但他說會幫忙的。母親，我們之後要如何做？可要將家中財產轉移？」若是搜府，那跟強盜過境沒有任何差別。

陸慕凝搖頭。「不可，這樣反倒是顯得咱們心虛，還不如擺在明面上。」

「好。」沈文戈點頭。

「我已經通知妳幾個嫂嫂了。娉娉，辛苦妳了。」

沈文戈搖頭，絕口不提自己在宣王府的事情。

但陸慕凝怎會沒瞧見自己女兒的狼狽？那裙子上沾染的雪，必然是下跪時蹭上的。真是心疼極了，但凡她的兄長有一個回來了也好啊！

抬手擦去母親臉上的淚，她道：「母親，沒什麼，是我自己不小心惹惱了宣王。聽他之意，此事非聖上授意，如此我們也有更好的把握。」

陸慕凝應了，讓倍檸給沈文戈泡熱水，便要再去囑咐家中人。

熱水早就燒好了，沈文戈進水中褪了衣裳抱住自己，水珠濺到她下巴處，被磨破皮的地方火辣辣的疼。她輕輕搖頭晃出王玄瑰那句話，應也只是一句生氣之下的戲言罷了。

細細想來，今日真是衝動了。

一牆之隔，與她一起後悔之人，草草出了水，根本在水裡待不住。

他張開手臂，讓蔡奴為他穿衣，似是不經意地問：「本王嚇著她了？」

蔡奴為他穿上裡衣。「奴也不知，小娘子的心太難懂了，但是阿郎今日都嚇到奴了。」

那不就是說，沈文戈也被嚇到了？他皺緊眉，撇嘴道：「真是麻煩，膽子這麼小！」

「阿郎，容奴說一句不該說的。」蔡奴給王玄瑰披上大氅，又戴好帽子，確保不會受風，才站在他面前，帶著對小輩的縱容說：「阿郎總不該每次都為了不相干的人，傷害了自己身邊的人才是。以前的阿郎傷害自己，奴看著疼在心上；現在的阿郎不只對自己下手，還嚇到了七娘。要是阿郎今日不被影響，怎麼會訓斥七娘？」

王玄瑰面色驟變。「囉嗦！」

蔡奴行禮說道：「阿郎，不要將自己困在過去，也多看看現在吧！下次雪團來的時候，阿郎道歉可好？」

黑色大氅揚起，人走遠了，聲音卻傳了過來。「……知道了。」

沉香纏繞撲鼻，蔡奴輕手輕腳地將窗戶開了口子通風，向內張望，果然王玄瑰並沒有睡著，一雙眼睛裡全是紅血絲。

王玄瑰沙啞著嗓子問道：「幾時了？那貓可有過來？」

蔡奴回道：「天都還未亮，雪團想來是正睡著呢。」

王玄瑰沈下臉，一句「牠會不會不來了」是怎麼也問不出口的，便低低「嗯」了一聲，翻了個身，將被子囫圇壓在身底。「本王今日累了，不去上早朝。」
「好，奴給阿郎告假。」

與宣王一樣徹夜未眠的，還有鎮遠侯府的眾人。
四位嫂嫂都聚集在陸慕凝處，沈文戈泡了熱水又揉了腿，確保自己第二日不會腿疼，便也去了母親那兒。
大家圍坐在一起，起初還有人說話，後來便漸漸沒了聲息，一起望著那炭火出神。炭火「噼啪」一聲，火焰升高，晨曦拂過大地，外面天也亮了。
陸慕凝輕嘆一口氣，從懷中掏出了四張放妻書。
三夫人言晨昕是最先發現的，當即道：「母親不必給我，給其餘幾位弟妹就是。」
幾位夫人聞聲看去，見了陸慕凝手上的書件，紛紛色變。
四夫人陳琪雪跟三夫人一樣的說辭。「母親，我也不用。四郎至今屍骨未寒，我總歸要以他夫人的身分好好送他的。」
「嗯，我也是。」崔曼蕓點頭。
剛當上六夫人的唐婉自然與夫君沒有情誼，她只是道：「我這條命都是鎮遠侯府撿的，安能這個時候臨陣脫逃？」
陸慕凝看看這個，又看看那個，覺得她們都是好孩子，既然是好孩子，那就更不能困在鎮遠侯府，她也捨不得。不自覺地，眼眶就濕潤了，她道：「都拿著。鎮遠侯府自現在開始，便要邁進難關了，成，我們洗脫舒航通敵之嫌，但家中兒郎盡數戰死，我們能指望的只剩嶺遠他們幾個小的；敗，我們可能就要一起在地下見面了，這又何必？」見她們面色激動地想要辯駁，她又道：「這放妻書便是最後的保障，母親在這裡求妳們，若是鎮遠侯府真的出了什麼事，請妳們歸家後善待孩子，我會在最後一刻將孩子們從族譜剔除，讓妳們領回家。為了保留最後的這一點香火，我也只能厚著臉皮求妳們了。」

五夫人崔曼蕓是最先受不住的，她小聲哭了出來，她一哭，所有人便都哭了。

三夫人言晨昕率先上前接過屬於她的放妻書，臉上佈滿了哀戚。「不會的，母親，我們遭奸人所害，聖上不會置之不理，我們一定能平安度過這一關的。這放妻書我先留著，日後再還給母親。」

「三嫂說得對，我們先拿著，日後再還給母親！」四夫人陳琪雪也起身，不只拿過了自己的，還將五夫人崔曼蕓的也拿來塞進了她手中，低喝道：「拿著，別哭了！」

哪裡能忍得住？五夫人攥著放妻書，趴在四夫人肩頭，哭得更加大聲了。

唐婉瞪圓了眼睛，吶吶地道：「我……就不用了吧？」

她跟六郎沒有孩子要撫育，鎮遠侯府的大恩，她也唯有一把骨頭能償還了。

可沈文戈卻將放妻書遞給了她，說道：「妳會經商，嫂嫂們歸家後若是打點不開，恐怕還需要妳幫助。」

經商……也都是小打小鬧的生意而已，哪擔得起重責？再說，嫂嫂們哪個不比她強啊？

沈文戈和陸慕凝對視一眼，放妻書已給，孩子們又悉數交給了兩位姨娘看顧，是時候面對了。

馬蹄聲、佩刀敲擊聲由遠及近而來，屋外傳來慌張的聲音——

「夫人，金吾衛將我們侯府包圍了！」

陸慕凝站起身，滿臉肅穆。「所有人，整理妝容，隨我出府。」

「是！」

被聖上欽點的鎮遠侯，府中厚重的漆紅大門緩緩打開，以陸慕凝為首的幾位女子排成一排擋在府門前，她們個個穿著一身素衣，披著白色大氅，每人頭上還都戴著白色絹花。

一眼看去，清一色的白，和身後的朱紅大門，及頭頂「鎮遠侯府」四個金光閃閃的大字，形成了鮮明對比。

慘，太慘了！偌大侯府，如今就只剩下這麼幾個女人撐著了。

金吾衛穿街過巷的動靜，驚動了無數沈眠中的百姓，他們於寒冷冬日穿衣走了出來，靜靜站在離金吾衛很遠的地方注視著。

近二百人的金吾衛列隊、包圍，他們穿著整齊一致的鎧甲，手中拿著對敵的武器，最前一排人手中的砍刀在晨光下泛著懾人的白光，將刀劍、長矛對準了這幾個手無寸鐵的女子。

為首的將軍更是一身明光甲加身，頭盔上的紅纓宛如催命符，高聲道：「奉聖上旨意，搜府！爾等讓路！」

看清率隊的金吾衛將領，沈文戈面色一變。區區一個搜府，用得上右領軍衛將軍尚虎嘯親自前來嗎？他出現在此，只怕含了報復她當日告官與尚滕塵和離之心。

「嫂嫂，冷靜。」陸慕凝輕聲道。

尚虎嘯騎於高頭大馬之上，渾身氣焰高漲，看著害他們尚府被嘲笑至今的沈文戈和陸慕凝，揚聲道：「現西北搜出世子通敵之證，某奉聖上旨意，前來搜鎮遠侯府！爾等現在讓開，某不追究爾等責任！」

當真是翻臉不認人！曾經的姻親現在刀劍相向，如此逼迫，一絲情分都沒。自己家裡做下錯事絲毫不認，竟只想著打擊報復。

若是因為自己連累了府上，沈文戈是萬萬不能接受的！她當即就反駁道：「還請將軍注意措詞！西北證據能否為真現還不知曉，我兄長是絕不可能通敵的！」

陸慕凝跟著說：「將軍說有聖上旨意，可否給我們侯府一觀？」

聖上派金吾衛前去，就是存了不要太過擾亂侯府之心，是以根本沒有文書，只是口述而已，懂事的金吾衛，自然不會大張旗鼓，可惜，這個差事被右將軍尚虎嘯強攬了去。

他龍鍾般的大笑響在府門前。「某還敢假傳旨意不成？爾等蓄意阻攔，是何居心？莫不是世子叛國之證，真在府上？」

「胡言亂語！」
「你瞎說什麼！」
幾位嫂嫂相繼憤而出聲。
尚虎嘯也怕拖越晚越難辨，一個指令下去，前排金吾衛便手拿砍刀向前逼迫兩步，朝她們幾人前去。
突然，遠遠傳來一聲喊。「住手！」
沈文戈扭頭看去，卻是騎著突厥馬飛奔而至的尚滕塵，她說不出自己的失望來自哪裡。
尚滕塵今日本不當值，聽聞父親率隊包圍鎮遠侯府，立即趕了過來。他氣喘吁吁，一個箭步就擋在尚虎嘯馬前。「父親，快住手！您這是在做什麼？」
聖上指令，可沒說要傷害鎮遠侯府女眷，甚至明裡暗裡提點金吾衛走個過場就行，父親這般分明是公報私仇啊！
尚虎嘯看了兒子半晌，怒喝。「讓開！這裡沒有你父親！」
「好，右將軍！」尚滕塵以最快的速度掃視前來的金吾衛，心又涼了半截。這裡沒有一個人曾是西北軍出身，他們和鎮遠侯府沒有關係，一會兒必然不會手軟。
他壓低聲音道：「父親，是我們對不起文戈在前，現在這樣是在做什麼？您就不怕聖上責罰？」
尚虎嘯一拽韁繩，馬兒嘶鳴揚蹄，將尚滕塵逼退。「聖上旨意搜府，本將軍奉命行事而已！」就算聖上知曉又如何？他一點錯都沒有！何況聖上沒有明說，既然沒明說，那他就是沒聽出來內在含意，何錯之有？他下令道：「來人，隨本將軍進府搜查！」

駿馬一躍而起，陸慕凝和沈文戈同嫂嫂們紛紛避讓。

尚虎嘯一馬當先進了府，後面的金吾衛跟著齊齊湧進。

她們的白衣淹沒在鎧甲中，就如同在海裡的扁舟般飄忽不定。

「文戈，小心！」尚騰塵有心看護沈文戈，卻被攔了下來。

府裡各種摔打的聲音響起，金吾衛所到之處，寸草不生。

突然，哭泣的聲音中夾雜著一聲鐘叔的悲憤怒吼——

「住手，這是幾位郎君的靈堂啊！你們不能動！」

為了迎回從西北回來的兄姊們，鎮遠侯府早就將靈堂設好了，就在前院。她們幾人驚得頭皮都要炸了，互相攙扶著進去一看——靈堂裡被弄得亂七八糟，兄姊的牌位更是被人打落，甚至上面還有腳印！

「三郎！」一向冷靜的三夫人言晨昕繃不住了，她拎起裙襬就要奔過去，被四夫人和五夫人死死按住。「三郎的牌位，我的三郎！你們別碰他！」她第一次在眾人面前哭得撕心裂肺。

沈文戈憤而看向尚虎嘯。

尚虎嘯抱著胸大聲說道：「給本將軍好好搜！不許放過任何一個疑點！」

沈文戈揚聲道：「右將軍！搜府沒事，我鎮遠侯府的世子沒通敵，不怕你們搜！但我兄姊他們屍骨未寒，至今棺槨都沒送回來，讓你手下的人注意些，不要碰到他們的靈堂！」

「誰知道妳們會不會將東西藏在了靈堂裡？不行，給本將軍搜！」尚虎嘯的聲音就像大槌，一下又一下地擊在沈文戈脆弱的心上。

三夫人言晨昕哭訴道：「我們鎮遠侯府滿門忠烈，如今卻要落到如此下場！馬革裹屍屍未還，如今他們連家都要沒有了，蒼天何其不公！

「你們這是讓邊關戰士寒心，讓我們寒心啊！」

哭嚎聲傳出很遠，圍觀的百姓們慢慢挪蹭了過來，透過敞開的大門看清裡面的動靜，也跟著嘀咕——

「把人家的牌位都打倒了，這也太過分了！」

「噓！小點聲，那可是金吾衛啊！」

「鎮遠侯府在金吾衛面前，也什麼都不是啊……她們說的那些話，聽得我都想哭了，這讓人怎麼相信他們通敵啊？」

「我看呀，真是被人陷害了吧？」

「哎喲喂！快讓開！」

黑色大氅從眾人低垂著腦袋的視線中飄過，圍在鎮遠侯府門外的金吾衛被來人冷颼颼的眼神刮過，一個個下意識嚥了下口水，收起佩刀，握拳道：「拜見宣王！」

王玄瑰瞥了一眼被兩個金吾衛押著跪在地上的尚滕塵，帶著蔡奴和安沛兒進鎮遠侯府如入無人之境。他先看向悲憤的沈文戈，而後視線落到府中亂糟糟的一切上。

「吵死了，你們就是這樣搜府的？本王教的規矩，都還給本王了？」

他聲音不大，可這熟悉的腔調，讓在前院的金吾衛全停住了，他們不可置信地轉頭，便看見正皮笑肉不笑地盯視著他們的王玄瑰。

齊刷刷扭身下跪，聲音洪亮地道：「拜見宣王！」

已經快要搜到後院的金吾衛聽見「宣王」二字，哪裡還顧得上搜府？趕緊全部跑回前院，稀稀拉拉地跪了一地，跪下去時，從懷中掉出的東西，讓他們臉色倏地慘白。

「本王怎麼記得，有一條規矩是金吾衛不得強拿百姓東西？還有一條是不得隨意傷人吧？你們今日這是犯了幾條？嗯？」

這一聲「嗯」，讓所有金吾衛的身子都瑟縮了一下。

王玄瑰，曾經的金吾衛大將軍。在不甘不願地當了一年，實在不耐煩日夜輪換執勤後，和聖上據理力爭，終於贏來了為聖上掌管鴻臚寺，鎮壓外邦人的「輕閒」差事。

在王玄瑰任職期間，是金吾衛管理最嚴格的時候，可以說，他一手奠定了金吾衛的基調，也更加方便後面的大將軍接手工作。

很不巧，這些能跟著尚虎嘯前來搜府，敢偷拿東西的金吾衛們，一個個都是老油條，也都是被王玄瑰帶過的人。

「你們膽子大得很，不知道本王的府邸就在隔壁嗎？」

眾金吾衛心道：我們知道啊！可您此刻不該是去上早朝嗎？

尚虎嘯見王玄瑰徹底忽略自己，只能下馬抱拳。「見過宣王。今日奉旨來搜府，還請宣王不要阻攔。」

王玄瑰懶得搭理他，「嗯」了一聲算是打過招呼，而後快快地看向蔡奴。

蔡奴便又看向互相攙扶、淚流滿面的幾位女眷。

沈文戈略微側過頭，迴避了蔡奴的視線。這裡人太多，她並不想讓人知道她和宣王相熟的事情。

王玄瑰見狀，臉色更加陰沈了。

跪在地上悄悄抬頭觀察的金吾衛們，頓時嚇得肝膽俱裂。

作為能和王玄瑰對打的貼身宦官，往日裡蔡奴出現在金吾衛面前那都是不苟言笑的，如今卻滿臉笑容，甚至帶著些討好地對陸慕凝道：「夫人，您看不如給我家阿郎搬把椅子來？昨晚沒睡好，現在還睏倦著呢。」

陸慕凝自無不可，甚至見宣王出現，還鬆了口氣，且看這些金吾衛對待王玄瑰的態度，她也做不出將人往外趕的事情，當即命鐘叔快些搬把椅子來。

椅子上面鋪著軟墊，背部也放了一個，生怕宣王磕著。

尚虎嘯憋著氣，說道：「宣王不必在此，有我們足夠。」

王玄瑰靠在椅子上用手撐臉，打了個哈欠，餘光掃過沈文戈，說道：「你們繼續，本王在這兒看著，省得你們再鬧出動靜吵了本王。」

「王爺！」

王玄瑰倏地看向他。「本王是不是進來的時候對你太友好了，讓你敢跟本王討價還價？若是有意見，你大可彈劾本王！」

尚虎嘯一噎。

王玄瑰已經不理他，看向那些跪在地上的金吾衛，喝道：「還不趕緊去搜府！跪在地上做什麼？」

「是！」金吾衛們全部起身。

王玄瑰又道：「三人一組，將不該拿的東西都還回去，互相監督，別讓本王發現，你們放了些什麼不該放的東西。」

「是！」

根本沒看身邊的人是誰，他們自發地組成三人小隊，開始搜府，動作輕柔，完全不像剛才那副強盜入村的樣子。

懷中藏著書信，卻因兩個同伴時時刻刻跟在身邊，而沒能有機會將書信扔下的一個金吾衛，此時滿臉汗水。他十分小心地避過懷中書信，拿出自己剛才被錢財迷了眼，裝進懷中的精美擺件，將之重新擺放好了，卻再也沒膽子將書信掏出。

剛才人多亂哄哄的，到處都是眼睛，現在人雖少了，身邊卻有兩個人，真是……算了，大不了退錢給他們！

他並不知道，自己的一舉一動全被另外兩個同伴看在了眼裡。

風平浪靜地搜完府後，一隊接一隊的金吾衛向王玄瑰稟告——

「報告王爺，無發現。」

「稟王爺，無發現。」

王玄瑰聽得耳朵都要起繭子了，隨手指向旁邊快要氣出內傷的尚虎嘯道：「跟你們右將軍說去。」

「無發現。」

「無發現。」

「無發現。」

在金吾衛沒有查出任何東西，準備要撤退時，王玄瑰又叫住了他們。「等等。」

金吾衛們聽見他的聲音，內心都在流淚了。

尚虎嘯深吸了口氣，咬著牙問道：「王爺又有何事？」

王玄瑰示意他們看向靈堂的方向，鎮遠侯府穿著白色素衣的女眷們正在重新佈置，他道：「推倒了你們就要走？給本王回去，將你們弄亂的東西全部整理好。」

「是！」

金吾衛們紛紛轉身回去，幫忙收拾起來，有他們加入，很快就全部整理好了。

靈堂被弄回原樣，沈文戈站在裡面，身後是陸慕凝正領著嫂嫂們向王玄瑰道謝，身前是兄姊們的牌位。她將幾位兄姊的牌位又重新擦了擦，三兄的牌位被摔出了一道裂縫，得重新再做一個。總覺得，是因為她，今日搜府才會遭到大肆破壞，她實在沒臉見人。

安沛兒和陸慕凝及幾位夫人交談愉快。

王玄瑰卻時不時看一眼沈文戈的背影，皺得眉毛都要挨在一起了。

「阿郎，回府吧？」

燕息國境內，兵馬調動，糧草另置，百姓們被再次強召當兵，人們苦不堪言。

地下牢房內，鎮遠侯府世子沈舒航被轉移到了水牢之中。

冰冷刺骨的寒水，人若泡進去，骨頭都能給泡酥了。儘管小腿往下已經被凍得沒有了知覺，他也不吭一聲。

三皇子饒有興致地觀賞他低垂頭顱的姿態，這可是陶梁國鎮遠侯府的世子，下一任的鎮遠侯啊！「世子想不想知道鎮遠侯府的情況？」

被綁在木樁上的男人動了，鐵鏈嘩啦啦作響，他連抬頭的動作都做得艱難，蒼白又沒有血色的臉上依舊可見以往的俊雅。

「墨城已查出你通敵的罪證，鎮遠侯府正面臨搜府，也不知經過一輪搜刮後，府上還能剩下什麼？已經這樣了，世子何必強撐著？不如坐實了通敵，放過自己吧？或者世子實在不想投靠我也行，只要世子交出陶梁地圖及墨城防線佈置，我保證，鎮遠侯府不會出事。」隔著水，三皇子也能感受到沈舒航眼中的嘲諷。他笑了兩聲道：「世子的棺槨就要被送到長安了，本皇子送了你們一個大禮，鎮遠侯府恐怕會撐不下去，世子沒幾天可以考慮了。」

就在王玄瑰出府的那一刻，沈文戈轉了過來，目光只來得及見到他的背影。

府上堪稱劫後餘生也不為過，四夫人陳琪雪站到府門外大聲喊：「大家都看見了，他們沒從我們鎮遠侯府搜出一件證據！」

五夫人將人拉了進來，朱紅大門被關上，阻擋了百姓們看熱鬧的視線，也將金吾衛們統統攔在了外面。

沈文戈歉意地對嫂嫂們福身。

四夫人眼疾手快地阻了。「娉娉，這是做甚？」

沈文戈羞於啟齒地道：「若非我之故，今日不會是右將軍帶隊前來。」

「瞎說！」四夫人陳琪雪道：「這跟妳有什麼關係？妳被狗咬了一口，難道還要怪自己長得太香，引了狗來不成？」

話糙理不糙，五夫人崔曼蕓一下子笑了出來。「四嫂，妳真是！」

陳琪雪挑著眉問道：「怎麼？我說的不對？」

「極是、極是！」

略微打趣了一番，幾人就著急回後院看望孩子們。所有的小孩子們都聚在陶姨娘的屋子裡，穿過長廊，她們便見嶺遠帶著一眾奴僕站在院門前。

過了年，嶺遠也不過九歲的年紀，此時的他小臉嚴肅，手持父親去歲送他的生辰禮——一把做工精緻的匕首，護在院門前。

看到他，就彷彿瞧見了護著百姓們的兄長。

小小的人兒發現了她們，問道：「祖母、叔母、姑母，他們走了嗎？」

沈文戈快步上前，蹲下身接過他手裡的匕首。「都走了。嶺遠怎麼出來了？」

嶺遠一臉鄭重地道：「他們鬧出的動靜太大，弟弟跟妹妹們哭嚎不止，嶺遠是他們的兄長，自然要承擔起保護他們的責任。再說，嶺遠也想像姑母、叔母們一樣，雖嶺遠去不了前院，但能守得住後院！」

不愧是兄長的嫡子，若是兄長還在，會很欣慰又欣喜地帶他騎馬，抱著他去看墨城風光，去感受戰場殘酷，看著他茁壯成長。

沈文戈將匕首收進刀鞘中，像是沒有發現他強撐著還有些微微發顫的身體。「嶺遠有你父親的樣子了，做得很好。」一回頭看了一眼聽見他那番話後，只覺侯府後繼有人的母親，還有眼含淚花的嫂嫂們，她輕輕將嶺遠抱進了懷中。鎮遠侯府從上到下一條心，焉有過不去坎的道理？「你同姑母說說，他們要來搜府，你是如何做的？屋內都沒被翻亂嗎？可真好！純兒沒有哭，還想跟你一起守著？他的膽子倒是跟他母親一樣大呢……妹妹小小一隻，長得很漂亮可愛是不是？」

金烏升起，燦爛的陽光照拂大地，一大一小牽著手，緩緩走在鵝卵石的小路上，影子被拉得很長很長。

侯府統計損失的時候，發現當真沒有一個物件丟失，只是有些花草樹木被金吾衛一開始進來時暴力折斷，對比其他被搜府的人家，這已經是非常不錯了。

一場風波被消散，大家終於能睡個踏實覺了。這一天的府上，午膳通通沒有人吃，均忙著補眠去了。

待府門被敲響，迎來了客人，沈文戈才被叫醒，睜開矇矓的眼睛。

倍檸輕推她。「娘子醒醒，表郎君來了，夫人讓您收拾一下出去。」

表兄林望舒來就來了，做什麼還非要她去打招呼？在心裡唸了一會兒後，她才撐著胳膊坐起，頭頂的黑貓在枕頭上翻個身，落了下來。

她好笑地看著在床榻上伸懶腰的雪團。「牠什麼時候跑我頭上去的？」

音曉害怕被責罰，趕緊道：「牠這幾日淨愛往娘子的床上跑，奴婢攔了許多次，這次是怕強行抱走牠，驚醒了娘子，才任由牠與娘子一起睡。娘子放心，牠身上奴婢都弄乾淨了！」

愛往床榻上鑽，不用想，肯定是宣王慣的。沈文戈又摸了一把鬆軟的黑毛，才道：「無妨，不用緊張。」

雪團跟著她跳下床榻。

今日晌午睡多了，只怕晚上要鬧人，音曉趕緊上前想將雪團抱上，但雪團不願意，兩方就一個抱、一個跳，愣生生將冷清的小屋弄得熱鬧了起來。

透過梳妝鏡瞧見這一人一貓，沈文戈垂下眸子，思考片刻後道：「妳便由著牠吧。牆上板子的雪可清掃了？」

音曉連忙道：「清掃了！怕牠打滑，還在上面釘了一層破布頭呢！」

破布頭……沈文戈沒忍住，笑了。她想起了宣王府的貓爬架，如此一比，還真是親嫡母與繼母的差別，她沈文戈想來就是那個繼母。

雪團「喵嗚」一聲蹭在沈文戈腿邊，見沒人給牠零食吃，便一溜煙跑遠了。

叫住音曉，沈文戈道：「牠要是想去宣王府，也不用攔著。」

銅鏡中的自己，不施粉黛，乾淨簡單，年輕、貌美。她眨了下眼，鏡中人便也眨了下眼。她長長嘆息一聲。人啊，果然不能太貪心，不敢奢求太多。

護住鎮遠侯府是她唯一之願了。

鏡中之人起身，黑髮垂在腰間，挽起時露出姣好的身段，而後被白裘蓋住，屋裡又恢復了原本的靜謐。

第十章

沈文戈掀開簾子進屋的時候，林望舒正在同陸慕凝說，府上出了搜府的大事，應去叫他過來才是。整個鎮遠侯府都沒有可以頂事的男人，他管陸慕凝叫一聲姨母，過來幫忙是義不容辭的。

陸慕凝感動林望舒有心之餘，卻也不想娘家摻和到這些事情裡面來。正好沈文戈過來，便對她招手道：「娉娉快來，妳表兄買了妳愛吃的果脯。」

沈文戈先是叫了人，才讓倍檸將白裘拿掉，坐在林望舒對面，低頭便瞧見了几案上小盤內裝著荔枝等物做的果脯子。寒冷冬日，這可不便宜。「表兄破費了。」

林望舒清雋的臉上浮起一抹溫柔的笑來。「記得幼時表妹在江南最愛吃這種果脯子，也不知現下還喜歡嗎？」

「自是喜歡的。」沈文戈說著伸出手，執起一顆放進嘴中，是甜得發膩、讓人懷念的味道。

她微低著頭，還有人能記得自己的喜好，真好。尚滕塵就從來記不住，也不記，他記得的只有齊映雨罷了。想這些做什麼呢？都已經和離了。她晃晃頭，就有種天真的稚氣出來。

坐她對面的林望舒將這一幕看進眼底，執起几案上的茶杯飲了口茶，唇邊的笑意怎麼遮都遮不住。

陸慕凝端坐上首，眉心一跳，又再看了看，暗自思量著。

「表兄，」見林望舒回望，沈文戈便問道：「表兄溫書溫得如何？」

「都已經是熟刻進腦中的東西了，現下便是多寫些策問，練練筆，表妹放心便是。」

她自然是放心的，只不過是想引出母親的未盡之言罷了。她懂陸慕凝的意思，她自己也是同樣的感覺，科舉可是關乎一輩子的大事，不應被侯府的事情所擾。便裝作什麼都不知道的樣子，又問道：「是不是沒有幾天就要考試了？」

林望舒回道：「下個月便要開考了。」

「真快！祝表兄金榜題名，待表兄成了狀元郎，可一定要再來侯府，讓我們也沾沾喜氣！」

鎮遠侯府是武將出身，他林望舒一個走文臣路線的，能帶給他們什麼喜氣？林望舒不笨，瞬間就聽明白了沈文戈的意思。見姨母未出言，便知她們這是想讓他一門心思溫書，也就順從應了，至於會不會來，那是他的事情。兩耳不聞窗外事，並不符合他的讀書準則，要是人人都這樣，日後如何能成為一名為民著想的父母官？

院中白雪被清掃得乾乾淨淨，絲毫看不出早上還被金吾衛進來粗魯搜府的樣子。沈文戈送林望舒出府，還沒走出多遠，就聽見音曉在後面喊雪團的名字。

她一轉身，只見蓬鬆著黑色貓毛的雪團向她跑了過來。

牠一團黑，嘴裡叼著的黃色東西便十分顯眼，加之速度快，幾乎眨眼間就跑到了腳邊，湊也不往林望舒身邊湊，就在沈文戈腳面上扎了根。

這又是宣王給慣的，地上涼牠不願意久挨著，就總愛踩人鞋上，沈甸甸一大團，還當自己是小時候兩手就能捧住的小團子呢！

林望舒打量雪團。「牠嘴裡好似有什麼東西？」

確實有。沈文戈彎腰剛一伸手，雪團就將嘴裡的東西吐到了她手心裡，然後「喵喵喵」地叫得好不歡快。「好，今日給你加餐。」她摸了把貓頭，直起身，打開手心。一個栩栩如生的黃金小魚躺在掌心，上面還沾著雪團的口水。

倍檸拿帕子擦乾淨了，才又還給沈文戈。

林望舒道：「倒是十分別緻。」

可不是別緻嗎？別看金子小，就大拇指長度，上頭魚鱗、魚眼、魚鰭悉數都有。

沈文戈笑了，這小金魚定是雪團從宣王府叼回來的。

雪團在沈文戈的鞋面上踩來踩去，也難為牠在這麼小的地方來回踩了，看著貓兒，沈文戈只能無奈道：「看來今日只能送表兄到這裡了。」

「無妨。」林望舒又看了一眼雪團，拱手道：「外面天冷，表妹快回屋吧。」

沈文戈點頭，待人走遠後，才讓音曉將雪團抱起來，摸著牠來回抖動的耳朵問道：「給我帶小金魚是何意？」

雪團拿爪子扒拉她。「喵嗚……」

回了房，將擦乾淨爪子的雪團放在床榻上，她解下雪團脖頸處的髮帶，上面只有兩個字：賠禮。

將髮帶和小金魚妥貼地放好，她忍了又忍，依舊沒忍住，笑出了聲，還有這種賠禮的？

可笑完，隨即湧來的便是悵然。

宣王何至於要賠禮？理當她去道謝才是。若非今日宣王來了，府裡還不知道會被糟蹋成什麼樣子，傷筋動骨只怕是少不了的。

當即又重新打開匣子，抽出一條髮帶，選了根最細的毛筆書寫，認認真真地道了謝，隻字不提那晚之事。

一牆之隔的宣王府。

盼了又盼，終於在雪團吃晚飯的時候將貓兒給盼回來的蔡奴，第一時間抱著貓進了屋。

「阿郎，快瞧，雪團回來了！脖子處還有新的髮帶，定是娘子寫給阿郎的！」

王玄瑰一骨碌地從床榻上坐了起來，覺得自己起得太快，又躺了回去，伸出手道：「髮帶給我。」

雪白髮帶軟塌塌地被放在他手裡，他打開一看，先是嗤笑了一番髮帶上墨水暈開的醜字，而後才認真讀了起來。

眼角下的小痣也跟著他活泛了起來，雪團跳上床，他任由貓兒在自己胸膛上踩著，抬起手臂虛虛抱著牠，手指戳了戳那根髮帶。「我就說，我今日都未束冠，披著頭髮去了鎮遠侯府，還體現不出道歉的意思嗎？你們偏讓我給她送賠禮，說什麼小娘子要哄的。我看沈文戈識時務得很，果然愛金子！花能做什麼？能吃嗎？」

蔡奴立在一旁瞟了自家郎君一眼後，沈默地別過了臉。

「我餓了。」

「是，阿郎。」

「我要和貓兒一起用飯。」

蔡奴沒應聲。

王玄瑰「嘖」了一聲。

很快地，沈文戈屋裡就不止一條小金魚了，還有小金樹枝、小金匕首。金樹枝代表負荊請罪；金匕首代表誠摯道歉、我給妳出氣的機會，讓妳捅回來。

當然，雪團最愛的依舊是小金魚。

匣子放不下這麼多東西，沈文戈還清理了一下，特別騰出一個箱子放這些小玩意兒，雪團就會湊上前，拿爪子扒弄一番。

這日晴空萬里，金烏高掛於澄藍天穹之上，沈文戈照舊解下雪團脖頸上的髮帶，只看了一眼，整個人便僵住，任由髮帶從指尖飄落。

倍檸撿起髮帶，擔心地問：「娘子，怎麼了？」

沈文戈的聲音都是抖的。「……我兄姊回來了。」

被匆匆放置在匣中的髮帶之上僅有三個字：棺槨歸。

她急不可耐，甚至提起裙襬跑了起來，失去了往日的沈著冷靜，在路上碰見嶺遠喚她都沒有聽見，一門心思地跑到了陸慕凝處。

陸慕凝一抬眼便見到了神情悲戚、跑得連連喘氣的女兒，在她身後，不放心的嶺遠也追了過來。

「見過祖母。姑母等等，等等嶺遠。」

「出什麼事了？」她的女兒和離的時候沒急，搜府的時候沒急，可現在卻……陸慕凝突然起身，顫聲問：「可是……可是舒航他們回來了？」

沈文戈重重點頭，隨著她的動作，豆大的淚水滴落在地。「是，母親，他們回來了！我們去接他們回家！」

「自然應該如此。」陸慕凝對沈嶺遠招手。「嶺遠過來，你父親和姑母、叔叔們要回來了，去告訴你叔母們一聲。」

沈嶺遠「嗯」了一聲，速速跑走了。

陸慕凝又對身邊的嬤嬤道：「快，快去叫老鐘安排人，出城看看他們走到哪兒了？」嬤嬤一擦眼睛。「哎，奴婢這就去，夫人莫急！」

等待消息的時刻是最漫長的，家裡大大小小的人全都來了陸慕凝處，就連兩個平日裡不怎麼出院子的姨娘都趕了過來，一個個時不時地看向門口。

熱氣騰騰的茶水沒人有心思喝，沈文戈握著茶杯。

就連一個個窩在自己母親懷中的孩子們都沒有哭鬧的，安安靜靜地等著信兒。

院子裡突然響起聲響，所有人都站了起來，目光灼灼地盯著進門的鐘叔。

鐘叔的眼睛都是紅腫的，他拱手道：「回夫人，郎君他們回來了！」

五夫人崔曼蕓抱著兒子沈茂明，急切地問：「他們到哪兒了？」

「離長安約莫還有五里地。」

「那快了呀！」四夫人陳琪雪風風火火地起身。「我得收拾好，不能狼狽地見四郎！」

沈文戈是最先知道兄姊他們歸的，她信宣王不會騙她，因而便分了心神在鐘叔身上，發現他明顯神色不對，立刻出聲道：「四嫂，等等。鐘叔，是不是還有什麼事？」不然只離五里地，鐘叔他們怎麼會去了那麼久？

她一問，大家急切的心都冷靜下來，紛紛看向鐘叔。

鐘叔道：「老奴未敢上前，棺槨旁邊有上千人跟隨著，且不是士兵。」

上千人？護送棺槨理應由士兵來做，兄姊回來可用不上那麼多人，何況鐘叔還說不是士兵。沈文戈的眉頭立刻蹙了起來。

陸慕凝沈聲道：「不管是誰，出去看看便知，誰也不能阻礙我家兒郎歸家！」

「是！」

「大家都回去休整一番，把孩子們裹得嚴實些，帶上他們，一起去接他們的父親。」

「是！母親。」

「晨昕，」陸慕凝叫住三夫人。「妳便不要抱著玥玥出去了，省得孩子和妳受了寒。」

三夫人身後的婢女牽著沈鴻曦，她懷中抱著小玥婷。「不，我得讓三郎見見玥玥，得讓他知道他千盼萬盼的女兒，等著他回家呢！從西北歸來的路途這麼遙遠，他萬一迷路了怎麼辦？我得讓兩個孩子把他喚回家。」

沈文戈側過頭，擦乾臉上的淚水，說道：「那便一起去，我去跟宣王借馬車，到時候將孩子們都放在馬車裡。」鎮遠侯府的馬車雖能擋風遮雨，可跟宣王的白銅馬車不能比，她也擔心帶孩子們出門一趟，再受了風寒。至於形制問題，若有人拿鎮遠侯府用了王爺馬車的問題說事，呵，他們家都已經被扣上通敵的帽子了，還怕什麼？

「好！」

嫂嫂們帶著孩子們趕緊回去收拾，沈文戈則為了最快借到馬車，爬上了牆頭。

守在院子裡的小宦官一見著她，立刻叫來了安沛兒。

安沛兒得知她的來意，說道：「聖上召見，白銅馬車被阿郎用了。娘子莫急，家中尚有兩輛外表普通的馬車，內裡佈置都是比照白銅馬車來的。娘子也知，我家阿郎嬌得很，所用之物，均是頂好的。」

沈文戈聽聞王玄瑰進了宮，下意識問了一句。「王爺何時歸？」

「估計用不了太久，娘子放心，阿郎定能趕過去。」

說實話，知道王玄瑰也會去，確實讓人安心，但沈文戈來不及想那麼多，連連道謝，回到屋子裡才反應過來安沛兒說了什麼話。

不過僅想想雪團在王府的待遇，王玄瑰確實奢侈，此話沒毛病。

兩輛馬車很快就被安沛兒親自送來了鎮遠侯府，外形普普通通，扔進馬車堆裡，都找不出哪輛是王府的，內裡卻另有乾坤，暖爐、茶飲等等，甚至還有防身用的兵器。

馬車被整個打掃了一遍，甚至因為是要帶孩子的，所以在裡面又填充了許多軟墊，內裡也提前用火炭烤過了，暖呼呼的。

怕孩子們受寒，尤其是還在襁褓中的玥玥受寒，馬車直接停到了三夫人的院門前，裝上玥玥和鴻曦會用到的東西，再算上嶺遠幾個小的，一輛馬車便能將他們裝下。

和陸慕凝一道安排好府上諸事，尤其是靈堂後，沈文戈又回了屋，對著倍檸道：「將二姊送我的那身鎧甲拿來。」

「是，娘子！」

這是一身通體銀白的山文甲，上面佈滿了劃痕，最嚴重的一處損傷是胸前幾乎被砸碎的護心鏡，可見當時情況凶險。

護頸、護肩加身便能感受到沈重，沈文戈道：「繼續。」

虎頭皮帶繫腰、護臂、輕甲一一上身，最後頭戴兜鍪、腳踩雲頭烏頭靴，一個英姿颯爽的女將軍形象便出現了。

沈文戈透過銅鏡看著自己，便會想起當日二姊換下這身破損到不能再上戰場的山文甲，換成明光甲又升了職後，向自己眉飛色舞表達開心的樣子。

許是自己羨慕的目光太過灼人，二姊將這身鎧甲送給了自己，盼自己如鳳凰般英勇選擇自己的人生。

摸著身上的鎧甲，她想著，她到現在才真正做到了二姊希望的事情。她將穿著二姊之前的鎧甲，去接二姊。

陽光透過窗櫺照在鎧甲上，閃著晶亮的光。

大兄、二姊、三兄、四兄、五兄、六兄，嫂嫂帶著家裡人來接你們了。

馬車走在青石板上，發出轆轆聲。

馬車內的陸慕凝和幾個嫂嫂幾乎是不可遏制地用貪戀的目光在看沈文戈，她們透過她，在看自己的女兒、自己的夫君。

兒啊，母親來接你們了！

三郎，玥玥還不會叫父親，等她會叫父親了，我一定抱著她去你的牌位前叫你，你今日就先跟我們回家，可好？

四郎，我帶著純兒來接你了，他脾氣秉性越發像我了，你說日後沒有你，可怎麼辦啊？

五郎，我想你了，你回家後，入我夢再哄哄我可好？

夫君，我是你新娶的妻子，認識一下，我叫唐婉。

寒風蕭瑟，城外幾乎是白茫茫一片，她們互相攙扶著下了馬車。

孩子們在馬車裡乖巧等著，不給下來玩，他們就不下。

可嶺遠卻從另一輛馬車上下來，與她們一同站在城門口，說：「我也在這兒等父親。」

「好！」陸慕凝牽著他的小手。「你便跟著祖母一同等你父親、姑母和叔父歸來。」

金烏漸漸西移，白皚皚的雪上，終於出現了人影，他們近了，更近了。

與她們一同等著的長安人們，興奮地喊道：「來了、來了！」

「不是……怎麼這麼多人？」

當隊伍走到她們能夠看清的地方時，只見圍著棺槨的人，不停地伸手要將棺槨上面防止被風雪侵蝕的草墊掀走，甚至有人想要推棺，通通被扶棺護送的士兵呵斥退了。

「他們這是在做什麼?!」四夫人陳琪雪驚道。

士兵們牽著牛車走到城門口，一眼就看見了陸慕凝，拱手道：「夫人，我們把將軍他們帶回來了。這些人……」他苦笑道：「都是陣亡的沈家軍親屬，他們跟了我們一路了。」

在三架牛車周圍，上千名衣裳單薄的人含恨看著他們，一雙雙眼睛充斥著怨毒，看得人手腳發寒。

陸慕凝也是心驚，她對護送兒郎歸來的士兵們客氣道：「多謝諸位，家中備了薄酒，還請去歇息一二。」從西北墨城一路送到長安，可不是個輕鬆的活計，這是應有的禮數。

護送棺槨的士兵們彼此看了看後，搖頭對陸慕凝道：「夫人，這都是我們應該做的。夫人還是先解決他們吧？」

說話之際，這上千人已經開始騷動起來，他們眼睛狠毒地盯著陸慕凝幾人，不知是誰在人群中喊了一句——

「她們就是那叛國賊的家眷！」

「什麼？她們就是？」

「她們剛才還說要請人吃酒！」

「我們在寒冬臘月走了近一月，她們卻能在長安享受榮華富貴，憑什麼？」

「要不是世子叛國，連累了我兒，他豈會戰死？賠我家兒郎！叛國賊不配歸家，他們就該拋屍荒野！」

上千人潮水般湧了過來，他們群情激動，駭得在城門口看熱鬧的長安人不停往裡跑，幸而守城士兵長矛威脅，才沒讓這千人跑進城。

但他們將因為著急出來迎接兒郎而走出城門外的沈家人團團圍住，將城門堵得死死的，怨毒地道：「他們不能進！叛國賊不配！還我家兒郎性命來！」

眼見著要將棺槨送進長安城了，他們再也不能阻攔，於是一個個也不怕運棺槨的士兵了，幾十人上去就將一個士兵圍住，而後就去推牛車上的棺槨。

他們一邊哭、一邊推，嚷道：「憑什麼他們可以有棺槨運回長安？我家兒郎屍骨無存，就只帶回一句他死了的話！」

「要不是世子通敵叛國，他們豈會做了戰爭的犧牲品？」

「雖然他去打仗的時候我們便做好了準備，可我也不希望他不是為了陶梁而死，而是中了奸人的歹計啊！」

運送棺槨的士兵不敵突然暴起的人，只能和沈家奴僕堪堪護住沈家女眷，便同陸慕凝道：「夫人，您先帶著家眷進城吧，我們在此等候金吾衛出來。」

眼前亂糟糟的一片，甚至棺槨都被人挪動了，若非被陸慕凝押著，幾個嫂嫂都要跑過去阻止了！眼看他們馬上就能進家門了啊！

說什麼叛國？他們根本就沒有！要是真的通敵了，他們豈會也沒有命在？

現在在她們眼前，棺槨被推，阻礙回家，簡直就跟拿刀子扎她們的心一樣啊！

沈文戈以手遮住眼，手不住抖動著，淚水撲簌而下。這些手無寸鐵之人相阻，讓她們怎麼辦？怎麼辦？「都住手！」沒有人聽她的，她理解他們，要是她的親人也遭遇此難，只怕會比他們還瘋狂，可他們怨懟錯了人啊！要怪也該怪挑起戰爭的燕息國，而不是蒙冤的兄長們！她推開攔在自己身前的士兵，奮力擠進牛車旁邊，她一身鎧甲，不怕他們推搡怒打！

「娉娉！」

母親和嫂嫂們的聲音在身後響起，她不管不顧，擠開一個個想要扒棺，甚至想將棺木推下去的人，然後用自己瘦削的肩膀頂住了已經被推出牛車一角的棺槨。

「啊！」她奮力吼著，用盡自己全身的力氣也沒能移動棺槨一分一毫。她不知道這裡面裝的是哪位兄姊，她只知道不能讓他們掉落地上！淚水糊眼，她平生第一次怨恨自己體弱，恨自己沒有從小習武，恨自己不如兄姊強健，不然她肯定就能將棺槨推上牛車去了！穿在身上的鎧甲不住地發出被擊打的聲音，她忍住疼痛，轉而爬上了牛車，將上面的人推下去。可是這些人就好像源源不斷似的，推了這個，還有那個。眼見著棺槨要掉下去了，她索性一咬牙，直接趴了上去，死死扒住棺材，喊道：「要不你們就把我也一起推下去吧！你們冷靜點！我兄長沒有通敵！」

「胡說！」人群中響起尖銳的聲音。「御史大夫都在墨城查出世子通敵的證據了！要不是世子，這兩萬士兵怎會沒了性命？」

沈文戈紅著眼睛扒住棺材。「他若通敵會跟將士們一起死嗎？死人不會說話，只能任由別人誣衊罷了！」

「都別聽她的，她妖言惑眾！」

不知是誰大力推了她一把，差點將她推下棺材去。

她悶哼一聲，咬住嘴唇，疼得她險些將唇都咬破了，手指深深扒住棺材，又將身體擺正了，用自己的身體阻止棺材摔下去。

「娉娉！」

嫂嫂們被沈家奴僕護著，往人群裡跑來，這些攔車的人都是普通百姓，他們甚至有的瘦得風一吹就倒了。沈家奴僕都是上過戰場的，以一敵二自不必說，可哪能真的對他們拳頭相向？何況雙拳難敵四手，只敢護著嫂嫂們，推開人群罷了。

沈文戈眼前的景象都因淚水扭曲了，她聽見有人叫自己的名字，但她連頭都抬不了，兜整已經不知道被誰給打落了，她埋著頭，避讓著頭頂的掌風，腦子裡只有一個念頭——不能掉！

四夫人陳琪雪護著剛生過孩子、身體最弱的三夫人言晨昕，上了離她們最近的牛車。

言晨昕學著沈文戈的樣子，也趴在了一副棺材上面。

緊接著，六夫人唐婉帶著跟她們跑出來的嶺遠上了一輛牛車。

四夫人將最膽小的五夫人崔曼蕓也拉上牛車，眾人均趴在棺材上面，四夫人還伸出一隻手握住五夫人顫抖不已的手，對她說：「堅持住！」

她們不能傷害這些人，都是被夫君們拿命護著的陶梁百姓啊！都是同袍的親眷啊！可是，她們心裡好委屈！

冰冷的棺材刺骨，也抵不過她們掉下的灼熱的淚。

沈文戈所在的牛車，許是第一輛打頭陣的原因，也或許是她大兄的棺槨就在這輛牛車的原因，圍著的人最多，即使有沈家奴僕在棺槨旁邊替她擋著人，她依舊覺得身下棺槨在動。

當她整個人都隨著棺槨傾斜了的那一刻，她哭嚷道：「不要！不要！」她被眼疾手快的沈家奴僕提了起來，可她的手指還深深扒在棺材上。

奴僕急道：「七娘快放手！」

「我不要！」

幾乎是一瞬間的事，手指被扒開，她騰空而起，跌坐在牛車之上，眼睜睜看著自己護著的棺槨「咚」的一聲，摔在了地上。

這一聲，讓上千人歡呼不已！他們停下手中的動作，紛紛看向那棺槨。

「摔得好！叛國賊不得好死！」

棺槨並不是什麼上好的材料，摔在地上時上面的蓋子鬆動了，緊接著，在所有人的注視下，棺身裂開，棺蓋就那麼砸了下去，沈文戈的心都要跟著碎了！她甚至都喊不出來了，幾乎是連滾帶爬地下了牛車，跑到棺材旁，抬著那砸下去的厚重棺蓋。但她力氣太小，抬不動，她抬不動啊……

沈家奴僕從震驚中回過神，立即跳下馬車，兩個人一前一後大喝一聲，將棺蓋抬了起來。

沈文戈第一時間看了過去，她要看看她兄長有沒有被壓壞？可是出現在她面前的，只有四分五裂的明光甲，裡面根本沒有人。

是一副空棺。

她跪在棺槨前，將還帶著殘血的明光甲一塊一塊攏進懷中。明光甲形制偏小，棺槨裡還有幾件染血的衣裳，是女式的。

這是她二姊的棺槨，最疼愛她的二姊的棺槨，她把她二姊的棺槨弄壞了……

她哭到絕望、痛苦、悲憤，她哭得好傷心，悲戚的哭聲縈繞在所有人耳邊。

埋頭在棺槨上的嫂嫂們察覺出身邊沒有人推搡她們了，也相繼抬起頭來，見到跌坐在地上的沈文戈，還有那副空棺，一時感同身受，紛紛捂嘴痛哭出聲。

看著那副空棺，好像所有人都失去了言語的能力，戰場的慘烈就這樣展現在大家面前。

就連瘋狂的沈家軍親眷們也失去力氣，一屁股坐在地上，跟著哭了起來。

哭天不公、哭地不仁、哭為什麼世子要叛國！

「我兒沒叛國！」

請人去喊了金吾衛的陸慕凝，若非身邊有嬤嬤攙扶著，只怕要跟沈文戈一樣跪在了地上，她痛惜地看著二女兒的空棺，對大家道：「我兒沒叛國！我鎮遠侯府上下忠心愛國，是遭奸人陷害！你們都是我沈家軍的親眷，你們捫心自問，自我夫君開始，可缺過一次軍餉？我兒、我女待你們如何？」這「如何」兩字她重重說出，和著哭聲響在這片空曠的土地上。

「他們對你們都尚且愛護，何況被他們守護的百姓們？他們怎麼可能叛國？叛國叛到他們也一起丟了命嗎？」話末「命嗎」的聲音傳出很遠。「你們這樣做，才真的是讓親者痛、仇者快！我兒若是通敵叛國，他手下的兵難道不會一同被烙上通敵之嫌？你們這麼鬧，是將原本的英烈都鬧沒了啊！我以鎮遠侯夫人的身分向你們承諾，我鎮遠侯府不承認世子叛國，若真要處罰，我一力擔著！你們的撫恤，我來給！死去將士的榮光，我來追！」

沈家軍的親眷們拿手捂臉，他們也只是想找一個出氣口，當聽到有人在耳邊說都是因為世子通敵才會讓家中兒郎死去，他們便失去了理智。

「我不信！妳就是騙我們的，想接他們進城！他們憑什麼被安葬？」

信的哭，不信的嚷。

沈文戈死死抱著明光甲，嘴上發不出聲，心裡唸著：二姊，嫂嫂帶妳回家了……

「敢問，我家三郎的棺槨是哪個？」三夫人顫巍巍地從棺槨上爬了下來，看向送棺的士兵們。別人可能不知道，但他們一定是知道的。

送棺士兵們擦了擦淚，啞著聲音將棺槨都唸了一遍，最後補了一句。「都是空棺。據墨城的人說，戰場上找不出他們的屍骨了，到處都是殘肢斷臂。」說完，他又對坐在地上哭的沈家軍親眷們道：「你們的兒郎也是一樣，那場戰事太慘了。」

不知是誰又哭出了聲，沈文戈抱著明光甲愣愣地抬頭，看著已經找到自家夫君的嫂嫂們，想著：都是空棺啊……

嶺遠站在險些與姑母棺槨一樣被推下牛車的父親棺槨前，看著沈家奴僕將其擺正後，對著棺槨跪了下去，又向護著棺槨的三夫人言晨昕道謝，小手抹著眼淚。

他不敢哭出聲，就這麼默默地流淚。

他知道，他的父親被誣衊通敵叛國，他知道，這些攔路的人都是因為父親才會悲憤至此，所以他什麼都不敢做。

他只敢跪在父親的棺槨前，在心裡向父親承諾，他一定會努力長大，護住鎮遠侯府，成為祖母、姑母、叔母，還有弟弟及妹妹們的靠山。

他吸著鼻子，寒風凍得小臉通紅，又想著：父親，您不回來，都沒有人帶著嶺遠去騎馬了……以前母親總是不喜歡他碰刀劍等物，每回看見都要私底下訓斥他，父親都是知道的吧？不然不會總是替他遮掩。父親，嶺遠好像一下子就沒有家了。嶺遠好喜歡跟你在墨城，其實嶺遠一點都不喜歡長安，這裡的小夥伴都捧著嶺遠、敬著嶺遠，就是沒有人跟嶺遠當交心的朋友。父親，嶺遠好想您……

不管平日裡再如何裝作努力鎮定，他也依舊是一個渴望家庭的孩子罷了。一時沒忍住，他小聲哭噎出聲，又趕緊用手將嘴捂住，看得旁人都要心疼死了。

陸慕凝站在馬車旁邊，伸手拍了他一下，說道：「想哭就哭！祖母在這兒。」

嶺遠眨著淚眼朦朧的眼，撲進陸慕凝懷中，抱著她放聲大哭。「祖母，父親他沒有叛國，他沒有！嶺遠好想父親，好想再吃一次父親給嶺遠煮的麵條！」

稚童的聲音混在一片哭聲中，是那麼的顯眼，可此時沒有人再去責怪他不該哭他父親。他父親犯的罪，跟他又有什麼關係？

聽著嶺遠的聲音，三夫人言晨昕坐在三郎的棺槨旁，手摸著棺槨上的紋路，掀起的毛刺將她平日裡小心呵護的手刮出血了都沒有感覺，她喃喃道：「本還想親手為你整理儀容的，可惜，你沒能全鬚全尾地回來……」說到這兒，她喘息了一下，落下好大一顆淚來。

她的三郎是那麼穩重可靠，自在樂坊見他第一面，她就知道這是個好郎君。他會含笑接過姊妹遞去的酒杯，不喝就那麼放著，既不會傷她們面子，也不會為難自己。

當時，她場場演出他都在，她還以為他是專門來聽曲的，後來才知道，他是鎮遠侯府家的庶子，是個武將。他不喜歡樂曲這些東西，可為了能和她說些話，硬是逼著自己學了。

他常說自己不如兄長遠矣，他兄長四歲識字，過目不忘，七歲便能作詩，八歲可以跟著鎮遠侯上戰場，最令人自慚形穢的是，琴棋書畫還樣樣精通。

他經常感嘆，兄長就是他的楷模，也不知道這輩子有沒有可能趕上兄長一二？他不知道，他出神的時候，自己偷偷多看了他兩眼，覺得他可比他兄長好多了。世子太過優秀，還是他這樣的可靠。

後來，他要上戰場，問她願不願意跟著他，對她說「我知妳出身富貴，我就是家中庶子而已，配不上妳，但我會努力賺個功勛回來，妳要是願意，我就求母親娶妳，再替妳脫了賤籍」。

脫賤籍，這是多少樂坊女子的夢。她家遭難，淪落樂坊，她見過太多男子了，有不少想哄騙她私奔的，唯有他說要明媒正娶。他還說他配不上她，說什麼傻話？她不過是樂坊裡一個彈琴的罷了，是她配不上他。那天，是她第一次牽了他的手，對他說「好，三郎我等你」。

這一等便是兩年，初時她能月月收到他的來信，後來是三個月一次，再後來是半年一次，然後便杳無音訊了。

樂坊裡的姊妹都說她被騙了，洋洋得意地說自己要被某個王府納妾了，日後要去過好日子。

她不信，更多的是擔心他在戰場上出了什麼事，當然，內心也不是沒有動搖過。

直到她真的被官府還了良身，自由了，他才風塵僕僕地出現在她面前，說在她家中未衰落時，他早就傾慕於她了，現在給了她良身，讓她自己選，可還要嫁他？

回答他的是自己泣不成聲的擁抱。

她頭靠在棺槨上，眼淚緩緩流下，好像這樣就能離三郎更近些。她是在生下鴻曦，給他留了個男丁，坐月子的時候才知道，原來，他回了府就向母親說要娶她，但鎮遠侯府怎麼可能讓一個出身樂坊的人進門？只同意他納妾，可他不肯。他拚著一口氣上戰場，幾經生死，升了官，成為家中僅次於長兄及二姊的年輕將軍，母親這才鬆了口，准他娶她。

他回家得了信，就為她跑辦脫籍之事，不知求了多少人才辦好。

可這些他隻字未提，只是給她選擇的權利，問她可還要嫁他？

傻不傻啊？萬一她不嫁了呢？

她摸著棺槨，問：「三郎，這回換你來等我了，待我看著鴻曦和玥玥長大成人，為他們安排好婚事後，我便去尋你，可好？你可一定要等著我啊！我是不是從來都沒跟你說過，我也、我也一樣歡喜於你？我為什麼從前未曾與你說過？如今竟沒了機會！你一定要等我，等我跟你親口說……」

與三郎的棺槨同一輛馬車的，是四郎的棺槨。

四夫人陳琪雪站在棺槨面前，一側頭便能瞧見哭得險些斷了氣的三嫂。她收回目光，聽著耳邊眾人的哭聲，「啪」地給了自己一巴掌，掌心沾了一手淚，難耐又痛苦地撐在四郎的棺槨上。「四郎，我錯了，我以後再也不逼你了！當不了大將軍就當不了嘛，不如兄長厲害就不如嘛！我不該想做將軍夫人，就總逼著你的，是我太貪心了！四郎，我錯了，你回來吧？我脾氣太暴躁了，沒有你看著、管著，我得得罪多少人啊？四郎、四郎……」失去了才知道珍惜，她又狠狠搧了自己一巴掌，而後扶著棺槨，無力地滑了下去。「四郎，你回來，我錯了，我以後再也不訓你了……」

她總是嫉妒，嫉妒蘇清月是世子夫人，高高在上；嫉妒三嫂明明是一個樂坊出來的賤籍，卻能成為將軍夫人。而她只是一個庶女，嫁了一個庶子。能與她們比的只有生孩子，她們生了男丁，她也生了男丁；她看管著純兒學習，讓他像嶺遠那樣。

她嘴上總說著不中聽的話，訓斥四郎，嫌棄他沒出息。可四郎真的是她見過脾氣最好的人了，她訓他，他就會連連道歉，說是自己的不是。她掐尖要強，他就拍著胸脯哄她，說自己一定能像兄長那樣成為優秀的將軍。

他們之間沒有轟轟烈烈的愛情，有的只有平平淡淡的日常相處。他經常去西北，不在家，所以總是謙讓她，也從不跟她說戰場的殘酷。

如今這當頭一棒將她敲醒了，可她也失去了她的四郎。她錯了，真的錯了！軍功哪有那麼好拿？都是拿命換的啊！

「四郎，我錯了，真的！日後到了地下，你一定要訓我，一定要！」

最膽小的崔曼蕓，今天做的事情可能是這輩子最勇敢的了，她衝進了烏泱泱的人群中，護住了一個棺槨，而她自己都沒想到，她護著的棺槨就是她家五郎的。為了這個棺槨，她身上現在還被推得痛呢！

動了動肩膀，她癟癟嘴，對著棺槨撒嬌道：「五郎你瞧，我保護你了呢！以前都是你護著我的，現在輪到我護你了。」她沒有爬到牛車上，就站在棺槨旁，以她的身高，正好可以將棺槨抱在懷中，她也便這樣做了。抱著棺槨的一角，愣愣出神，而後她喃喃道：「以前總埋怨你不能歸家，每年見面的次數屈指可數，現在才知道，只要你安好，無論你在哪兒，我都是安心的。我沒有那麼遠大的志向，同二姊也比不了，我只要生活順遂，兒子健康長大，你平平安安的就好，但你平安不了了……」說著，她裝作惡狠狠的樣子，打了一下棺槨。

「你不是說會滾回來的嗎？還說回來了就生女兒，現在呢？你連個全屍都沒有！一會兒歸家的時候，我怎麼給你收斂屍骨啊？你說，你說！你騙人！還生女兒呢，哪裡有女兒給你養了？早知道還不如逼著你棄武從文呢，哪怕碌碌無為一輩子，也好過喪命西北屍不還啊！」想起五郎每次回來都要先去給她買一朵絹花，而後突然出現在屋內，在她驚訝的目光中抱起她，往她頭上插上大朵的絹花，在她氣惱地推他時，抱著她在屋內轉圈圈，然後用他新長出的鬍碴來蹭她，說「夫人，我回來了」，她就不禁落下淚來，他再也不會回來了。「以後，沒有人會再哄著我了，五郎……」

受周圍人感染，唐婉也是淚珠子不斷。她還是第一次切身體會到戰爭對一個小家庭的殘酷，看看往日裡端莊的、嫻靜的嫂嫂們，如今都已經哭成了淚人，以後這個家，就只剩下幾個女人撐著了。

她抹了把淚，看著六郎的棺槨，鬆開貝齒，用極小的聲音說：「夫君，你我雖沒有見過面，但我在長安城卻是經常聽見你們鎮遠侯府的名字的。你放心，夫人和七娘都對我有大恩，我會替你孝順母親、姨娘，和七娘與嫂嫂們也會好好相處的。還有你的……嗯……床底下的書，我也會一併燒給你，你、你便在下面看吧。」只比自己大四歲，又才剛過弱冠之年，這麼年輕就躺在棺材裡了……不對，是躺在了戰場上，好可憐。唐婉深深地拜了一下。

沈文戈依舊跪在原地，木然地撿著棺材裡碎裂的明光甲，撿了這塊丟那塊，可她不知停歇地一直在撿。

陸慕凝別過臉不敢再看，只讓嬤嬤去攙沈文戈起來。

「別碰我！兄長們自有嫂嫂們接回家，我二姊怎麼辦？只有嫂嫂能接她，只有嫂嫂記得她！我二姊是女將軍、女英雄！」

「呸，她與世子狼狽為奸，是通敵叛國之人！」

四夫人陳琪雪倏而將視線望了過去，在衣衫襤褸的眾人中搜尋起來，怒道：「連狼狽為奸都會用，你們書讀得挺多的啊！我告訴你，我鎮遠侯府永不認！」

一群沈家軍的親眷，都是種地的普通百姓，字都不認識，又哪裡會用得上成語？說話之人定是藏匿在人群中不安好心的敗類，跟他們說話辯白都嫌累！

沈文戈好似沒有聽到，她用手擦著明光甲上的血跡。「怎麼也沒有人給妳清理一下？嫂嫂幫妳擦。」可她的手被凍得不靈活，皮膚混著淚水接觸鎧甲，險些沾黏上，她只能用指甲一點一點地摳下去，連自己跪了多久都不知道了。腿麻了，不知是跪的還是凍的，連地面的震顫都感覺不到。

五百名金吾衛護著一輛白銅馬車，從城中而出。

「都讓開！何人在城門口聚眾鬧事？」

堵在城門前不讓人進城的沈家軍親眷們見到穿著鎧甲、威風凜凜的金吾衛，嚇得連忙將道讓開，跪了一地。

金吾衛徑直前跑，將三輛牛車團團護住，原本還圍在牛車旁的人連連退去。

城門外傳遍四野的哭嚎聲漸弱，只剩鎮遠侯府的幾個女人，依舊在撕心裂肺的哭泣。

白銅馬車的車簾被皮鞭挑開，走出身披黑色大氅的王玄瑰，他眼神一掃，便瞧見了跪在雪地中的沈文戈，她身上的悲戚，讓他遠遠的都能感受到。

金吾衛左將軍向王玄瑰抱拳拱手，而後面朝眾人大聲質問。「究竟出了何事？爾等想反不成？」

有老弱婦孺被推了出來，以換取官爺的同情心。

她們期期艾艾地解釋道：「我們……我們只是不希望通敵叛國之人還能回家，我們家的兒郎死了，家裡都要活不下去了，所以，才會在此攔下她們。」

這上千人裡，還不知混入了多少故意挑事的，不然路途遙遠，他們怎能一路堅持下來？

王玄瑰丹鳳眼一掃，嘲諷出聲。「一群只會欺軟怕硬之輩！」見鎮遠侯府都是女子，便強硬推棺、叱責辱罵；見到全副武裝的金吾衛，就裝得像個受盡欺辱的可憐人似的。

沈家軍親眷中有年輕人受不得王玄瑰的話，當即站起身反駁道：「他鎮遠侯府的世子通敵，害了兩萬將士性命，他們家兒郎的命是命，我兄長的命難道就不是命了嗎？我們不過是想攔棺討個公道而已，憑什麼這麼說我們？」

有那渾水摸魚隱匿在人群中煽動人心者，也跟著冒出了頭。「對，他們通敵，他們才是敗類！」

「敗類不配進城！」

「對，他們憑什麼？」

王玄瑰冷笑連連。「憑當今聖上至今未定鎮遠侯府的罪！通敵之『嫌』與通敵之『罪』，一字之差，天差地別，爾等卻不分青紅皂白，推了我國將軍的棺！」

有人高呼「不公」，人群再次騷動起來。在人群中的人受到旁邊之人影響，彷彿忘記了鎮遠侯府運回來的也只是空棺而已，再次嚷著不讓他們進城。

他們不認識王玄瑰，不知宣王大名，不然給他們一百個膽子也不敢在宣王面前放肆。

王玄瑰可不會同情他們、可憐他們，他冷冷地對左將軍道：「帶頭鬧事者，就地杖責十杖，關進長安府衙大牢！本王倒要看看，這裡面有多少人才是真正的沈家軍親眷！」

「是！」在出城時就被聖上叮囑，到了城外要聽宣王話的左將軍領命，高聲喝道：「再膽敢鬧事者，直接就地杖責十杖，關進大牢！」

他話音剛落，金吾衛就出動，準確又迅速地將在人群中出言煽動者揪了出來，直接扔進雪地中，抽出腰間佩刀便打上了他們的屁股。

一時間，擊打聲、痛苦聲、哀嚎聲，交織響在一起。

鬧事的全被抓出來挨打，打完之後還被驅趕著蹲地聚在一起，等待送往府衙大牢。

再沒有人敢多說一句話，一個個嚇得如草原上的羊羔一般，三三兩兩聚在一起取暖，看向金吾衛的目光充滿了恐懼，他們甚至沒膽子去瞧上一眼真正發出命令的王玄瑰。

王玄瑰轉著新換上的墨玉扳指，與亂世用重典相同的道理，上千人在聖上腳下鬧事，如不雷厲風行制止，他們的下場只有安上造反罪名、被砍頭這一條路。
況且跟衝昏了頭腦的人講道理是講不明白的，只會浪費時間。
見事態平息下來後，他大步走到沈文戈身旁。
沈文戈頭也不抬，還在用自己的指甲去摳明光甲上的殘存血跡，摳得她指甲蓋開裂，手指上都染了血，於是血跡便越擦越多。
王玄瑰皺眉。「沈文戈，別擦了。」
沈文戈沈浸在自己的世界裡，不理他。
他蹲下身去拉扯她的手臂，她木然抬頭，他便見到了一雙悲傷到沒有焦距的眸子。
這是他嚇過沈文戈後，兩人的第一次見面，即使已經透過雪團賠禮道歉了，但真正見面是不同的，他曾想過沈文戈再次見他，會不會和其他人一樣，再也不敢跟他接觸，可沒想過今天的場景。這樣的眼神，他在戰場上經常看到，頓時冷喝道：「沈文戈，站起來！妳身上的盔甲是擺設不成？」
提到盔甲，沈文戈的眼神終於有了一絲變化。
「穿著盔甲便不能懦弱！」
她仰著頭，愣愣地看著王玄瑰，寒風吹拂起她的碎髮，乾裂的嘴唇跟著重複了一遍。
「不能懦弱……」搖搖晃晃、顫巍巍地，她試圖站起來，可跪了太久，她腿麻了，手裡又抱著明光甲不放，便沒了支撐之處，掙扎了幾番都沒能成功站起來。她可憐巴巴地再次轉頭看向王玄瑰，道：「站不起來，我給二姊丟臉了……」眼眶裡很快蓄積起了淚水。

王玄瑰看著脆弱得彷彿一碰就碎的沈文戈，不自在地扯了下大氅的繫帶，手指抵了抵喉嚨，方才起身。

在牛車附近看了一圈，撿起掉落在雪地中的兜鍪，拿汗巾仔細擦拭過，重新戴到了沈文戈頭上。「剛才山文甲不完整，現在再站。」

晃了晃頭，沈文戈試圖再次站起來。

王玄瑰伸出手臂環繞著她，從背後將人給提了起來，又輕輕放回到地面上。

可沒了精氣神的沈文戈，有些撐不起山文甲了，眼見著又要往下倒去，王玄瑰只能皺著眉，拽住了沈文戈的手臂，撐住了她身上大部分的重量。

沈文戈低頭看著破碎的棺槨，自言自語道：「要帶二姊回家，可是棺槨破了，怎麼辦？」

王玄瑰解下大氅，扔到棺槨旁。「撿到這裡來。」

沈文戈便慢慢蹲下身，將自己懷裡的明光甲放進了大氅中，又一樣一樣地將衣裳、髮冠……棺槨裡所有的東西通通撿了進去，而後她綁著大氅，卻怎麼也沒能綁牢。

王玄瑰看不下去了，伸手幫她將大氅打了結。

她吃力地提著大氅，提了半天只離了地面一指遠。

大氅本就重，再加上明光甲，更重了。

她喘著粗氣，一邊說「娉娉帶二姊回家」，一邊用力提著。

王玄瑰扶住快要倒了的沈文戈，單隻手將大氅提起，放在了牛車上，和世子沈舒航的棺槨並列，低聲問道：「這樣行了吧？」

沈文戈滿意了，點點頭。

王玄瑰看她那渾渾噩噩的模樣，說道：「沈文戈，該醒了。」

沈文戈看著被暖和的大氅包裹的二姊，看著在大兄棺槨旁，在母親懷中哭得上氣不接下氣的嶺遠，看著後面牛車的嫂嫂們，抖落在雪地裡撿起的草簾上的雪，再將其小心蓋到棺材上，滾下兩滴灼熱的淚來。醒了，便該回家了。

這回無人再敢阻攔他們，金吾衛守在兩側，宣王的白銅馬車開道，她們走在牛車旁，跟著棺材一道慢慢往城內走去。

嫂嫂們從安置在城內的馬車裡抱下孩子們，領著他們對著棺槨叫了父親，才又將孩子們放回馬車內，她們則不再上馬車，而是跟著棺槨一起走回家，時不時拿出汗巾擦一下眼。

在最後一名金吾衛也踏入城內時，陸慕凝突然停下腳步道：「王爺，我想再跟他們說幾句話。」

皮鞭掀開車簾，王玄瑰頷首。「可。」

沒有了帶頭挑事的人，聚在一起的沈家軍親眷惶惶然，不知自己該去往何處。

陸慕凝轉身對他們說：「我剛才的承諾依舊作數，鎮遠侯府永不放棄你們，也請你們相信我。你們，睜開眼看看這城裡的人！」

他們看向陸慕凝的身後和兩側，擠擠挨挨的長安人正對他們指指點點著。不僅長安人，還有相貌各異的外邦人正大聲說著外邦語，即使聽不見、聽不懂，也能從他們誇張的肢體語言看出，他們在笑話。

笑話什麼呢？笑話他們給自家兒郎身上抹黑了！

「我們才是一體的，不要讓不關心你們的人看笑話，更不要讓仇恨蒙蔽了你們的眼！你們最該相信的人，是我鎮遠侯府才是！鎮遠侯府的大門依舊向你們敞開，歡迎你們祭奠我兒，也祭奠你們自家的兒郎，我們一起，送他們走！」落下這話後，陸慕凝頭也不回地向城內走著。「走，我們帶兒郎們回家！」

「是，母親！」

哭聲漸漸從沈家軍親眷們中間傳出來，他們排在城門口，一邊掏出路引，一邊遞給守城士兵。

守城士兵忍不住嘆道：「你們……唉，明眼人都能瞧得出來，鎮遠侯府是被栽贓陷害了啊！這是鬧什麼呢？」

「嗚嗚嗚……」

沈默、哀傷，在殘陽只剩最後一抹光線的時候，她們終於帶著他們，回家了。

——未完，待續，請看文創風1186《翻牆覓良人》2

觀雁㊔ 馴夫大吉，妻想事成

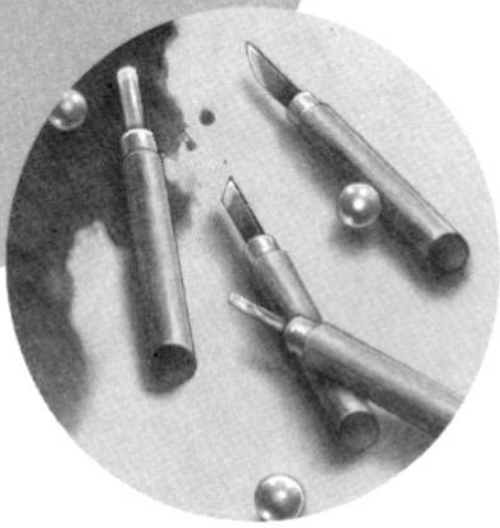

8/1
出版

莫名其妙嫁進山村，又被夫君當成抓犯人的誘餌，
她氣得連跟不跟他睡同張床都要考慮了，何況圓房？
哼，想嚼舌根的儘管嚼去。他行不行，可不是她的問題啊～～

文創風 1183-1184《飾飾如意》全二冊

一穿越就捲進騙婚的軒然大波，現成夫君還是縣衙的前任神捕譚淵，
蘇如意的小膽子要嚇爆了，雖然她將功補過，和譚淵一鍋端了那群騙子，
但欠債還錢天經地義，為了向譚家贖回賣身契，她只好努力賺銀子啦。
身為手工網紅，做點小工藝品難不倒她，卻因小姪子的生日禮物出糗——
她打算刻個彈珠檯，搬來木板想請譚淵幫忙鋸，竟不慎手滑而抱住他，
嗚……這下除了騙婚，居然還調戲人家，她簡直想挖個洞把自己埋了。
彈珠檯讓小姪子跟小姑玩得欲罷不能，看樣子手作飾物確實商機無限，
可譚淵不著痕跡的誇獎和曖昧，卻讓同居一室的她莫名心跳起來——
這腹黑傢伙對她到底有什麼企圖？她一點都不想在古代當人妻耶，
等存夠了錢，她就要跟他一拍兩散，包袱款款投奔自由嘍～～

2023 暑假書展

元氣UP⬆活力站

酷夏延燒沒勁兒？涼水潑身心不涼？
狗屋獨家消暑好康攏底加，不怕你凍未條、爽不完！

第一重　嗨FUN你的熱情

抽獎辦法　活動期間內，請至 f 狗屋天地 回覆貼文，回答完整者可參加抽獎。

得獎公佈　8/31(四)於 f 狗屋天地 公佈得獎名單

獎項　5 名《飾飾如意》全二冊

第二重　購書回饋“水”啦

抽獎辦法　活動期間內，只要在官網購書並成功付款，系統會發e-mail給您，並附上抽獎專用之流水編號，買一本就送一組，買十本就能抽十次，不須拆單，買越多中獎機率越大。

得獎公佈　9/8(五)於狗屋官網公佈得獎名單

獎項　10名 紅利金 200元
3 名 文創風 1189-1190《女子有財便是福》全二冊

特別加碼　6 名 超級紅利金 1000元

狗屋近年唯一大手筆！
總計6000元大獎究竟分落誰家？
＊單次購書消費金額滿1000元以上(含)，不限是否已中其他獎項，皆可參加。

暑假書展 購書注意事項：

(1)請於訂購後三日內完成付款，最後訂購於2023/8/20前完成付款才算有效訂單喔！
(2)購書滿千元(含)以上免郵資。未滿千元部分：
郵資65元(2本以下郵資50元)／超商取貨70元(限7本以內)／宅配100元。
(3)特賣書籍因出書時間較久，雖經擦拭、整理，仍有褪色或整飾痕跡，故難免不如新書亮麗。除缺頁、倒裝外無法換書，因實在無書可換，但一定會優先提供書況較良好的書給大家。若有個人原因需要換書，需自付來回郵資。
(4)各書籍庫存不一，若遇缺書情形可選擇換書或退款。
(5)歡迎海外讀者參與(郵資另計)，請上網訂購或是mail至love小姐信箱(love@doghouse.com.tw)詢問相關訊息。

狗屋有權修改優惠活動的實施權益及辦法。

流浪貓狗介紹所

為流浪貓狗加油 和貓寶貝 狗寶貝

廝守終生(一定要終生喔！)的幸福機會

對人來說，貓寶貝狗寶貝只是生活的一部分，但妳（你）對牠們來說，卻是生活的全部，領養前請一定要考慮清楚——

▲ 被上天眷顧的孩子——立可白

性　　別：男生
品　　種：米克斯
年　　紀：2～3歲
個　　性：待人親和、親貓親狗、愛乾淨
健康狀況：已施打三劑預防針、狂犬病疫苗，四合一過關！
目前住所：彰化縣線西鄉

本期資料來源：黃嘉慧小姐

『立可白』的故事：

會和立可白結緣，是在看收容所公告時見到的，因為在路上遊蕩而被通報入所，志工到收容所幫狗狗們拍照求曝光時，牠總是隔著籠門把手手伸出來，懇切的舉動彷彿就是想抓住一個希望。

立可白是一隻很有個性的狗，對人很溫和，非常知所進退，從來不敢逾矩。捏牠的臉，還會哈哈笑，非常享受與人的互動！平常可以跟狗狗們和平相處，但只要一到吃飯時間，若有狗狗想要去吃立可白碗裡的飯，牠會發出低吼聲警告對方不准搶。

立可白會坐機車，所以不難想像牠之前也曾經有過家，而且很愛乾淨，習慣外出大小便，主人不用擔心會把家裡弄得一團糟。目前有意安排牠秘密受訓，要給未來的主人一個特別的驚喜。

擁有可愛柯基身材的立可白，模樣是否萌到您的心？登入FB搜尋黃嘉慧，大頭照雖是替一黑一棕狗狗繫牽繩，但立可白的大小事通通都在這兒。若有意認養的您，除了去信bb0955036367@gmail.com，也可使用Line ID：0955036367（或撥打手機，號碼亦同），立可白的下半場故事就等著您來撰寫！

認養資格：

1. 認養人須年滿25歲，全家人都要同意新成員的加入，也願意一起照顧。
2. 立可白生病時須就醫治療，不可任其風吹日曬雨淋，也要備足乾淨的飲水與食物，尤其喜歡吃雞胸肉，飼料吃得很少。
3. 每天早晚能帶立可白出門各遛一次，外出散步時一定要繫上牽繩。
4. 每年須定時施打預防針與狂犬病疫苗。
5. 領養前請先分享家裡的生活環境照或影片，到現場和立可白互動時，至少須有一位家人陪同，決定帶狗狗回家的當天，希望我們有幸陪牠一起回家。
6. 須同意簽認養寵物切結書。
7. 須同意送養人日後之追蹤探訪，對待立可白不離不棄。

來信請說明：

a. 個人基本資料：姓名、性別、年齡、家庭狀況、職業與經濟來源等。
b. 想認養立可白的理由。
c. 過去養寵物的經驗，及簡介一下您的飼養環境。
d. 若未來有結婚、懷孕、出國或搬家等計劃，將如何安置立可白？

風 文創
1185

翻牆覓良人 1

國家圖書館出版品預行編目資料

翻牆覓良人 / 琉文心著. --
初版. -- 臺北市 : 狗屋出版社有限公司, 2023.08
冊 ; 公分. --（文創風 ; 1185-1188）
ISBN 978-986-509-446-1（第1冊 : 平裝）. --

857.7 112011057

著作者	琉文心
編輯	黃淑珍
校對	吳帛奕
發行所	狗屋出版社有限公司
地址	台北市104中山區龍江路71巷15號1樓
電話	02-2776-5889～0
發行字號	局版台業字845號
法律顧問	蕭雄淋律師
總經銷	知遠文化事業有限公司
電話	02-2664-8800
初版	2023年8月
國際書碼	ISBN-13　978-986-509-446-1

本著作物由北京晉江原創網絡科技有限公司授權出版

定價280元
狗屋劃撥帳號：19001626
網址：love.doghouse.com.tw　E-mail：love@doghouse.com.tw